Ulrike Schelhove

- Fangnetz -

Die Autorin

Ulrike Schelhove, 40 Jahre alt, schreibt für Erwachsene und Kinder. Sie lebt mit ihrer Familie in Kall in der Nordeifel.
Ihr Debüt-Kriminalroman *Der Kindermacher* ist 2013 erschienen und wird über die Grenzen der Eifel hinaus erfolgreich verkauft. Er ist der erste Band ihrer Serie um die sympathischen Kommissare Alex Stettenkamp und Ilka Landwehr.
Alle Eifel-Krimis der Autorin sind als Taschenbücher und E-Books erhältlich.

Für Leser im Grundschulalter schreibt Ulrike Schelhove die bislang dreibändige Kinderkrimi-Reihe *Die Schwertfegerbande*.

Bisher erschienen in Ulrike Schelhoves Eifel-Krimi-Reihe:
- Der Kindermacher (Band 1)
- Trügerische Fährten (Band 2)
- Bande des Schweigens (Band 3)
- Fangnetz (Band 4)

Ulrike Schelhove

Fangnetz
- Ein Eifel-Krimi -

Der 4. Fall für Ilka Landwehr & Alex Stettenkamp

KVE-Verlag
Originalausgabe Mai 2015
Autorin: Ulrike Schelhove
ulrikeschelhove@yahoo.de
Lektorat: Sandra Blum
Korrektorat: Sandra Blum
Umschlaggestaltung: Alexander Kopainski
ISBN: 978-3-9817023-6-1

Für Papa
- R.I.P.-

Prolog

Mit euren schweren Schritten und finsteren Blicken in meinem Rücken seit ihr mir seit drei Wochen auf den Fersen.
'Mörder!' - habt ihr auf die graue Fassade des halb verfallenen Häuschens geschmiert, in dem Mutter bis zu ihrem Tod gewohnt hat.
'Raus aus Wildbach, Du Sau!'
Wo hätte ich denn hingehen sollen?

Die letzten fünfzehn Jahre habe ich meine karge Zelle in Ossendorf mit Killern oder Kinderschändern geteilt. An jedem verdammten Tag habe ich mich danach gesehnt, frei zu sein, bis es weh tat.
Tatsächlich reichte mein Horizont durch die engen Gitterstäbe aber nur bis in den erdrückenden Innenhof, in dem ich einmal am Tag - umzingelt von mannshohen Mauern - in die Weite des Himmels blicken durfte.
Trotz allem.
Sie haben mich dort nicht gebrochen.

Bürgerwehr nennt ihr euch. Lungert vor meiner Tür, bewacht jeden meiner Schritte.
Mütter treiben hysterisch ihre spielenden Kinder ins Haus, wenn sie mich nur aus der Ferne erspähen - Achtung, der Wollscheid kommt!
Ich spüre euren Hass allerorten.

Warum lief fast immer alles schief in meinem Leben?

*Nach meiner Geburt hat Mutter mich weggegeben.
Auf die Hilfe ihrer Eltern konnte Elisabeth Wollscheid
Anfang der Sechziger in der Eifel wohl nicht hoffen.
Von einem alten Bauern aus dem Nachbarort sei
meine Mutter damals geschwängert worden, hörte ich
die Alten im Dorf einmal sagen.
Mit Sicherheit eine unfassbare Schande in den Augen
ihrer tiefkatholischen Eltern.
Für die unbarmherzigen Nonnen im Heim war ich
lediglich der widerspenstige Bastard. Und das ließen
sie mich fast täglich mit ihrem auf mich
niederschnellenden Rohrstock spüren.*

*Ich sinniere über längst Vergangenes. Kleinere
Einbrüche und Hehlereien - ich bewegte mich immer
näher zum Abgrund hin.
Doch es wäre noch nicht zu spät gewesen. Immerhin
hatte ich mit Ach und Krach die Realschule gepackt.
Hätte ich damals nur die Finger von den Drogen
gelassen, die Kleindealer mir am Schleidener
Bahnhof anboten. Ich driftete vollkommen ab. Mit
sechzehn war ich endlich den Nonnen im Heim
entronnen und begann eine Lehre. Doch der Meister
wollte schon bald aufgrund meiner Unzuverlässigkeit
nichts mehr von mir wissen. Ich hatte nun viel zu viel
Zeit und brauchte ständig Geld. Immer mehr.
Irgendwann lernte ich Anna kennen. Nie hätte ich
gedacht, dass ich bei ihr eine Schnitte gehabt hätte.
Sie ist schön, gebildet, stammt aus einem
gutbürgerlichen Elternhaus. Ich habe sie geliebt wie
noch niemals einen Menschen zuvor. Eine Weile lief
alles gut. Sogar einen Job hatte ich in der kurzen Zeit*

mit ihr in der kleinen Autowerkstatt in Rescheid. Bis dieser Kirchenmusiker Anna dann den Hof machte. Nur sieben Monate später hat sie ihn hochschwanger mit großem Tamtam geheiratet.
Vorbei!

Jahre später manövrierte ich mich ahnungslos in die finale Katastrophe meines bescheidenen Lebens. Der Einbruch ausgerechnet bei diesem Gutmenschen Herkenrath.
Ich war wieder auf Droge.
Lächerliche hundert Mark und den Stapel sorgsam gehefteter Blätter habe ich mir vom Esszimmertisch geschnappt.
Beinahe wäre ich unbemerkt durch die aufgehebelte Terrassentür entkommen.
Wäre mir Karin nicht dazwischenkommen.
Jede Nacht sehe ich sie vor mir.
Alles sprach damals gegen mich.
Ein Indizienprozess genügte, um mich als ihr Mörder in den Knast zu bringen.
Lebenslänglich. Das sind bei guter Führung fünfzehn Jahre im Bau mit anschließender Bewährung.
Schuld sind in Deinem Leben nicht die anderen!, sagte mir der Gefängnispsychologe.
Recht hat er.
Mit einer einzigen Ausnahme.
Du weißt es genau.
Deine Schuld schreit nach Sühne.
Auch die deines Großvaters?

Eure harten Schritte höre ich auf dem Weg ins

Internetcafé schon wieder hinter mir.
Ihr wollt mich fertig machen und aus eurer Eifel
vertreiben.
Aber ich sage euch:
Nichts wird hier bleiben wie es war!

Montag - 1. Tag

Alex Stettenkamp wälzte sich im Morgengrauen ruhelos in seinem verwaisten Ehebett hin und her. Zum x-ten Mal blickte er auf den kleinen Radiowecker, den Lisa auf ihrem Nachttisch stehen gelassen hatte. Die roten Leuchtziffern standen auf kurz nach vier. Bislang hatte der Kommissar in dieser Mainacht noch keine Minute Schlaf gefunden.
Er dachte an den gestrigen Abend, an dem er seine fünfjährigen Zwillinge Ben und Moritz zu Lisa nach Münster gefahren hatte. Sie hatten sich gestritten, weil er die Jungen eine Stunde später als verabredet zurückgebracht hatte - und Lisa ihm nicht einmal glauben wollte, dass er aufgrund eines schweren Verkehrsunfalls bei Wuppertal ewig lange mit ihnen mit Stau gestanden hatte. Seine Frau war kurz vor Weihnachten mit den Kindern zunächst zu ihren Eltern gezogen, hatte sich jedoch acht Wochen später in die Penthouse-WG ihrer ehemaligen Schulfreundin Andrea im Münsteraner Kreuzviertel eingemietet. Vorübergehend, hatte sie damals betont.
Sie brauche Zeit zum Nachdenken und dazu den nötigen Abstand. Leider hatte sich an diesem Zustand bis dato nichts geändert. Die Zwillinge sah er lediglich an seinen dienstfreien Wochenenden, denn die Entfernung bis Münster betrug nun einmal über zweihundert Kilometer. Es zerriss ihm seither das Herz, die Jungen zu Hause in seinem Alltag nicht mehr um sich zu haben.
Ben und Moritz hatten am gestrigen Abend angesichts

des Streits ihrer Eltern zunächst angefangen zu weinen, um dann in der Küche der Wohngemeinschaft Gläser und Geschirr von dem filigranen Glastisch zu fegen.
Alex seufzte in die Dunkelheit hinein.
Er konnte seine Kinder verstehen.
Während Lisa noch versuchte, die beiden zu beruhigen, hatte Andrea ihn ziemlich forsch beiseite genommen. Er wusste selbst nicht genau warum, aber er hatte sie einfach noch nie leiden können.
„Alex, so kann es nicht weitergehen. Ich habe heute Nachmittag schon mit Lisa gesprochen. Sie muss mit Ben und Moritz eine andere Bleibe finden, es tut mir leid."
Was hätte er dazu sagen sollen?
„Du weißt, wir arbeiten hier zu einem großen Teil im Home-Office."
Sie sprach von sich und diesen drei jungen, in seinen Augen neureichen Innenarchitekten, mit denen sie hier lebte.
Alex hatte sich schon lange gefragt, ob Lisa mit einem von ihnen...
„Da stören Kinder einfach nur!", unterbrach Andrea ihn in seinen düsteren Gedanken. „Ich habe das Lisa heute Nachmittag auch schon gesagt. Sie muss eine andere Lösung finden. Und zwar zeitnah", fügte sie betont hinzu.
Alex hatte daraufhin nur ratlos mit den Schultern gezuckt.
Er wünschte sich nichts sehnlicher, als dass Lisa und die Kinder wieder zu ihm zurückkehrten. Er liebte seine Frau. Und verzweifelte noch immer darüber,

dass ein ärgerliches Missverständnis Mitte Dezember dazu geführt hatte, dass sie glaubte, er habe Isabella wiedergetroffen. Den in seinen Augen längst verjährten Seitensprung. Wieder und wieder hatte er sich bei Lisa dafür entschuldigt. Irgendwann sollte es doch auch mal gut sein!
Alex Stettenkamps trübe Gedanken wurden plötzlich unterbrochen.
Sein Handy vibrierte.
Eine Nachricht!
Alex sah abermals auf den Radiowecker, inzwischen zeigte dieser exakt halb fünf an.
Wer schrieb ihm um diese nachtschlafende Zeit?
Ein paar Sekunden später wusste er es:
„Lass uns reden. L"
Diesen Wunsch hatte sie seit Monaten nicht geäußert.
Was hatte Lisa um diese Stunde im Sinn?
Wollte sie nach dem obligatorischen Trennungsjahr die Scheidung?
Und ihm sagen, dass sie endgültig mit den Kindern in Münster bleiben, sich mit ihnen irgendwo eine Wohnung suchen würde?
Sein Herz pochte.
„Sehr gern!", tippte er, „wann hast du Zeit?"
Alex überlegte einen Moment, bevor er die Senden-Taste drückte.
„Ich liebe dich und werde immer für dich da sein! Dein Alex"
Er seufzte tief.
Gerade hatte er seine Antwort abgeschickt, da ließ ihn der schrille Klingelton des Festnetztelefons im Bett zusammenschrecken.

Was war denn jetzt los?
Er sah auf das graue Display - die Leitstelle!

„Herr Stettenkamp? Entschuldigen Sie die frühe Störung!"
Sabine Großjohanns Stimme klang brüchig.
Peter Bongardt und Manfred Habig nannten die Kollegin aus der Leitstelle insgeheim nur *Radio Kreishaus*.
„Vor zwei Minuten haben wir einen Anruf erhalten. Ein Förster hat in Wildbach vor zehn Minuten eine Leiche im Wald entdeckt."
Sie räusperte sich kurz.
„Es handelt sich wohl um ein sehr junges Mädchen aus dem Dorf, der Mann hat sie sofort erkannt! Natalie Knips heißt sie."
Stettenkamp war längst in seine beigefarbene Anzugshose gesprungen und riss das Jackett vom Kleiderbügel.
Er überlegte einen Augenblick.
Wildbach war doch das Vierhundert-Seelen-Dorf mitten im Eifeler Ländchen...
„Ich fahre sofort los!", versprach der Kommissar und stellte den Lautsprecher seines iPhones wieder aus.
„Die Leiche liegt in einer Böschung. Sie können den Fundort aber eigentlich nicht verfehlen. Fahren Sie am Forsthaus vorbei und dann ein Stück zum Wald hinauf. Der Förster wartet dort auf Sie. Erwin Lenzen heißt er. Und ich sorge jetzt dafür, dass sich Schmitz und seine Jungs umgehend auf den Weg machen."
„Das ist gut!"
Er wusste die gewissenhafte Arbeit seiner Kollegen

von der Spurensicherung am Tatort sehr zu schätzen. Noch so unscheinbare Indizien hatten sie schon so manches Mal zum Mörder geführt.
„Der Notarzt und Polizeiobermeister Schneider sind bereits unterwegs!", schloss Sabine Großjohanns und verabschiedete sich.

Das weiche, kindliche Gesicht der Toten zog Alex Stettenkamp einen Moment völlig in seinen Bann. Natalie Knips lag ein gutes Stück unterhalb des Waldweges, in den sich die breiten Profilspuren eines Geländewagens gedrückt hatten, in einer Böschung. Ihr lebloser Körper wurde von einem Baumstamm gehalten, der offenbar quer ins Unterholz gefallen war. Hinter der mannshohen Tanne ging es noch tiefer den steilen Hang hinab.
Natalies dunkle Augen waren geöffnet. Ihre rechte Pupille wirkte vergrößert. Um ihren schmalen Kopf mit der hohen Stirn hatte sich das kastanienbraune Haar des Mädchens gewickelt. Im Gesicht und an ihren Händen erkannte Stettenkamp kleine Kratzverletzungen, sicher von dem Geäst, durch das sie vermutlich gerollt war.
Das etwa vierzehnjährige Mädchen trug einen dunkelblauen, kurzen Jeansrock, darunter eine dreiviertellange schwarze Leggings. Unter einer roten Sweatjacke mit dem Slogan 'Happiness depends on you' lugte ein enges, schwarzes Shirt hervor.
Um den Hals baumelte ein zartes, silberfarbenes Kettchen, an dem ein kleines Herz hing.
Der Fotograf, der seit Jahren dem Erkennungsdienst angehörte, schoss zahlreiche Bilder der Leiche.

Stettenkamp wählte über sein iPhone die Nummer des Staatsanwaltes, Dr. Andreas Rettich, erreichte ihn jedoch nicht.
Er sah hinüber zu Erwin Lenzen.
Der Förster stand in robuster Jagdkleidung neben Polizeiobermeister Schneider; sein wettergegerbtes Gesicht wirkte an diesem frühen Morgen aschfahl. Neben ihm drängte sich ein rotbrauner Kurzhaardackel an seine Beine.
„Hätte Lupus nicht angeschlagen, wäre ich vermutlich an der Böschung hier vorbeigelaufen, ohne Natalie zu bemerken", sagte Lenzen gerade mit rauer Stimmer. „Der Hund ist zu ihr hingelaufen und bellte immer lauter. Ich sah sofort, dass es die kleine Knips aus dem Dorf ist, die da liegt. Ihre Mutter ist übrigens eine Nichte von mir."
Er lächelte gequält.
„Hier ist ja das halbe Dorf miteinander verwandt", fügte er hinzu.
Ilka sah ihn nachdenklich an.
„Ich kenne Natalie zwar nur flüchtig, aber ihre Mutter ganz gut. Sabine und ich sind jahrelang mit dem gleichen Schulbus vom Ländchen nach Schleiden gefahren", erklärte sie ihrem Chef. „Sie zur Realschule, ich zum Clara-Fey-Gymnasium."
„Für Sabine wird eine Welt zusammenbrechen", sagte der Förster leise. „Die hat doch außer der Natalie niemanden, seitdem sie diesen Taugenichts vors Loch gesetzt hat."
Ilka überlegte einen Augenblick.
„Wir müssen ihr gleich Bescheid geben. Hoffentlich ist sie zu Hause. Soweit ich weiß, arbeitet Sabine in

Mechernich im Krankenhaus, da wird sie sicherlich verschiedene Schichten haben."
Der Förster nickte und blickte die Böschung hinab. Unten erhob sich Notarzt Dr. Wolter gerade, schloss seinen schwarzen Koffer und stieg dann zu Stettenkamp und Ilka, die soeben angekommen war, hinauf.
„Ich habe am Hinterkopf des Mädchens eine recht große Wunde entdeckt", berichtete er. „Bei der Obduktion werden die Rechtsmediziner Genaueres dazu sagen können, wenn das Haar weggeschnitten ist. Ich vermute trotzdem schon jetzt, dass die Kleine auf einer harten, spitzen Oberfläche aufgeknallt ist, vielleicht auf einen Stein", überlegte er. „ Das Mädchen könnte aufgrund der Kopfverletzung an einer Hirnverletzung gestorben sein. Dafür spricht auch die geweitete Pupille."
Ilka blickte den Steilhang hinunter.
„Auf den ersten Blick sehe ich dort unten nur Waldboden, Geäst und diesen dicken Baumstamm", meinte sie ratlos. „Aber natürlich muss der Aufprall, wenn es denn einen gab, nicht hier am Tatort passiert sein."
Nachdenklich blickte sie in Natalie Knips' weißes Gesicht.
„Können Sie schon sagen, wann das Mädchen ungefähr gestorben ist?"
Dr. Wolter zuckte mit den Schultern.
„Das ist bekanntlich nie exakt zu bestimmen. Was ich sagen kann: Die Leiche ist bereits recht starr. Sie wissen, dieser Prozess setzt bei Kälte deutlich langsamer ein."

Er deutete auf ein kleines Thermometer. Es zeigte an diesem frühen Morgen gerade einmal fünf Grad an.
„Sehen Sie die hellroten Leichenflecken? Sie deuten ebenfalls darauf hin, dass das Mädchen eine ganze Weile auf dem kalten Waldboden gelegen haben muss. Ich habe ihre Körpertemperatur gemessen und die Außentemperatur bei meinen Überlegungen mit berücksichtigt. Natalie Knips ist mit ziemlicher Sicherheit länger als sechs Stunden tot."
Der Landarzt blickte auf seinen Piepser.
„Ich bin sicher, während der Obduktion kann man ihren Todeszeitpunkt noch etwas exakter eingrenzen. Und nun entschuldigen Sie mich, ich muss zu einem Patienten."
Ilka wandte sich noch einmal an den Förster.
„Sagen Sie mal, Herr Lenzen, haben Sie Natalie gestern Abend eigentlich noch hier oben am Wald gesehen? Von Ihrem Haus aus haben Sie das untere Stück Forst doch im Blick, nicht wahr?"
Er schüttelte den Kopf.
„Nein, tut mir leid, ich habe nichts beobachtet. Von meinem Wohnzimmer und dem Schlafzimmer aus schaut man zur Dorfstraße, nicht zum Wald. Meine Frau ist über Nacht bei ihrer kranken Mutter in Schmidtheim geblieben und ich bin schlafen gegangen, nachdem ich Lupus so gegen zweiundzwanzig Uhr kurz nach draußen gelassen habe."
Lenzen sah sie an.
„Mädchen, meinst du, Natalie ist... umgebracht worden?"
Seine Stimme klang, als sei diese Vermutung in

diesem Augenblick erstmals vollständig in sein Bewusstsein gedrungen.

Ilka schmunzelte innerlich über die vertraute Anrede des Försters. Aber schließlich kannte er sie durch ihren Vater Paul, der ebenfalls zur Jagd ging, schon seit ihrer Kindheit.

Bevor sie ihm antworten konnte, kam Bernd Schmitz, der Chef des Erkennungsdienstes, mit energischen Schritten den Waldweg hinauf. Er stiefelte geradewegs auf sie zu. Der Spurensicherer trug einen weißen Ganzkörperanzug, die Kapuze tief ins Gesicht gezogen.

„Meine Leute und ich haben Schleifspuren auf der gesamten Länge des Waldweges festgestellt, die mit an Sicherheit grenzender Wahrscheinlichkeit von Natalie Knips stammen!", sagte er ernst. „Das heißt, sie wurde vermutlich bis zu der Böschung hier heraufgezogen und dann genau an dieser Stelle hinuntergestoßen."

Er deutete hinunter zu dem toten Mädchen.

„Ich habe das Profil ihrer Turnschuhe mit den Spuren abgeglichen, die ich auf dem Waldweg gefunden habe. Bingo! Ihre Treter haben den Boden jedenfalls immer mal wieder berührt. Der Täter hat das Mädchen vermutlich von hinten unter den Armen umklammert und sie dann rückwärts hier hinaufgeschleift."

Stettenkamp sah erst den Spurensicherer, dann Ilka alarmiert an.

„Das würde bedeuten, Natalie Knips war schon tot, als sie die Böschung hinuntergerollt worden ist, richtig?"

Schmitz nickte.

„Schauen Sie mal nach drüben zum Feld, da wo der Waldweg beginnt. Dort sehen Sie doch den Haufen aufgetürmter Steine. Exakt dort beginnt unsere Schleifspur! Und noch etwas: Auf dem vordersten Stein habe ich eine winzige Spur getrockneten Blutes entdeckt!"

Er nestelte an der Tasche seines weißen Schutzanzuges herum und zog einen Schlüssel heraus. „Ich fahre jetzt ins Labor. In ein paar Stunden wissen wir mehr!"

Nachdem Natalies Leichnam abtransportiert worden war, um in das rechtsmedizinische Institut nach Bonn gebracht zu werden, verließen Stettenkamp und Ilka als Letzte der Truppe den Wildbacher Forst. Sie machten sich auf den Weg nach Euskirchen ins Kreishaus, in dem die Büros der Kriminalpolizei untergebracht waren.

Zuvor hatten sie in Wildbach bei Sabine Knips, Natalies Mutter, geklingelt.

Die neugierigen Blicke der Nachbarn hinter ihren Gardinen waren ihnen nicht entgangen.

Doch die Kommissare hatten niemanden in dem in die Jahre gekommenen Bauernhaus angetroffen. Stattdessen erfuhr Stettenkamp, dass sich Sabine Knips noch im Krankenhaus bei der Arbeit befand und erst in einer halben Stunde ihren Nachtdienst beenden würde.

Der Förster versprach ihnen daraufhin am Telefon, vor dem Haus auf seine Nichte zu warten und ihr die schlimme Nachricht zu überbringen. Auch seine Frau

sei bereits aus Schmidtheim unterwegs und werde Sabine beistehen.
Daraufhin hatten sie beschlossen, Sabine Knips im Verlauf des Vormittags noch einmal aufzusuchen und ihr - wenn möglich - einige erste Fragen zu ihrer Tochter zu stellen.

„Ich habe gerade einen ziemlich seltsamen Anruf entgegengenommen!", berichtete Ilka wenig später im Besprechungszimmer.
Sie sah in die ungewöhnlich große Runde, die sich an diesem Morgen zusammengefunden hatte: Am Kopf des Tisches saß ihr Chef Alex Stettenkamp, links von ihm hatten Kriminalassistent Peter Bongardt sowie Manfred Habig, der sie seit dem Winter zusätzlich im Innendienst unterstützte, Platz genommen.
Polizeidirektor Armin Groß und der die Ermittlungen leitende Staatsanwalt Dr. Andreas Rettig aus Bonn waren an diesem Morgen ebenfalls hinzugestoßen.
„Was denn für ein seltsamer Anruf?", wollte Stettenkamp wissen.
„Hans-Josef Herkenrath aus Wildbach hat sich gemeldet. Er ist recht bekannt im Ländchen, denn er arbeitet als Regionalkantor und dirigiert außerdem mehrere Chöre in der Gemeinde Hellenthal.
Herkenrath wusste jedenfalls bereits, dass es sich bei unserem Opfer um Natalie Knips aus Wildbach handelt. Es hat sich bei ihm im Ort also anscheinend schon herumgesprochen, um wen es sich bei dem toten Mädchen handelt."
Sie sah den verdutzten Bongardt an.
„In einem Dörfchen wie Wildbach macht so eine

Nachricht gleich die Runde. Außerdem berichtet *Radio Euskirchen* seit den Sechs-Uhr-Nachrichten über das tote Mädchen. Auch im Internet wird schon fleißig über sie geschrieben."
Ilka deutete auf ihren Laptop.
„Jedenfalls behauptet dieser Herkenrath, er habe gestern Abend gegen dreiundzwanzig Uhr mit seinem Hund eine letzte Runde im Wald gedreht. Und währenddessen habe er ein Stück hinter dem Forsthaus einen Mann zusammen mit Natalie Knips beobachtet. Dieser habe den Arm um das Mädchen gelegt und immer wieder ihre rote Umhängetasche angefasst, so als wolle er hineingreifen. Der Anrufer sagte mir, er habe sich zunächst nichts bei der Sache gedacht."
„Wie bitte?" Dr. Rettig klang alarmiert.
„Es kommt noch besser! Herr Herkenrath behauptete, diesen Mann, den er dort beobachtet habe, zu kennen. Er nannte mir sogar einen Namen. Rainer Wollscheid. Sagt mir gar nichts! Er stammt wohl ebenfalls aus Wildbach und ist vor drei Wochen angeblich erst aus dem Gefängnis in Köln-Ossendorf entlassen worden!"
Stettenkamp sprang auf.
„Ich rufe dort eben an, das geht schneller, als seine Papierakte anzufordern! Ich hoffe, die alten Unterlagen werden endlich mal digitalisiert", schimpfte er im Hinausgehen.
Nach einer kurzen Weile erschien er wieder im Besprechungsraum.
„Wollscheid ist vor über fünfzehn Jahren wegen Mordes an einer Karin Herkenrath zu

lebenslänglicher Haft verurteilt worden", berichtete er atemlos. „Wegen guter Führung wurde er vorzeitig aus dem Knast entlassen."
Polizeidirektor Groß kratzte sich am Kopf.
„Ich glaube, mir sagt dieser Name jetzt etwas! Wenn ich die Sache richtig in Erinnerung habe, hat er die Frau damals, während seines Einbruchs bei den Herkenraths, getötet. Sie hat ihn offenbar damals auf frischer Tat ertappt."
Stettenkamp sah in das gerötete Gesicht seines Vorgesetzten.
„In welchem verwandtschaftlichen Verhältnis stand Karin Herkenrath zu dem Anrufer? Ich frage wegen des gleichen Nachnamens!"
Groß atmete tief durch.
„Soweit ich weiß, handelte es sich um seine Schwester."
Ilka klopfte mit der Handfläche leise auf die Tischplatte und blickte nachdenklich in die Runde.
„Halten wir fest: Der vermeintlicher Zeuge will Rainer Wollscheid dabei beobachtet haben, wie er mit Natalie Knips in der Nacht spazieren gegangen sein soll. Eine rote Umhängetasche haben wir am Tatort übrigens nicht gefunden! Eben dieser Mann musste sich ausgerechnet wegen Mordes an Hans-Josef Herkenraths Schwester verantworten. Und befindet sich in seinem Dorf nun wieder auf freiem Fuß..."
Stettenkamp nickte.
„Ich habe deine Zwischentöne verstanden, Ilka. Wir sollten Herkenrath aber nicht gleich unterstellen, dass seine Aussage nicht stimmt! Allerdings kann ich auch nicht verhehlen, dass sein Anruf für mich zunächst

ein wenig nach persönlicher Rache an Rainer Wollscheid klingt."
Er sah auf die große, schwarz-weiße Wanduhr.
„Ilka, Peter, wir werden beide Männer vernehmen. Jetzt gleich!" An seine Mitarbeiterin gewandt meinte er: „In deiner alten Heimat im Ländchen hast du bisher noch nicht ermittelt, was?"
Ilka stammte ursprünglich aus dem kleinen Dorf Oberschömbach. Dort stand ihr Elternhaus, in dem ihr Vater nach dem Krebstod seiner Frau trotz seines Schlaganfalls weiterhin alleine lebte. Wildbach grenzte unmittelbar an Oberschömbach. In den Ortschaften des Ländchens kannte man sich untereinander; die meisten Menschen lebten seit ihrer Geburt hier und waren nie fortgezogen.
Ilka nickte und schlug sich mit der Hand gegen die Stirn.
„Da fällt mir gerade etwas ein! Mein Vater erzählte mir vor ungefähr einer Woche, dass sich in Wildbach eine *Bürgerwehr* formiert habe. Überwiegend junge Männer aus der Feuerwehr und dem Junggesellenverein, aber auch etliche Rentner."
Sie sah in die Runde.
„Er erwähnte, dass diese *Bürgerwehr* permanent einem Mann auf den Fersen sei, der vor Kurzem aus dem Gefängnis entlassen worden und nun in das alte, halb verfallene Häuschen seiner verstorbenen Mutter eingezogen sei. Ich hatte die Geschichte fast schon wieder vergessen!"
Peter Bongardt lachte kurz auf.
„Da kann es sich doch nur um Rainer Wollscheid handeln. Ich meine, so viele Ex-Knackis wird es in

dem Kaff ja nicht geben, oder?"
Er rollte die Augen zur Decke.
„Eine *Bürgerwehr*! Wenn ich das schon höre! Mann, wir sind hier echt in der tiefsten Provinz! Ich merke es immer wieder."
Ilka knuffte ihrem Kollegen freundschaftlich in die Rippen.
„Peter, irgendwann schaffst du es zur Kripo nach Frankfurt! Dein großes Ziel, wir wissen es!"
Sie grinste ihn an. „Aber solange das nicht klappt, musst du halt mit der Eifeler Provinz vorliebnehmen. Die ist auch nicht ohne, das wissen wir doch!"
Manfred Habig räusperte sich.
„Während ihr Wollscheid vernehmt, mach ich mich mal schlau über diese *Bürgerwehr*. Bevor ihr bei Herkenrath seid, weiß ich sicher schon mehr. Ich rufe euch unterwegs an."
Stettenkamp stand auf und schnappte sich seine Jacke von dem wackeligen Garderobenständer.
„So machen wir es!", rief er in die Runde.
Ilka und Bongardt erhoben sich ebenfalls - froh, dass sie nun die Ermittlungen aufnehmen konnten.
An Armin Groß' Gesichtsfarbe, die stets zwischen einem teigigen rosa und einem tiefen dunkelrot schwankte, sah er sofort, dass es in ihm brodelte. Der Polizeidirektor hatte sich noch immer nicht daran gewöhnt, dass der Westfale Stettenkamp ihm selten das letzte Wort in einer Besprechung überließ.

Die Kirchenglocken von Kreuzberg läuteten bereits den späten Vormittag ein, als die Polizeibeamten das bescheiden wirkende Häuschen am Ortsrand von

Wildbach verließen, das seit den sechziger Jahren niemals renoviert worden zu sein schien.
Rainer Wollscheid hatte sich zunächst als ein äußerst misstrauischer Gesprächspartner erwiesen, was sie ihm im Grunde nicht übel nehmen konnten.
'Auf Schritt und Tritt verfolgt' fühle er sich seit seiner Rückkehr aus dem Gefängnis von der selbsternannten *Bürgerwehr*, berichtete er genervt.
„Nennen sie mich meinetwegen einen Berufseinbrecher, aber mit dem toten Mädchen habe ich nichts zu tun!", beharrte der Achtundfünfzigjährige energisch.
Er kenne Natalie Knips nicht einmal, bei seiner Verurteilung vor über fünfzehn Jahren sei sie doch noch nicht einmal auf der Welt gewesen.
Er blieb äußerlich weiterhin vollkommen ruhig, als Stettenkamp ihn mit der Behauptung Herkenraths konfrontierte, er sei gestern spätabends zusammen mit Natalie in der Nähe des Forsthauses gesehen worden; unweit jener Stelle, an der sie an diesem Morgen tot aufgefunden worden war.
Wollscheid erklärte die Behauptungen des Kirchenmusikers für blanken Unsinn und gab zu Protokoll, den gesamten gestrigen Abend über zu Hause gewesen zu sein. Er habe im Fernsehen zunächst die Tagesschau und anschließend im WDR bis dreiundzwanzig Uhr dreißig die Wiederholung eines dreiteiligen Spielfilms gesehen. Auf Ilkas Nachfrage hin konnte er den Inhalt des Films *Tannbach - Schicksal eines Dorfes* ausführlich wiedergeben.
Herkenrath hatte Ilka gegenüber am Telefon

behauptet, Wollscheid müsse Natalie eine rote Umhängetasche, die sie angeblich gestern Abend bei sich getragen hatte, entwendet haben. Am Tatort sei sie jedoch nicht gefunden worden...
Unfassbar, was der Mann alles wissen wollte!
Rainer Wollscheid gewährte ihnen trotz seines anfänglichen Misstrauens bereitwillig Zutritt zu den wenigen Zimmern seines Häuschens. Er gestattete ihnen, ohne Durchsuchungsbeschluss, nach der besagten Tasche zu suchen.
„Stellen Sie meinetwegen alles auf den Kopf, ich habe nix zu verbergen!", hatte er gebrummt.
Nach einer guten Stunde, in der Stettenkamp und Ilka jeden Winkel vom Dachboden bis zum Keller durchleuchtet hatten, waren sie zu dem Schluss gekommen, die Aktion besser abzubrechen und stattdessen Hans-Josef Herkenrath näher zu befragen.

„Wollscheid hat zwar kein überzeugendes Alibi", meinte Ilka, als sie in der gepflasterten Einfahrt der Herkenraths parkten, „und vielleicht liege ich auch daneben, aber mein Bauchgefühl sagt mir, dass er Natalie nicht getötet hat." Sie schloss die Fahrertür. „Zumal ihm doch ständig diese *Bürgerwehr* auf den Fersen ist. Was wäre er da für ein Risiko eingegangen!"
Peter Bongardt nickte und sah auf sein vibrierendes iPhone.
„Ich bin gespannt, mit deren Mitgliedern zu sprechen! Manfred hat übrigens fleißig recherchiert, während wir bei Wollscheid waren. Er hat mir eben die Namen und Adressen sämtlicher Personen auf die Mailbox

gesprochen, die angeblich zu dieser *Bürgerwehr* gehören. Alles Männer übrigens."
„Sehr gut, damit können wir doch etwas anfangen!"
Stettenkamp drückte auf den in Granit eingefassten Klingelknopf.
Sie hörten, wie im Haus ein langgezogener, melodischer Ton erklang. Auf einem getöpferten Schild lasen sie 'Willkommen! Hier wohnen Anna, Hans-Josef und Luisa Herkenrath'.
Sie hatten ihren Besuch angekündigt.
Herkenrath führte sie in ein geräumiges Wohnzimmer mit einem stattlich gemauerten offenen Kamin und ausgewählten antiken Möbelstücken.
Die Wände zierten zahlreiche Fotos, auf denen der Hausherr als Chordirigent zu sehen war. Ein auffallendes, großformatiges Bild zeigte ihn erkennbar stolz inmitten zahlreicher Sangesfreunde; über ihren Köpfen stand geschrieben:
Gospelchor Hellenthal - Landessieger NRW 2014.
In einer Ecke hing ein eingerahmter, mehrspaltiger Zeitungsartikel aus dem Lokalteil der *Rundschau*. Stettenkamp warf einen Blick auf die Überschrift. Sie wies auf Hans-Josef Herkenrath als Initiator einer Gemeinschaft hin, die dafür sorgte, dass in Hellenthal Stolpersteine zum Gedenken an hiesige Holocaust-Opfer verlegt wurden.
Seine Frau Anna sei beruflich nach Düsseldorf gefahren, erklärte der umtriebige Kirchenmusiker gerade. Sie arbeite als Restauratorin und schaue sich in der Stadt ein paar Objekte an.
Stettenkamp drehte sich zu ihm um.
„Sie haben Rainer Wollscheid am Telefon mit ihrer

Aussage schwer belastet. Bleiben Sie dabei, ihn beobachtet zu haben?"
Herkenrath warf den Beamten einen langgezogenen Blick zu.
„Ja selbstverständlich!"
Seine sonore Tenorstimme passt zu seinem Äußeren, fand Ilka. Der hochaufgeschossene, schlanke Mann hatte volles, graumeliertes Haar und feingliedrige Hände. Dazu passte das markante Gesicht mit den klaren, grünen Augen.
Ein attraktiver Typ, fast charismatisch, dachte sie.
Sie unterhielten sich eine Weile mit ihm, um sich ein Bild des Mannes zu verschaffen, der noch einmal felsenfest behauptete, Wollscheid mit Natalie zusammen gegen dreiundzwanzig Uhr ganz in der Nähe des späteren Tatorts gesehen zu haben.
Herkenrath beschrieb überdies detailliert Wollscheids angebliche Kleidung an jenem Abend.
„Ich bleibe auch dabei: Natalie trug eine rote Umhängetasche mit weißen Blumen drauf, als ich die beiden gesehen habe! Auf die hatte er es abgesehen!"
Das klingt alles ziemlich wirr, dachte Ilka.
„Wir werden Natalies Mutter fragen, ob ihre Tochter eine solche Tasche besessen hat", meinte sie sachlich.
„Sagen Sie mal, Herr Herkenrath. Waren Sie eigentlich nicht alarmiert, als Sie die junge Frau mit dem Mörder ihrer Schwester zusammen gesehen haben?", wollte Stettenkamp wissen. „Da wäre ich doch an Ihrer Stelle zumindest mal zu den beiden hinübergegangen, um mich zu vergewissern, dass mit dem Mädchen alles in Ordnung ist! Wo sie doch sonst eine ganze *Bürgerwehr* hinter ihm herjagen!

Vielleicht hätte ich an Ihrer Stelle sogar Natalies Mutter informiert - zumal um diese nächtliche Uhrzeit!"
Herkenraths Augen verengten sich.
Er hob gerade zu einer Antwort an, da klingelte es an seiner Tür.

Der Hausherr stand auf.
Aus dem Wohnzimmer konnten sie in die großzügig geschnittene Diele sehen, in die nun zielstrebig ein älterer, leicht untersetzter Mann eintrat.
„Heinz, ich habe gerade Besuch von der Kriminalpolizei", hörten sie den Kirchenmusiker sagen. „Komm doch in einer halben Stunde nochmal wieder, ja?"
Heinz trat den Rückzug an.
„Ja klar, da will ich euch nicht stören! Ich wollte dir auch nur Bericht von letzter Nacht erstatten!"
In diesem Moment kam Ilka eine Idee.
Sie sprang auf und ging auf den glatzköpfigen Mann zu.
„Kommen Sie doch herein! Wir haben noch ein paar Fragen. Vielleicht können Sie uns weiterhelfen."
Er schien irritiert, ließ sich in seinem grünen Blouson aber bereitwillig auf den gepolsterten Hocker fallen, der neben dem weißen Sofa stand.
„Gehören Sie auch zur Wildbacher *Bürgerwehr?*", fragte Ilka harmlos.
„Ja, sicher! Heinz Jansen."
Er reichte ihr die Hand.
„Die Polizei kann schließlich nicht immer überall sein und als Bürger, so sage ich immer, hat man nicht nur

Rechte, sondern auch Pflichten. Jawohl!"
Ilka sah in sein rundliches Gesicht.
„Ich bin ja Rentner und habe Zeit", erklärte Heinz. „Zusammen mit meinem Sohn Achim und sechs weiteren Wildbachern teile ich mir die Schichten auf. Früh, Mittel, Spät. Ganz schön professionell, was?" Er lachte kurz.
„Warum überwachen Sie Herrn Wollscheid überhaupt?", fragte Stettenkamp.
„Na hören Sie mal!", brauste Heinz Jansen auf. „Da lebt ein Mörder mitten unter uns im Dorf! Und Sie fragen, warum wir ihn überwachen?"
Der Kommissar blickte ihm ernst in die Augen.
„Ein Mörder, der seine Strafe im Gefängnis verbüßt hat! Ich sage Ihnen mal was, von Ihrer *Bürgerwehr* halte ich überhaupt nichts! Sie schikanieren einen Mann, der das Recht hat, sich im bürgerlichen Leben wiedereinzugliedern. Sie geben Herrn Wollscheid doch überhaupt keine Chance dazu!"
Heinz lief rot an.
„Ja sollen wir etwa warten, bis er erneut zuschlägt?", fragte der Rentner. „Es ist doch unsere Pflicht, aufzupassen, dass hier niemandem etwas passiert! Das ganze Dorf war doch froh, als der Hans-Josef die Idee hatte, so eine *Bürgerwehr* zu gründen, damit nichts mehr geschieht."
Stettenkamp warf Herkenrath einen strengen Blick zu.
„Sie organisieren diese... Aktivitäten?"
„Ganz genau!" Er klang sehr selbstbewusst.
„Ihre *Bürgerwehr* sollten Sie mal ganz schnell zurückpfeifen!", mischte sich Bongardt ein. „Sie

haben weder polizeiliche Befugnisse noch sind Sie für so etwas geschult!"
Herkenrath stand ruhig auf und stellte sich direkt vor den Kriminalassistenten.
„Wissen Sie was? Von so einem Grünschnabel wie Ihnen lasse ich mir gar nichts befehlen! Dieser Kerl hat meine Schwester auf dem Gewissen! Und da wollen Sie mir sagen, was ich zu tun oder zu lassen habe? Pah!"
Ilka atmete tief durch.
Das Gespräch läuft uns aus dem Ruder und bringt uns folglich keinen Schritt weiter, dachte sie.
„Bitte beruhigen Sie sich", sagte sie mit sanfter Stimme zu Herkenrath. „Ihre persönlichen Motive können wir nachvollziehen, bitte glauben Sie uns das."
Sie machte eine kurze Pause.
„Herr Jansen, Sie können auch gleich gehen. Bewachen Sie Rainer Wollscheid eigentlich rund um die Uhr?"
Der Rentner wirkte nun etwas verunsichert.
„Ähm, ja. Eigentlich schon..."
Ilka lächelte ihm zu.
„Führen Sie auch ein Protokoll über Herrn Wollscheid?"
Jansen blickte sie zögernd an.
„Herr Jansen, notieren Sie und Ihre Mitstreiter, wo genau sich Herr Wollscheid zu welcher Zeit aufhält?", fragte Ilka nun konkreter.
Der Rentner nickte daraufhin eifrig und zog ein Notizbuch aus der Tasche seines Blousons.
„Aber sicher! Und zwar seit der Stunde, in der dieser

Verbrecher das Gefängnis verlassen hat!"
Er grinste zu ihr hinüber.
„Junge Frau, was wollen Sie wissen?"
Hans-Josef Herkenraths Miene blieb
undurchdringlich.
„Wo hat sich Rainer Wollscheid seit gestern Abend
aufgehalten?"
Jansen wurde ein wenig rot im Gesicht.
Er klappte sein Notizheft zu ohne hineinzuschauen.
Schließlich räusperte er sich verlegen.
„Gestern Abend hat die Dorffeuerwehr ihren
Kameradschaftsabend gefeiert", sagte er zögernd.
„Auch der gesamte Junggesellenverein war im
Schmitze Stüffje, sind ja quasi die gleichen
Mitglieder", holte er aus. „Natürlich hatten wir
trotzdem ein paar junge Männer abgestellt, die
zugesagt hatten, abwechselnd Wache vor Wollscheids
Haus zu schieben. Aber na ja. Ich sag es wie es ist.
Scheng und Schorsch haben das Bitburger
vorgezogen. Ich meine, wer kann es ihnen
ausgerechnet am Kameradschaftsabend verdenken?"
Herkenrath warf ihm einen abfälligen Blick zu.
„Ab wann hatten Schorsch und Scheng ihre Wache
bei Wollscheid denn beendet?", hakte Bongardt nach.
„Wissen Sie das?"
„Hm. Schon so um kurz nach einundzwanzig Uhr. Da
hab ich sie nämlich ins Feuerwehrhaus hinein-
kommen gesehen. Ich weiß das deshalb so genau,
weil ich um diese Uhrzeit auf der Toilette nochmal
Insulin gespritzt habe, da gucke ich immer auf die
Uhr. Die Klos liegen direkt rechts vom Eingang",
fügte Jansen hinzu.

Er zückte noch einmal sein Notizheft und nickte.
„Schorschs letzter Eintrag, sehen Sie selbst!"
Die Kommissare beugten sich über den Kalender.
'21.00h - R.W. zu Hause/Wohnzimmer - TV läuft',
stand dort in säuberlicher Schrift.
Stettenkamp lächelte ihm aufmunternd zu.
„Das hilft uns sehr weiter, wir danken Ihnen! Ist es trotzdem denkbar, dass jemand aus Ihrer Truppe die Bewachung Wollscheids noch einmal aufgenommen hat?"
Jansen sah ihn an.
„Sie meinen, einer wäre nochmal fortgegangen, um sich an die Fersen von diesem Knacki zu heften? Nee, nicht an so einem Abend! Ich hab die Männer von der Theke aus alle im Blick gehabt. Und außerdem hätte dann ja mindestens einer bei der Mitternachtstombola gefehlt!"
„Mitternachtstombola?"
Der Feuerwehrmann grinste.
„Da gibt es für jeden was zu gewinnen. Keiner geht leer aus! Der Hauptpreis ist übrigens ein Kalender. Da sind ein paar echt scharfe Fotos von den jungen Weibern im Dorf drin! Die lassen sich jedes Jahr fotografieren, als wären sie bei einer Feuerwehrübung, allerdings..."
„Heinz!", fuhr Herkenrath dazwischen. „Jetzt reicht es aber!"
Der Rentner fuhr sich verlegen über die spiegelblanke Glatze, um die nur noch ein schmaler Haarkranz lag.
„Na ja, jedenfalls werden bei der Tombola alle Namen der Kameraden vorgelesen - wegen der Gewinne halt. Auch die vom Schorsch und vom

Scheng. Die waren übrigens beide ganz heiß auf den Kalender!"
Herkenrath sah unterdessen zum Fenster hinaus.
„Gehören Sie eigentlich auch der Feuerwehr an?", wandte sich Stettenkamp an ihn.
„Nein! Übrigens auch nicht dem Junggesellenverein, das wäre doch ihre nächste dumme Frage gewesen, oder? Ich habe Rainer Wollscheid vorgestern Abend gesehen, davon weiche ich nicht ab!"
Sie verabschiedeten sich.

„Wollscheid hat kein umfassendes Alibi. Die *Bürgerwehr* hat ihn jedenfalls seit einundzwanzig Uhr nicht mehr beschattet. Und Herkenrath bleibt bei seiner Aussage", meinte Ilka frustriert. „Wir sind also nicht weiter als vorher!"
Stettenkamp schüttelte den Kopf.
„Das sehe ich anders."
„Worauf willst du hinaus, Alex?"
„Nehmen wir mal an, Natalie Knips wäre definitiv schon vor einundzwanzig Uhr gestorben. Dann könnte Wollscheid die Tat nicht begangen haben, ohne dabei gesehen worden zu sein! Und genau das werden wir heute noch erfahren", sagte er aufgeregt. „Dr. Grunwald hat mir versprochen, Natalies Leichnam heute Nachmittag bereits zu obduzieren!"

Der Haustürschlüssel steckte von außen im Schloss.
„Unglaublich!", fand Peter Bongardt und drückte auf die Klingel neben dem kleinen, handgeschriebene Schild 'S. Knips'.
Ilka schüttelte den Kopf.

„Nein, das ist hier im Ländchen gar nicht so ungewöhnlich. Die Leute leben hier eben sehr vertraut miteinander. Viele empfinden ihre Nachbarn als Teil ihrer Familie und etliche Dorfbewohner sind ja tatsächlich miteinander verwandt."
Sie lächelte dem Kriminalassistenten zu.
„Die Mentalität hier ist sicher schwer zu verstehen, wenn man nicht aus der Eifel stammt, das kann ich mir denken..."
Kurz darauf öffnete ihnen die Frau des Försters die Tür.
„Ich habe Sabine erzählt, was passiert ist", sagte sie ernst. „Sie hat sich jetzt hingelegt. Ich bleibe heute bei ihr. Wenn sie möchte, auch über Nacht".
Marlene Lenzen führte Ilka, Bongardt und Stettenkamp durch einen schmalen Flur in das kleine, niedrige Wohnzimmer. In einer Ecke verströmte ein Kachelofen wohlige Wärme. Die karierten Vorhänge waren zugezogen.
Sabine Knips richtete sich matt von ihrem Sofa auf. Vor ihr stand eine Tasse Tee.
Die Krankenschwester schien völlig übernächtigt, unter ihren blaugrauen Augen lagen tiefe Schatten. Sie fuhr sich durch das kurze braune Haar und bat die Kommissare mit einer Handbewegung, Platz zu nehmen. Marlene Lenzen setzte sich neben die Nichte ihres Mannes und legte den Arm um ihre Schultern. Schäferhund Sammy hatte sich Sabine zu Füßen gelegt und seinen Kopf auf ihrem Oberschenkel abgelegt.
Ilka verspürte bei diesem Anblick einen Stich ins Herz.

Sie und Sabine kannten sich seit der Grundschulzeit. Später waren sie fünf Jahre lang Tag für Tag gemeinsam mit dem Schulbus nach Schleiden gefahren. Irgendwann hatten sich ihre Wege getrennt. Während Ilka nach dem Abitur nach Bonn gezogen und dort die Polizeischule besucht hatte, war Sabine in Wildbach geblieben und hatte schon fast ihre Ausbildung zur Krankenschwester beendet.
Mit Männern hatte die Achtunddreißigjährige bisher kein Glück im Leben gehabt. Ilka hatte Natalie öfter gesehen, wenn sie ihren Vater besuchte. Das vierzehnjährige Mädchen trug regelmäßig den *Wochenspiegel* aus.
Nun war sie tot.
Warum?
Was war bei den Steinbrocken genau passiert?
Wer hatte das Mädchen anschließend durch den Wald geschleift und es dann die Böschung hinuntergerollt? Aus dem Weg geräumt, entsorgt...
„Sabine, wo ist Natalie gestern gewesen?", fragte Ilka leise.
Die verweinte Mutter nahm tief Luft.
„Natalie ist gestern Mittag mit dem Bus nach Schleiden gefahren. Sie wollte dort zum Reiten in den Stall und abends mit dem letzten Bus wieder zurückfahren."
Sabine Knips nahm einen Schluck Tee.
„Natalie wäre dann so gegen neunzehn Uhr dreißig wieder zu Hause gewesen. Ich hatte Nachtdienst und kam erst heute Morgen nach Hause und da..."
Sie begann haltlos zu schluchzen und war nicht mehr zu verstehen. Marlene Lenzen streichelte ihr über den

Rücken und warf Ilka einen hilflosen Blick zu.
„Ist dir gestern irgendetwas merkwürdig an Natalie vorgekommen?", fragte Ilka nach einer Weile.
Ihre Schulfreundin sah auf.
„Die Klamotten, die du mir beschrieben hast - den kurzen Rock und das enge schwarze T-Shirt - kenne ich überhaupt nicht! Natalie trug immer nur Hosen und weite Sweatshirts. Und dann habe ich vorhin bemerkt, dass sie ihre Reitklamotten gar nicht mitgenommen hat, obwohl sie doch in den Stall wollte!", schluchzte sie auf. „Die Sachen liegen stattdessen immer noch im Flur. Marlene hat eben in der Reithalle angerufen." Sabines Stimme wurde lauter, verzweifelter. „Natalie ist gestern überhaupt nicht dort gewesen! Offenbar hatte sie gar nicht vor, zum Reiten zu gehen. Wo ist sie aber dann bloß gewesen?"
Sie weinte nun haltlos.
„Weißt du, ob Natalie gestern eine rote Umhängetasche mitgenommen hat?", fragte Ilka nach einer kleinen Weile.
„Ich glaube schon! So eine mit einem Schultergurt und weißen Blümchen darauf. Da hatte sie für gewöhnlich ihr Handy und ihr Portemonnaie mit der Busfahrkarte drin. Und ein bisschen Geld."
„Kannte Natalie eigentlich Rainer Wollscheid?"
Die Mutter schüttelte den Kopf.
„Nicht, dass ich wüsste! Wozu willst du das wissen?"
Dann blickte sie Ilka alarmiert ins Gesicht.
„Hat dieser Mörder etwa was mit Natalies Tod zu tun?"
„Nein, vermutlich nicht. Aber wir dürfen auch nichts

ausschließen."
Sabine schnäuzte sich in ein Papiertaschentuch.
„Ich dachte, dieser Knacki wird von unserer *Bürgerwehr* überwacht?"
Ilka nickte nur.
„Kennst du Natalies Freunde? Ich meine, weißt du, mit wem sie nach der Schule zusammen war?"
Sabine fuhr sich durch das verheulte Gesicht.
„Sie hatte keine wirklichen Freundinnen. Jedenfalls hat sie sich nachmittags so gut wie nie verabredet. Sie traf sich ein, zwei Mal mit einer Jana aus ihrer Klasse zum Lernen, das ist aber auch schon länger her."
Das klang ungewöhnlich für ein vierzehnjähriges Mädchen.
„Wirkte sie denn in sich gekehrt oder traurig?", wollte Ilka wissen.
„Ja, schon, aber ich bin in der letzten Zeit gar nicht mehr richtig an sie herangekommen. Ihre Welt war lange Zeit der Reitstall. Und ihr Smartphone, aber das ist wohl normal in ihrem Alter. Ohne läuft ja nichts mehr."
Sie sah auf.
„Nach dem Handy habe ich schon gesucht, habe es aber nirgends gefunden. Ich habe ihre Nummer gewählt, aber es ist nicht eingeschaltet."
Sie verabschiedeten sich von Sabine Knips, kündigten ihr jedoch an, sie am nächsten Tag noch einmal befragen zu müssen.
„Sabine, das können wir dir leider nicht ersparen", sagte Ilka mitfühlend, als sie hinausgingen. „Je mehr wir über Natalie wissen, desto wahrscheinlicher ist es, dass wir dem Täter auf die Spur kommen."

Die blasse Frau öffnete ihnen, begleitet von Sammy, kraftlos die Haustür.
„Das bringt mir mein Kind doch auch nicht zurück..."

Niemand sprach ein Wort, als sie zurück zu ihrem silberfarbenen Dienstwagen gingen, den Stettenkamp an der Straße geparkt hatte.
Noch nie ist mir ein Fall so nahe gegangen, dachte Ilka.
Warum fühle ich diesmal so stark mit?
Es ist das erste Mal in all meinen Jahren bei der Kriminalpolizei, dass ein so junger Teenager - fast noch ein Kind - getötet worden ist, ging es ihr durch den Kopf.
Noch nie habe ich die Mutter eines Opfers gut gekannt...
Aber ich empfinde auch so, weil das Ganze ausgerechnet in Wildbach passiert ist. Nicht in Euskirchen oder in Mechernich, sondern ab vom Schuss im Hellenthaler Ländchen, in einem Dorf, in dem jeder jeden kennt.
Wo noch nie etwas Schlimmes geschehen ist.
Heile Welt - der Begriff klang so kitschig.
Das war sie schließlich auch in der Eifel schon lange nicht mehr.
Doch in Ilkas alter Heimat war sie es irgendwie doch gewesen.
Bis zur gestrigen Nacht.
Sie spürte: Noch hofften die Menschen im Ländchen, der Täter stamme nicht von hier; es sei stattdessen der böse Unbekannte, vielleicht sogar jemand aus der Großstadt.

Oder aber sie hegten wie Hans-Josef Herkenrath den Verdacht gegen Rainer Wollscheid.
Einmal ein verurteilter Mörder, immer ein Mörder.. !
Ganz sicher würde diese *Bürgerwehr* ihm von nun an erst recht das Leben zur Hölle machen - schuldig oder nicht.
Dagegen mussten sie einschreiten.
Aber wer auch immer als Täter entlarvt werden würde: Schon jetzt war in Wildbach - im gesamten Ländchen - nichts mehr wie es einmal gewesen war.
Aus und vorbei.

Stettenkamp setzte Peter Bongardt in Euskirchen am Kreishaus ab. Er sollte zusammen mit Manfred Habig herausfinden, welchen Bus Natalie am gestrigen Tag zurück nach Wildbach genommen hatte.
Vorausgesetzt, sie war am Mittag tatsächlich nach Schleiden gefahren. Warum hatte die Vierzehnjährige ihrer Mutter gesagt, sie wolle in die Reithalle, obwohl sie das doch angesichts der zu Hause liegengelassenen Kleidung offensichtlich gar nicht vorgehabt hatte?
Falls Natalie in der Schulstadt gewesen war, konnte sich der Busfahrer vielleicht an sie erinnern und hatte möglicherweise sogar etwas Auffälliges beobachtet.
So viele Menschen fuhren schließlich sonntags in der Eifel nicht mit dem Bus. Zudem mussten sie unbedingt wissen, wo Natalie tatsächlich den Nachmittag verbracht hatte. Irgendjemand musste das Mädchen doch gesehen haben!
Stettenkamp hoffte inständig, dass seine beiden Mitarbeiter bis zum späten Nachmittag etwas

herausgefunden haben würden.

Ilka und er waren unterdessen auf die Autobahn abgebogen und auf dem Weg nach Bonn. In einer halben Stunde würde Dr. Grunwald mit der Obduktion beginnen. Bernd Schmitz vom Erkennungsdienst hatte ihnen eine Nachricht geschickt, er weilte bereits vor Ort in den heiligen Hallen des rechtsmedizinischen Instituts.
Doch ein schwerer LKW-Unfall, der sich kurz hinter Euskirchen ergeben hatte, ließ die Kommissare über eine Stunde zu spät erscheinen. Die äußere Leichenschau war bereits abgeschlossen.
Als sie zum Sektionstisch traten, sägte Grunwald gerade am Kopf des Mädchens, ein zweiter Rechtsmediziner hatte ihren Bauch aufgeschnitten und bereits das gräulich glänzende Gedärm beiseite gelegt. Soeben entnahm er ihre inneren Organe. Ilka wandte sich ab, als der sicherlich zwei Meter große Mann nacheinander Milz, Leber, Magen und Nieren hervorholte. Sein Assistent wusch alle Organe sorgsam unter fließendem Wasser ab, um sie dann an eine Obduzentin weiterzureichen, die diese auf einem Seitentisch weiter sezierte.
Nach zwei Stunden saßen die Kommissare endlich in Dr. Grunwalds schmucklosem Büro, aus dessen einzigem Fenster man in den Sektionssaal blickte.

„So, was wollen Sie wissen?", begann er ohne Umschweife.
„Wir haben im Blut des Opfers übrigens eine geringe Menge Tetrahydrocannabinol nachgewiesen."

Er sah in die fragenden Gesichter der Kommissare.
„Bei THC handelt es sich um den wesentlichen Bestandteil von Cannabis. Natalie Knips hat ein paar Stunden vor ihrem Tod vermutlich an einem Joint gezogen."
Dr. Grunwald rieb sich seinen graumelierten Dreitagebart.
„Ihr Körper weist keinerlei Hämatome oder Wunden auf. Bis auf die minimalen Kratzer im Gesicht und an den Händen, die von kleinen Dornen stammen könnten. Die heftige Verletzung am Hinterkopf zeigt mir, dass sie mit großer Wucht auf einen harten, spitzen Gegenstand geprallt sein muss. Da muss jemand nachgeholfen haben, denn so fällt man nicht einfach." Er blickte in seinen Computer.
„Sie vermuten ja einen großen Stein, auf den sie aufgeknallt ist. Das würde passen. Die Verletzung zwischen harter und weicher Hirnhaut hat dann zu Blutungen geführt. Natalie Knips war sicherlich sofort bewusstlos und ihr Zustand wird sich rasch verschlechtert haben. Es ist gut möglich, dass das Mädchen noch gelebt hat, als sie diese Böschung hinabgerollt wurde. Das kann ich allerdings nicht mit letzter Gewissheit sagen."
Ilka räusperte sich.
„Können Sie ihren Todeszeitpunkt trotzdem einigermaßen eingrenzen?"
Er lächelte.
„Ich habe mein Bestes versucht und neben der Rektal- und der Umgebungstemperatur sämtliche Parameter wie das Körpergewicht des Mädchens, ihre Bekleidung und die Feuchtigkeit des Waldbodens mit

berücksichtigt. Sie muss zwischen neunzehn und zweiundzwanzig Uhr gestorben sein, später eher nicht."
Stettenkamp seufzte.
„Dass man den Todeszeitpunkt heutzutage immer noch nicht genauer bestimmen kann!"
Dr. Grunwald sah streng zu ihm herüber und stand auf.
„Wir sind doch hier nicht beim Fernseh-Tatort! Das müssten Sie doch am besten wissen. Kommen Sie gut zurück in die Provinz!"
Er reichte ihnen zum Abschied die Hand und grinste.
„Ich widme mich nämlich jetzt dem blassen Mann dort drüben auf Tisch vier!"

Als die Kriminalbeamten das rechtsmedizinische Institut verließen, schwiegen sie betreten.
Der Anblick der Mädchenleiche sowie Dr. Grunwalds Autopsiebericht hatten Ilka erschüttert. Seitdem sie das erste Mal bei einer Obduktion dabei gewesen war, fiel ihr dieser Teil ihrer Arbeit nach wie vor schwer. Aber noch nie so sehr wie in diesem Fall.
Stettenkamp räusperte sich.
„Der Todeszeitpunkt spricht eher gegen Rainer Wollscheid als Täter", brach er das Schweigen.
Ilka nickte.
„Meinst du, Herkenrath will Wollscheid einen Raubmord in die Schuhe schieben? Weil er Natalie angeblich die besagte Tasche geklaut haben soll? Was mag da schon drin gewesen sein? Ein Portemonnaie und ein Handy, vermutet ihre Mutter. Herkenrath hat uns schon fast übertrieben betont auf die Tasche

hingewiesen" sagte sie nachdenklich.
Stettenkamp zögerte eine Weile bis er antwortete.
„Aus welchem Motiv heraus sollte er Wollscheid einen erneuten Mord anhängen wollen? Für den Tod an seiner Schwester ist Wollscheid doch schließlich fünfzehn Jahre lang im Gefängnis gewesen!"
Ilka lachte bitter auf.
„Wut und Rache sind seine Motive, das ist doch klar! Er hasst Wollscheid ganz sicher aus tiefstem Herzen. Dass er für seine Tat in den Knast gewandert ist, genügt ihm nicht. Er will ihn weiter leiden sehen."
Er sah zu ihr herüber.
„Da könntest du recht haben. Mit Hilfe seiner *Bürgerwehr* will er ihn aus Wildbach hinaus ekeln. Aber das hat bisher nicht geholfen..."
Stettenkamp blieb stehen.
„Mit einer falschen Zeugenaussage macht Herkenrath sich strafbar und das weiß ein Mensch wie er. Für mich bleibt die Sache seltsam. Theoretisch könnte es natürlich trotzdem stimmen, dass er Wollscheid am Tatort gesehen hat und dieser tatsächlich irgendwas mit dem Mädchen zu schaffen hatte."
Ilka wiegte den Kopf.
„Ihre Mutter sagte uns heute Morgen doch, Wollscheid und ihre Tochter hätten sich überhaupt nicht gekannt. Warum auch? Der Mann ist schließlich achtundfünfzig!"
Er nickte.
„Rainer Wollscheid wurde durch die *Bürgerwehr* beschattet. Bis einundzwanzig Uhr hätte er also gar keine Gelegenheit gehabt, Natalie zu töten. Wenn er es danach getan hat, müsste alles extrem schnell

gegangen sein. Natalie ist vom eigentlichen Tatort aus gut hundert Meter tief in den Wald hineingeschleift und dann die Böschung hinuntergerollt worden. Das schafft einer allein nicht in fünf Minuten."
Ilka stimmte ihm zu.
„Wollscheid hat damals - vielleicht auf Droge - Karin Herkenrath umgebracht hat, weil sie ihn auf frischer Tat bei seinem Einbruch ertappt hat. Das ist extrem schlimm. Hinter diesem Mord und unserem Fall stecken zwei unterschiedliche Täter, das sagt mir mein Bauchgefühl!"
Stettenkamp seufzte und gab Gas.
Sie mussten zurück ins Kreishaus, um sich mit Bongardt und Habig zu besprechen.
„Wir drehen uns im Kreis. Lass uns mehr über das Leben des Mädchens herausfinden. Irgendetwas muss es geben, das uns weiterbringt! Wir werden morgen früh auf jeden Fall noch einmal die Mutter befragen. Und ihre Klassenkameraden natürlich!"
Hatte Natalie Streit mit jemanden gehabt?
Vielleicht mit ihrem Freund?
Was hatten ihre Mitschüler zu sagen?

Peter Bongardt saß allein im Büro, als Ilka und Stettenkamp zurückkehrten.
„Manfred hat gerade Feierabend gemacht", berichtete er. „Ihm die Grundbegriffe seines Computers zu erklären ist wie einer Kuh das Zitherspielen beizubringen", seufzte er. „Dafür hat er zwei wichtige Dateien gelöscht, die nur die IT-Techniker wiederherstellen können. Wenn überhaupt!"
Der Kriminalassistent wusste jedoch auch

Erfreuliches zu berichten.

Natalie Knips hatte, wie mit ihrer Mutter vereinbart, den letzten Bus von Schleiden zurück nach Wildbach genommen. So hatte es Hermann Dümmer, der Busfahrer, jedenfalls bestätigt. Wie es der Zufall wollte, kannte er das Mädchen, da er werktags den Schulbus fuhr und am gestrigen Sonntag für einen kranken Kollegen eingesprungen war.

Sie habe während der Fahrt neben einem Jungen in einem grünen Kapuzenpullover gesessen; beide hätten mit ihren Handys herumgedaddelt, wie Dümmer es nannte. Sie seien schließlich auch gemeinsam an der Haltestelle aus dem Bus ausgestiegen. Der Busfahrer kannte auch den Vornamen des Jungen: Kai.

Bongardt und Habig hatten daraufhin mühsam herausgefunden, dass es sich bei ihm nur um einen Sechzehnjährigen handeln konnte, der ebenfalls aus Wildbach stammte und der wie Natalie die *Konrad-Adenauer-Schule* in Schleiden besuchte.

„Wir werden morgen ohnehin ihre Klassenkameraden befragen, da knöpfen wir uns diesen Kai gleich mal vor", beschloss Stettenkamp.

Der Kriminalassistent hatte bis dato allerdings noch nicht herausfinden können, wo sich Natalie aufhielt, nachdem sie sich mittags von ihrer Mutter verabschiedet hatte. Er hatte in den Cafés und der Eisdiele *Serafin* nachgefragt, doch niemand wollte Natalie gesehen haben.

Ihr Handy hatte Bongardt trotz aller Bemühungen nicht orten können; vermutlich war absichtlich der Akku des Smartphones entfernt worden.

Er deutete auf seinen Laptop und ging ins Internet.
Was hatte Peter wohl gefunden?
Im sozialen Netzwerk *Facebook* zeigte er ihnen ein Foto von Natalie, das zusammen mit einem Text gepostet worden war.
Es handelte sich um einen Aufruf an jene, die Natalie gestern - wann und mit wem auch immer - gesehen hatten, sich dringend zu melden.
„Das Posting ist schon zig Mal im Kreis Euskirchen und auch darüber hinaus geteilt worden", berichtete Bongardt. „Initiiert hat es ursprünglich, haltet euch fest, ausgerechnet Hans-Josef Herkenraths erwachsene Tochter Luisa! Sie scheint sich also - anders als ihr Vater - nicht vorschnell auf Rainer Wollscheid eingeschossen zu haben."
Stettenkamp klopfte ihm auf die Schultern.
„Sehr gut, Peter. Ich wette, da kommen brauchbare Hinweise zusammen. Irgendjemand muss Natalie doch gesehen haben, bevor sie mit dem Bus zurück nach Wildbach gefahren ist."
Ilka nickte.
„Vielleicht haben wir ganz viel Glück und jemand hat sie sogar noch beobachtet, nachdem sie am Abend in Wildbach aus dem Bus ausgestiegen ist. Die entscheidende Frage ist schließlich: Was ist danach passiert?"

Den ganzen Tag über hatte Alex Stettenkamp bisher keine Gelegenheit gehabt, auch nur ein Mal auf sein privates Handy zu sehen.
Ob Lisa sich wohl noch einmal gemeldet hatte?
Nervös nestelte er in seiner Anzugtasche herum und zog das Mobiltelefon heraus.

Tatsächlich!
„Lass uns Nägel mit Köpfen machen. Morgen Abend um zwanzig Uhr im *Westfalenkrug*? Wäre für jeden die halbe Strecke und ein neutraler Boden für unser Gespräch. Gruß, L"
Er starrte auf ihre Nachricht.
Was meinte seine Frau damit, Nägel mit Köpfen zu machen? Wollte sie etwa schon morgen sämtliche Trennungsformalitäten mit ihm besprechen? Sie hatte sich für seinen Geschmack ziemlich nüchtern ausgedrückt. Ihre Idee, sich im *Westfalenkrug* zu treffen, fand er gut. Das Restaurant lag kurz hinter Wuppertal, einen Steinwurf von der Autobahn entfernt. Sie hatten das gutbürgerliche Lokal zufällig entdeckt, als sie vor eineinhalb Jahren mit dem Umzugstransporter das letzte Mal von Münster nach Eicks unterwegs gewesen waren; dort hatten sie sehr gut zu Mittag gegessen.
Ein idealer Ort, um in Ruhe miteinander zu reden, dachte er. Lediglich Lisas Formulierung 'neutraler Boden' klang in seinen Ohren ein wenig kriegerisch. Jetzt sei nicht so ein Pingelkopp!, schallte Alex sich, als er die beleuchteten Treppen des Kreishausgebäudes hinunterstieg und den silberfarbenen Mercedes schon von Weitem fast allein neben Ilkas Golf auf dem großen Parkplatz stehen sah.

***

Liebe Sophia!
Ich bin so aufgewühlt, Schwesterherz, und habe Dir sooo viel zu erzählen.

*Das Wichtigste zuerst: Ich bin total verliebt!
Also endlich mal so richtig! Heute Mittag hat Jack mich von der Schule abgeholt - in einem superschicken roten BMW-Cabrio mit schwarzen Ledersitzen, stell Dir das vor! Die anderen aus der Klasse waren schon weg, was meinst Du, was die geguckt hätten! Jack ist ein unglaublich schöner Typ, Sophia, er sieht ein bisschen aus wie Jimi Blue Ochsenknecht, halt nur älter. Er ist schon sechsundzwanzig, also richtig erwachsen! Das er sich da ausgerechnet mit mir verabredet - einfach irre! Und das nun schon zum dritten Mal.
Wie gut, dass ich zu Weihnachten das Tablet geschenkt bekommen und mich damals gleich bei Knuddels angemeldet habe. Heute sagte Jack mir nochmal, dass ich in Wirklichkeit noch viel schöner sei als auf dem Profilbild am Strand, das ich dort hochgeladen hatte. Es ist so ein tolles Gefühl, etwas Besonderes für jemanden zu sein... Aber der Reihe nach, Schwesterchen: Ich habe Mama heute Mittag angerufen, ihr gesagt, dass ich nach der Schule mit zu Isa fahre und ihre Eltern mich dann heute Abend nach Hause bringen. Jack war es übrigens total wichtig, dass Mama und Papa sich keine Sorgen um mich machen. Süß, oder? Wir sind dann nach Euskirchen gefahren, hatten die ganze Zeit über das Verdeck offen und Jack hat während der Fahrt den Arm um mich gelegt. Er nennt mich ganz oft 'meine Prinzessin'! Sophia, er ist so toll! Er hat mich zuerst zum Burger-Essen eingeladen und dann hat er mir in einem echten Dessousladen wahnsinnig tolle Unterwäsche gekauft. Schwarze mit ganz viel Spitze*

*dran und Strumpfhalter! Als ich den Preis gesehen
habe, ist mir fast schwindelig geworden, aber er hat
alles bezahlt. Sowas würden mir Mama und Papa
doch in hundert Jahren nicht erlauben!
Dann sind wir in Jacks Wohnung gefahren und er
wollte unbedingt Sekt mit mir trinken. Du weißt ja,
ich vertrage kaum was, aber es hat so viel Spaß
gemacht. Ich habe mich endlich richtig erwachsen
gefühlt! Wir lagen auf seinem breiten Bett und haben
ganz lange gekuschelt. Immer wieder sagte er mir,
wie hübsch und sexy er mich findet. Dann wollte Jack
gerne mit mir schlafen. Es ging alles so schnell. Mein
erstes Mal hatte ich mir immer ganz anders
vorgestellt. Romantischer irgendwie. Es ging sehr
schnell vorbei und tat ziemlich weh. Auf der
Bettwäsche war Blut und das war mir sooo peinlich!
Jack hat mir noch ein Glas Sekt in die Hand gedrückt
und mich ganz lieb in den Arm genommen. Dann hat
er uns eine Tüte gebaut und wir haben zusammen
Hasch geraucht! Ganz schön verwegen, was?
Mama würde mir für alle Zeiten Hausarrest geben,
wenn sie das nur ahnen würde! Ich habe mich
federleicht gefühlt, alles war irgendwie rosarot und
ich konnte alles, was mich hier zu Hause so nervt,
einfach vergessen. Es gab nur noch Jack und mich.
Aber dann ist etwas passiert, was mich immer noch
total aufwühlt!
Zwei Typen kamen plötzlich ins Zimmer. Ich lag
immer noch nackt auf Jacks Bett, aber es war mir gar
nicht richtig peinlich. Das lag bestimmt an dem Joint.
Jack meinte, es seien seine besten Freunde.
„Alles ist gut, Prinzessin", versuchte er mich zu*

beruhigen, "sie sind manchmal ein bisschen direkt, aber total in Ordnung." Die beiden zogen sich aus und fingen an, mich zu befummeln. Ich war total betrunken und wollte das alles gar nicht, aber irgendwie stand ich neben mir, Sophia. Jack hat mich gefilmt. Weil ich so einen wahnsinnig aufregenden Körper habe, sagte er. Nach ein paar Minuten war ich wieder so klar im Kopf, dass ich sie von mir weggestoßen habe. Im Badezimmer habe ich dann erst einmal ganz lange geduscht und mich einigermaßen beruhigt. Als Jacks seltsame Freunde kurz darauf gegangen waren, habe ich erst einmal geweint. Er hat mich umarmt und mich ganz festgehalten.
"Ich werde dich immer beschützen, verlass dich auf mich", sagte er ganz zärtlich.
Dann hat er mich nach Hause gebracht. Er hat ein Stück entfernt von unserem Haus geparkt, sodass uns niemand sehen konnte. Es war ihm ganz wichtig, dass ich zum Abendessen wieder zurück bin, als ich ihm erzählt habe, wie streng die Eltern sind, wenn es ums Nachhausekommen geht. Zum Abschied hat Jack mich ganz zärtlich geküsst und mir gesagt, dass er mich über alles liebt.
"Prinzessin, du und ich, wir gehören zusammen", hat er mir ins Ohr geflüstert, bevor ich aus seinem schicken BMW ausgestiegen bin.
Ach Sophia, wärst du doch bei mir, so wie früher. Ich vermisse dich!
Ich bin so verwirrt.
Und schrecklich verliebt.
Für Jack bin ich erwachsen und kein Kind, wie für

Mama und Papa. Das fühlt sich so gut an, Sophia. Ich glaube, ich würde alles für Jack tun.

***

Dienstag - 2. Tag

Doktor Meister sah Ilka mit ernster Miene an.
„Frau Landwehr, um eine Wurzelbehandlung kommen Sie nicht herum. Ich setze Ihnen jetzt eine Spritze, in ein paar Minuten kann es losgehen!"
Die Kommissarin rollte mit den Augen.
Mit achtunddreißig geht es nun los mit solchen Geschichten, dachte sie und ergab sich um acht Uhr an diesem nebligen Frühlingsmorgen umringt von drei jungen Zahnarzthelferinnen in ihr Schicksal. Sie versuchte sich abzulenken und dachte an Daniel. Vor einem knappen halben Jahr hatten sie sich anlässlich eines Klassentreffens wiedergesehen und erneut ineinander verliebt. Vor acht Wochen war er von Köln zu ihr nach Kall in das urige Fachwerkhaus gezogen. Mit Nele, seiner vierjährigen Tochter aus einer gescheiterten Beziehung. Mein Leben hat sich seither um hundertachtzig Grad gedreht, sinnierte Ilka, während Doktor Meister den Bohrer ansetzte. Das Geräusch ging ihr durch Mark und Bein, um ihre Nase wehte der typische Geruch einer Zahnarztpraxis. Dabei war sie durch ihre Arbeit bei der Euskirchener Kriminalpolizei nun wahrlich Härteres gewohnt.
Denk an was Schönes!, sagte sie sich.
Ein alter Ohrwurm schlich sich in ihren Kopf:

„So soll es sein So kann es bleiben So hab ich es mir gewünscht. Alles passt perfekt zusammen. Weil endlich alles stimmt..."
(aus: So soll es bleiben, Ich + Ich)

Ilka hatte viele Jahre in Bonn als Single gelebt und war mit diesem Zustand auch lange Zeit glücklich gewesen. Seitdem sie jedoch in die Eifel zurückgekehrt war, hatte sie mehr und mehr gespürt, dass ihr ein Partner im Leben fehlte. Nach einer unglücklichen Affäre hatte sie sich im Dezember Hals über Kopf in Daniel verknallt - und er sich in sie. Daniels Ex-Freundin Martina war, kurz nachdem Ilka und er zusammengekommen waren, als Auslandsreporterin für ihren Fernsehsender nach Syrien gegangen und hoffte mit diesem Schritt auf den großen Karrieresprung.

Mit Nele hatte sich Ilka von Anfang an gut verstanden, wenn sie die Kleine auch gerade als ziemlich schwierig empfand. Um Zeit für seine Tochter zu haben, hatte Daniel in seiner Redaktion durchgesetzt, dass er sich den Chefposten mit seiner ambitionierten Stellvertreterin teilte. So konnte er sich von montags bis mittwochs an den Nachmittagen um seine Tochter kümmern; vormittags arbeitete er von zu Hause aus. An den übrigen Tagen holten Daniels Eltern aus Wolfert die Kleine vom Kindergarten ab und brachten sie abends zurück nach Kall. „Das sind die modernen Zeiten heutzutage", hatte Ilkas Vater gebrummt, als er davon gehört hatte. Dabei kam er, seitdem Nele da war, so häufig wie nie von Oberschömbach nach Kall, um mit der Vierjährigen zu spielen, im Wald herumzustromern und anschließend mit ihr auf dem nahegelegenen Abenteuerspielplatz zu picknicken. Von seinem Schlaganfall im vergangenen Jahr erholte Paul

Landwehr sich zusehends.
Wenn Ilka samstags frei hatte, unternahm sie meist etwas mit Nele. Die Bande zwischen ihnen wurden - sicherlich auch aufgrund der Dauerabwesenheit der Mutter - immer enger. Anfangs hatte sich Nele äußerst anschmiegsam, schüchtern und beinahe schon überangepasst gezeigt. Allerdings testete sie seit vier, fünf Wochen ausschließlich bei Ilka sämtliche Grenzen aus, immer und immer wieder.
„Das ist völlig normal und im Grunde ein gutes Zeichen", hatte ihre Freundin Meike, die in Schleiden als Psychotherapeutin arbeitete, sie beruhigt. „Nele will wissen, ob du sie auch dann noch lieb hast, wenn sie sich von ihrer schlechtesten Seite zeigt. Signalisiere ihr genau das, dann wird sich sicherlich bald alles wieder normalisieren."
Gestern Abend hatte Nele ihr beim Zubettgehen ins Ohr geflüstert: „Du bist die beste Zweitmama der Welt!"
Wie die Kleine nur auf diesen Ausdruck gekommen war! Ilka musste bei dem Gedanken an Neles rührende Liebeserklärung lächeln, was ihr aufgrund des weit aufgesperrten Mundes, in dem der Zahnarzt immer noch herumfuhrwerkte, nicht wirklich gelang. Die angespannten Kiefermuskeln taten ihr weh und sie sehnte nur noch das Ende der meisterlichen Behandlung herbei.

In der *Konrad-Adenauer-Schule* herrschte Stille auf den Fluren, als Stettenkamp und Ilka das schlichte, graue Gebäude gegen neun Uhr betraten. Sie hatten mit Direktor Dr. Schuster besprochen, dass sie

zunächst Kai Lautwein einzeln befragen und anschließend mit Natalies Klasse sprechen würden. Kai schlenderte in blauen Schlabberjeans, deren Hosentaschen sich in Kniehöhe befanden, und einem grauen Shirt in Schusters Büro. Seine grau-blauen Augen blickten ernst durch die Nickelbrille mit den dicken Gläsern, als er ihnen die Hand reichte. Stettenkamp forderte den Zehntklässler auf, ihnen von seiner Begegnung mit Natalie zu erzählen.
„Ich habe sie gestern so gegen halb sieben abends in Schleiden an der Bushaltestelle getroffen", berichtete Kai bereitwillig. „Vorher hatte ich mich mit einem Kumpel aus meiner Klasse getroffen, um mit ihm eine Homepage für dessen Vater zu gestalten. Er ist Zahntechniker und hat jedem von uns hundert Euro dafür gegeben", fügte er grinsend hinzu. „Jedenfalls war Natalie am Bahnhof nicht gerade redselig. Sie tippte die ganze Zeit auf ihrem Smartphone herum. Im Bus habe ich mich dann neben sie gesetzt, wir kennen uns aus der Basketball-AG. Ich habe Natalie gefragt, was sie so am Nachmittag in Schleiden gemacht hat, aber das wollte sie mir nicht erzählen. Dann hab ich sie halt in Ruhe gelassen und mir auf dem Handy ein Computerspiel heruntergeladen."
Ilka sah den Jungen durchdringend an.
„Es ist für uns sehr wichtig, dass du uns wirklich alles sagst, woran du dich erinnern kannst. Überlege bitte ganz genau, ob Natalie dir nicht doch irgendetwas erzählt hat. Wir müssen wissen, wo sie vorgestern Nachmittag gewesen ist und mit wem sie sich vielleicht getroffen hat."
Kai hob die Schultern.

„Ich wollte ja mit ihr quatschen, weil ich sie echt gern mag. Sie ist nicht so tussig und oberflächlich wie die meisten anderen Mädchen an der Schule", sagte er lächelnd. „Wir haben kurz über das Basketball-Turnier am nächsten Samstag gesprochen und das war es dann auch schon."
Ilka forschte weiter.
„Ihr seid beide gegen neunzehn Uhr in Wildbach ausgestiegen, nicht wahr?"
Der Sechzehnjährige nickte.
„Genau. Wir haben uns kurz voneinander verabschiedet und ich bin dann nach Hause gegangen. Meine Oma lag im Sterben und meine Eltern hatten mich unterwegs angerufen und schon auf mich gewartet. Wir wohnen am Ortsende und Natalie musste ohnehin in die entgegengesetzte Richtung", erklärte er. Leise fügte er hinzu. „Heute Morgen um fünf ist meine Oma gestorben. Aber ich wollte trotzdem lieber zur Schule anstatt dabei zu sein, wenn der Bestatter sie gleich abholt..."
Sie wünschten dem Jungen ihr Beileid und sprachen ein wenig über seine Großmutter. Nach einer Weile kamen sie wieder auf seine Begegnung mit Natalie zu sprechen.
„Du hast sie also nicht begleitet?", fragte Ilka nach.
Kai sah sie verwundert an und schüttelte den Kopf.
„Nein, warum? Ich hab ja schon gesagt, dass ich schnellstens nach Hause wollte. Und es war doch auch noch hell! Wildbach ist ja nicht die Bronx", grinste er.
„Hast du denn gesehen, ob Natalie tatsächlich ihren Heimweg genommen hat? Du weißt, wir haben sie im

Wald ein Stück hinter dem Forsthaus gefunden", fügte sie hinzu.
Kai sah aus dem Fenster auf den leeren Schulhof.
„Natalie hat sich an der Bushaltestelle noch auf die Bank gesetzt und telefoniert", sagte er. „Ich habe mich noch ein, zwei Mal umgedreht, aber da saß sie immer noch dort. Ich musste mich dann beeilen, um noch rechtzeitig zu meiner Oma zu kommen. Meine Eltern dachten, sie stürbe noch vor der Nacht."
Stettenkamp sah ihn verständnisvoll an.
„Kannst du dich erinnern, ob Natalie etwas bei sich trug? Eine Tasche oder einen Rucksack zum Beispiel?"
Kai schien einen Augenblick zu überlegen.
„Ja", sagte er dann, „so eine rote, breite Tasche mit einem Schnappverschluss vorne. Natalie trug sie die ganze Zeit so quer über der Schulter, auch im Bus."
Ilka und Stettenkamp warfen sich einen flüchtigen Blick zu.
Wo ist die Tasche geblieben?, fragte sie sich.
„Kai, du sagtest eben, du mochtest Natalie recht gern. Was weißt du über sie? Was war sie für ein Typ, was waren ihre Interessen? Hatte sie viele Freundinnen? Vielleicht einen Freund?"
Welche der vielen Fragen würde er wohl zuerst beantworten?
Der Sechzehnjährige schwieg.
Ilka trommelte mit der Hand leise auf die Tischplatte.
„Kai! Um herauszufinden, was mit Natalie passiert ist und wer hinter ihrem Tod steckt, müssen wir uns ein genaues Bild von ihr machen. Bitte erzähle uns also alles, was dir zu Herrn Stettenkamps Fragen einfällt!"

Kai setzte schließlich zu einer Antwort an.
„Natalie war ja zwei Jahre jünger als ich und ging in die Acht", begann er. „Wir kannten uns also im Grunde nur vom Basketball. Ungefähr seit einem Jahr. Wir wohnen zwar auch im gleichen Dorf, aber wir sind beide in keinem Verein oder so. Mit Natalie konnte man früher immer gut quatschen", meinte Kai. „Einmal waren wir sogar zusammen ein Eis essen. Letzten Sommer war das. Aber seit einiger Zeit hielt sie sich immer mehr abseits, auch in den Pausen. Komisch eigentlich."
Ilka fragte nach: „Warum, glaubst du, hat sie sich verändert? Hattet ihr euch gestritten?"
Er schüttelte den Kopf.
„War Natalie mit einem anderen Jungen fest zusammen?"
„Hm, ich weiß nicht so genau. Jedenfalls mit keinem aus der Schule, das hätte ich sicher in den Pausen oder so bemerkt."
Er machte eine kurze Pause.
„Wie gesagt, wir haben uns mehr oder weniger nur in der Basketball-AG gesehen. Und die ist immer nur mittwochs. So gut kannte ich sie also gar nicht."
Sie entließen Kai Lautwein schließlich wieder in den Unterricht.
„Ich habe den Eindruck, er weiß wirklich nicht mehr, als er uns sagt", meinte Stettenkamp auf dem Weg durch den langgezogenen Schulflur.
„Hm, der Junge macht zumindest einen ehrlichen Eindruck", fand Ilka. „Und er war anscheinend ein bisschen verliebt in Natalie."
Er sah sie an und schmunzelte.

„Das habe ich gar nicht bemerkt! Nur, weil sie mal ein Eis zusammen gegessen haben? Deine weiblichen Interpretationen finde ich immer wieder spannend! Und ich muss zugeben, meistens liegst du nicht ganz falsch damit."
Der letzte Satz war für einen Westfalen ein geradezu überschwängliches Lob, fand er.

Sie standen vor einer weißen Kunststofftür.
'8b' stand in weißen Druckbuchstaben auf dem grünen Schild daneben.
Franz Weingarten, der Klassenlehrer, stand an der Tafel und unterbrach sogleich den Unterricht, als die Kommissare eintraten.
Er hatte seine Schüler offenbar auf ihren Besuch vorbereitet und rief sie eindringlich dazu auf, den Kriminalbeamten alles zu sagen, was sie wussten.
„Die gesamte Schulgemeinde hält gleich nach der großen Pause eine Gedenkfeier für Natalie in der Aula", sagte er. „Unsere Klasse hat dort ein Foto von Natalie aufgestellt und die Schüler haben den Platz heute morgen schon mit Blumen und Kerzen geschmückt. Manche haben auch kleine Gedichte geschrieben", erzählte er mit bewegter Stimme. „Ich habe mit meinen Schülern - so gut es mir möglich war - über das, was passiert ist, gesprochen. Viele sind noch völlig schockiert."
Ilka begann so behutsam wie möglich, Natalies Klassenkameraden nach dem Wesen und den Interessen ihrer Mitschülerin zu befragen. Nachdem sich zunächst niemand hatte äußern wollen, ergriff Jana, ein zierliches, zart geschminktes Mädchen das

Wort.
„Ich glaube, ich kannte Natalie am besten", sagte sie zögernd. „Sie war ein ziemlich stiller, zurückhaltender Typ. Natalie liebte Pferde. Außerdem weiß ich, dass Natalie manchmal nach der Schule hier in Schleiden noch zur Nachhilfe ging. Aber was sie sonst in ihrer Freizeit machte..."
Jana hob die Schultern. „Keine Ahnung!"
Ilka ging näher zu ihrem Tisch herüber und lächelte Jana aufmunternd zu.
„Wie war dein Verhältnis zu ihr? Wart ihr miteinander befreundet?"
„Hm, nee, das nicht."
„Wer von euch waren denn Natalies Freundinnen? Oder Freunde?", fragte sie an die Klasse gewandt.
Zu ihrer Überraschung meldete sich niemand.
Franz Weingarten räusperte sich.
„Natalie war vielleicht das, was man eine Außenseiterin nennt", sagte er etwas verlegen. „Sie hatte keinen allzu starken Anschluss an die Klassengemeinschaft."
Stettenkamp erhob sich von seinem Stuhl und stellte sich vor die *8b*.
„Und warum nicht?"
Niemand ergriff das Wort.
Er wandte sich an Jana.
„Kannst du bitte versuchen, meine Frage zu beantworten? Es ist wirklich sehr wichtig für uns zu wissen!"
Das Mädchen mit dem langen blonden Haar und dem pinkfarbenen Spaghettiträger-Shirt sah an ihm vorbei.

„Na ja. Ich mochte Natalie, wirklich! Aber sie war halt so ein... Mauerblümchen. Sie interessierte sich nicht für Partys oder für Klamotten oder für Jungs."
Jana schwieg einen Moment.
„Natalie war halt so anders. Jetzt, wo sie tot ist, denke ich, wir haben uns auch alle nicht wirklich bemüht, sie zu verstehen."
Ilka sah in die Runde.
„Seht ihr das alle so?"
Keine Reaktion.
Schließlich nickten zwei Mädchen, die ganz vorne saßen.
„Jana, hatte Natalie denn Freunde aus einer anderen Klasse?"
Die Vierzehnjährige schüttelte den Kopf.
„Nicht, dass ich wüsste. Auf dem Schulhof stand sie meistens allein herum und beschäftigte sich mit ihrem Smartphone." Jana grinste. „Ich meine, das machen wir ja alle. Nachrichten tippen oder Videos im Internet angucken und so. Aber Natalie hielt sich halt immer abseits."
Ilka wandte sich erneut an Janas Mitschüler.
„Hatte Natalie irgendwelche Eigenschaften, die dazu führten, dass sie bei euch unbeliebt war?"
Wieder dieses schwer zu deutende Schweigen.
Manche schüttelten immerhin die Köpfe.
Allmählich brodelte es in ihr angesichts der verstockten Schüler, die abgesehen von Jana einfach kein Wort sprachen. Das Mädchen schien inzwischen in ihr Mathebuch vertieft.
Es klingelte zur großen Pause.
Bis auf Jana sprangen alle Schüler von ihren Stühlen

auf und stürmten hinaus. Die Kommissare unternahmen keinen Versuch, sie aufzuhalten.
„Wie gesagt, die Schüler sind noch ganz geschockt", meinte Franz Weingarten und hob die Arme.
„Dafür haben wir natürlich ein gewisses Verständnis", erwiderte Stettenkamp. „Allerdings sind wir auf ihre Kooperation ungemein angewiesen. Sie wissen selbst, in diesem Alter wissen Teenies häufig mehr voneinander als die eigenen Eltern von ihren Kindern."
Der Lehrer klimperte mit seinem schweren Schlüsselbund und sah hinüber zur Tür.
„Wir haben kaum eine Chance, Natalies Tod aufzuklären, wenn wir nicht mehr über sie erfahren", betonte Ilka noch einmal. „In über neunzig Prozent solcher Fälle stecken Beziehungstaten dahinter! Es ist aller Erfahrungen nach eher unwahrscheinlich, dass der große Unbekannte sie die Böschung hinuntergestoßen hat."
Sie nahm tief Luft.
„Herr Weingarten, ich habe den Eindruck, dass Ihre Schüler uns etwas verschweigen!"
Sie schaute hinüber zu Jana, die immer noch an ihrem Platz saß und den Blick starr auf die braune Tischplatte gerichtet hielt. Ihr auf den Boden gefallenes Schulbuch, in dem sie ein paar Minuten zuvor noch intensiv geblättert hatte, schien sie gar nicht zu bemerken.
Ilka sah, dass Jana stattdessen unter dem Pult ein Handy in den Händen hin- und herdrehte.
Das Mädchen weiß irgendetwas!, schoss es ihr durch den Kopf.

„Sie können ruhig schon gehen", sagte Ilka freundlich an den Klassenlehrer gewandt.
„Das geht nicht, ich muss die Klasse abschließen. Nach der Pause trifft sich die ganze Schule in der Aula zur Gedenkfeier, das sagte ich bereits, glaube ich..."
Er trommelte mit den Fingerknöcheln leise auf seinem Pult herum.
Sie gingen hinaus auf den Flur.
Während Franz Weingarten nach links zum Lehrerzimmer abbog, begleiteten die Kommissare die schweigende Jana hinaus auf den Schulhof.
Ilka wollte die Vierzehnjährige gerade noch einmal beiseite nehmen, da wandte sich Natalies Klassenkameradin an Stettenkamp.
„Hier, ich leih es Ihnen für eine halbe Stunde." Jana drückte ihm hektisch ihr Smartphone in die Hand.
„Stecken Sie es danach einfach unauffällig in meinen blau-weißkarierten Rucksack an der Garderobe vor unserer Klasse! Sonst hängt keine Tasche dort."
Bevor sie etwas sagen konnten, war Jana bereits um die Ecke verschwunden.
„Was soll das denn jetzt?"
Stettenkamp schaute irritiert auf das Handy.
Ilka nahm ihm das Mobiltelefon aus der Hand und deutete in das Schulgebäude.
„Ob Jana uns mit ihrem Handy etwas mitteilen will, ohne offen darüber sprechen zu müssen? Lass uns ein ruhiges Plätzchen suchen und das Ding checken!"
Gespannt wischte sie in einem leeren Büro, dessen Tür nur angelehnt gewesen war, zunächst über das Display, um sich Janas abgespeicherte Fotos

anzusehen.
Ungefähr hundert Selfies, Bilder mit ihren
Freundinnen in diversen Posen, ein paar Aufnahmen
eines ungefähr gleichaltrigen Jungen mit nacktem
Oberkörper und Unterhose.
Das war es auch schon.
Ilka durchstöberte die zahlreichen Videos - die
üblichen Albernheiten, über die Teenies sich
garantiert ausschütteten vor Lachen.
„Ruf mal *Whatsapp* auf", riet Stettenkamp und beugte
sich dicht über das Handy.
Jana chattete mit über vierzig Mädchen und Jungen,
den Profilfotos nach zu urteilen handelte es sich um
gleichaltrige oder etwas ältere Schüler.
Mit drei Ausnahmen: Ihre Mutter Sabine. Und eine
weitere Frau namens Gisela, die sie auf Mitte fünfzig
schätzten.
Und dann gab es da noch einen Mann ohne Profilbild
namens Mario Testino.
„Wer mag das bloß sein?", überlegte Stettenkamp.
Ilka grinste.
„Im wahren Leben handelt es sich um einen der
bekanntesten Modefotografen", lachte sie. „Aber der
wird es wohl nicht sein!"
Der Kommissar öffnete den Chatverlauf, entdeckte
jedoch lediglich zwei Nachrichten:
„Fotos fertig?", hatte Jana gefragt.
„Jepp!", so Testinos Antwort.
„Guck mal hier!" Ilka stieß Stettenkamp an und tippte
mit der Fingerkuppe auf das Display. „Sie ist in
sicherlich zwanzig Chat-Gruppen aktiv. Eine könnte
für uns interessant sein: *'Wir, die 8b'*!"

Sie begannen durch den Nachrichtenverlauf zu blättern.
Je länger Ilka und Stettenkamp lasen, um so versteinerter wurden ihre Mienen.

***

Ich sitze auf einem Baumstumpf und atme seit einer gefühlten Ewigkeit wieder den Duft des Frühlings ein.
Fünfzehn Jahre habe ich keinen Vogel mehr zwitschern und keine Grillen im Gras mehr zirpen hören. Ich lasse meine nackten Füße in meinem Versteck zwischen den mannshohen Tannen über das feuchte Moos gleiten.
Ein zweites Mal seit meiner Rückkehr bin ich euren misstrauischen Blicken, die mich verfolgen, sobald ich das Haus verlasse, entkommen. Wahrscheinlich hab ich es dem bevorstehenden Schützenfest zu verdanken.
Ich grinse in mich hinein.
Ohne meine Kontakte im Internet würde ich verrückt werden vor Langeweile und Einsamkeit. Mit einem Mörder spricht man nicht - das habt ihr hier inzwischen schon euren Kindern eingetrichtert.
Wenn die dralle Hubertine in dem neuen Mehrgenerationencafé 'Carpe diem' an der Hauptstraße bedient, sorgt sie dafür, dass ich für kurze Zeit meine Ruhe vor euch habe. Stoisch sitzt ihr zwar am Nachbartisch und lasst mich nicht aus den Augen. Der Blick auf meinen Bildschirm aber bleibt euch

verwehrt. Gut so!
Ich denke an die tote Natalie.
Und warte.
Vielleicht kommt Anna gleich aus dem Haus. Wie sie sich wohl verändert hat in all den Jahren?
Meine Gedanken wandern weiter zu Luisa.
Gerade fünf Jahre alt war sie geworden, als die Schweine mir den Prozess gemacht haben. Ich sehe sie vor mir als wäre es erst gestern gewesen. Das übermütige Mädchen mit den schwarz gelockten Zöpfen. Wie oft brachte sie uns Erwachsene mit ihren altklugen Sprüchen zum Lachen und zum Staunen.
Ich denke nach.
Von meinem Versteck aus käme ich zu Fuß vermutlich ungesehen bis zum Bahnhof. Ich könnte mit dem Zug nach Köln und ins Pascha, es mal richtig krachen lassen und meine wiedergewonnene Freiheit feiern. Weg aus der Eifel, in der Stadt kennt mich kein Mensch.
Da!
Das muss Luisa sein!
Die großgewachsene Frau balanciert einen knappen Meter Bücher zwischen den Händen. Sie kommt aus dem Haus von Jürgen Rudolph. Dem Geschichtslehrer und Heimatforscher dichteten die Leute im Dorf Geschichten mit jungen Mädchen an. Sogar seine Schülerinnen trieben sich manchmal bei ihm herum, hörte ich ein paar geschwätzige Frauen neulich in Trautchens Bäckerei tuscheln. In Luisas Ohren stecken kleine runde Knöpfe.
Sie bewegt die Lippen und trippelt vorsichtig zu dem protzig gestalteten Hauseingang.

Ich vergesse fast zu atmen; mein Herz rast.
Luisa drückt mit dem rechten Handrücken auf den Klingelknopf, der Bücherturm gerät ins Wanken.
Jemand öffnet der jungen Frau.
Im Schatten des dunklen Flurs glaube ich ihre Mutter zu erkennen.
Anna.
Die zierliche, große Frau blickt kurz hinaus und lässt die massive Tür dann ins Schloss gleiten.
Seit Wochen frage ich mich: Was hält Anna wohl von den Bürgerwehr-Aktivitäten ihres Ehemannes? Hat sie eine Meinung dazu?
Seufzend erhebe ich mich von dem morschen Baumstumpf und schaue ziellos umher.
Wohin mit mir?
Den Gedanken an das Bordell verwerfe ich wieder. Abgesehen davon, dass ich noch immer keine Kohle habe: Ich weiß, dass sie mir dort sowieso nicht das bieten werden, wonach ich verlange.
Also unauffällig zurück durch den Wald in das kalte Haus meiner Mutter.
Ich bücke mich nach meinem zu Boden gefallenen Feuerzeug.
Wie aus dem Nichts steht er plötzlich vor mir.
„Du schon wieder!" - höre ich seine sonore Tenorstimme. Er erhebt seine rechte, zur Faust geballte Hand, schlägt jedoch nicht zu. Entweder ist sich der hochwohlgeborene Herr selbst zu fein dazu oder diesem Hünen ist bewusst, dass ich ihm körperlich deutlich überlegen bin. „Verschwinde endlich von hier, sonst gnade dir Gott!", zischt er. Dann kehrt er mir den Rücken, steckt sich

*seelenruhig mit seinen schmalen Musikerhänden eine
Pfeife an und schlendert zurück zu seinem Haus.*

***

Ilka hatte das Smartphone während der Gedenkfeier
für Natalie unauffällig in Janas Rucksack
zurückgesteckt, nicht jedoch ohne zuvor mit ihrem
eigenen Handy den Chatverlauf der Gruppe '*Wir, die
8b'* abfotografiert zu haben.
Sie und Stettenkamp hatten in der Aula noch eine
Weile den kurzen Ansprachen Franz Weingartens
sowie des Klassensprechers zugehört. Schweigen,
Tränen, aber auch einige gelangweilte Schüler
bestimmten dort das Bild.
'Warum?' - stand auf einer weißen Holztafel.
Kai Lautwein saß vorne in der ersten Reihe und
schien ganz in sich versunken.
„Kopf hoch!", begrüßte ihn ein Mädchen und legte
ihre Hand für einen Moment auf seine Schulter.
Die Fünft- und Sechstklässler hatten eine aufwendige
Collage gestaltet. Jana war nach vorne getreten und
hatte ein selbstverfasstes Gedicht vorgetragen.
Ilka hatte Mühe gehabt, sich auf die Gedenkfeier zu
konzentrieren.
Das, was sie eben mit Stettenkamp entdeckt hatte,
ließ sie nicht mehr los.
Auf dem Weg von Schleiden nach Wildbach konnte
sie sich endlich in Ruhe mit ihrem Chef dazu
austauschen.
„Ich habe doch vor ein paar Wochen an einer
Fortbildung zum Thema 'cybermobbing'

teilgenommen", begann Stettenkamp. „Das hier ist nichts anderes! Über zehn Schüler machen eine Mitschülerin in einer *Whatsapp*-Gruppe fertig. Aber mit welch krassen Ausdrücken und Bildern! Ich meine... wir reden hier über Vierzehnjährige!", sagte er erschüttert.

Er dachte an die Texte, die er da eben gelesen hatte. 'Wer dich nackt sieht, muss kotzen!', 'Du bist eine Geisterbahnfigur!', 'Mit dir treibt es höchstens dein Pferd' oder 'Eine schleimige Kröte ist im Vergleich zu dir ein Top-Model!'

Am Anfang hatte Natalie sich mehrmals in ihren Nachrichten an die Gruppe gewehrt und die Klasse gebeten, sie endlich in Ruhe zu lassen. Doch umso schlimmer waren die Anfeindungen geworden. Unvorteilhafte pornografische Bilder unbekannter Menschen, die mit Natalie in Zusammenhang gebracht worden waren...

Manipulierte Fotos der Schülerin, über die sich - so zeigten es die unzähligen Smileys mit Lachtränen oder Teufelshörnern - die meisten der *8b* königlich auf Kosten ihrer Mitschülerin amüsiert hatten...

Ein Foto hatte die beiden besonders schockiert: Es handelte sich um ein zusammengesetztes Bild aus Natalies Gesicht und einem fremden, unglaublich dicken, nackten Körper. Darunter folgten sechs gleichlautende Kommentare: Geteilt!, Geteilt!, Geteilt!...

Jana allerdings hatte sich während des gesamten Chatverlaufs nicht geäußert. Sie war offenbar eine stille Mitleserin der Gruppe gewesen.

„Gelästert haben wir damals auf dem Schulhof

manchmal auch", gab Ilka vom Beifahrersitz aus zu bedenken. „Aber das hier sind völlig andere Dimensionen. Hier wird ein Mädchen ja vierundzwanzig Stunden von zehn Mitschülern permanent fertig gemacht!"
Sie wischte über die Bilder, die sie abfotografiert hatte.
„Einige ihrer Mitschüler brüsten sich damit, nicht nur das falsche Nacktfoto, sondern auch alle anderen Inhalte der Gruppe noch an Schüler anderer Klassen weitergeleitet zu haben. Vermutlich wusste also fast jeder an der *Konrad-Adenauer-Schule* Bescheid, was abging.
Ob die Lehrer überhaupt nichts bemerkt haben?"
Stettenkamp zuckte mit den Schultern und überlegte.
„Ich könnte wetten, Franz Weingarten wird überrascht sein, wenn wir ihn auf diese *Whatsapp*-Gruppe ansprechen! Er macht auf mich einen engagierten Eindruck, aber es kann gut sein, dass die Schikanen gegen Natalie an ihm vorbei gegangen sind - weil sie sich in Bereiche verlagert haben, zu denen er als Lehrer gar keinen Zugang hat."
Er blickte auf der kurvenreichen, engen Straße ins Ländchen über die zahllosen Felder.
„Jana hat uns doch erzählt, dass Natalie immer allein auf dem Pausenhof herumgestanden habe. Man kann nur ahnen, wie schrecklich das Leben in der Schule für sie gewesen sein muss."
Er schlug mit der flachen Hand auf das Lenkrad.
„Im gesamten Chatverlauf gibt es keinen Hinweis darauf, warum die Klasse Natalie so fertig gemacht hat. Ich verstehe das nicht."

Ilka sah ihn an.
„Ich schon. Halte dir die Mädchen in der Klasse nochmal vor Augen. Sie sehen doch fast alle gleich aus. Gertenschlank, langes Haar, superenge Jeans und knappe Oberteile. Und natürlich Markenklamotten. Etliche schminken sich schon. Natalie war offenbar anders. Vermutlich reichte das schon."
Sie dachte an das Mädchen, das auf dem gerahmten Klassenfoto in der Aula recht weit abseits gestanden hatte. Die Kleine hatte im Gegensatz zu beinahe allen ihren Klassenkameradinnen noch ein wenig Babyspeck gehabt. In dem hellblauen Kragenshirt und dem geflochtenen Zopf, der ihr ein gutes Stück über die rechte Schulter baumelte, wirkte sie körperlich längst noch nicht so weit entwickelt wie die meisten ihrer Mitschülerinnen.
Was hatte Jana gesagt?
Natalie interessiere sich mehr für Pferde als für Jungs und Klamotten. Konnte das tatsächlich genügt haben, um derart gemobbt zu werden?
„Wenn ich an mein Seminar zurückdenke, dann auf jeden Fall!", meinte Stettenkamp nachdenklich.
„Typisch ist übrigens auch, dass Kinder und Jugendliche meist weder mit ihren Eltern noch mit den Lehrern über das Problem sprechen", dozierte er. „Die Opfer haben Angst als Verräter und Petzer dazustehen und dann noch mehr Repressalien ausgesetzt zu sein. Und die Täter haben natürlich Angst vor Bestrafung."
Ilka blickte auf die zahlreichen Beweisfotos auf ihrem Handy.
„Aber nicht an jeder Schule oder in jeder Klasse gibt

es Mobbing, oder?"

„Doch!", betonte Stettenkamp. „Davon bin ich seit meiner Fortbildung überzeugt. Aber natürlich hängt es von vielen Faktoren ab, ob es einen Nährboden dafür gibt oder nicht. Generell ist Mobbing ein Symptom für gestörte Kommunikation: Die Opfer werden isoliert, die Täter bekommen keine Rückmeldung über die Auswirkungen ihrer Schikane und die passiven 'Zuschauer' sind ratlos, haben Angst oder verhalten sich voyeuristisch."

Ilka nickte.

„Wir sprechen ihre Mutter auf jeden Fall gleich auf die Sache an!"

„Sabine sagte uns doch gestern, dass Natalie im vergangenen halben Jahr verändert gewirkt habe. Da werden wir noch einmal nachhaken."

Er fuhr in Wildbach in die Einfahrt des kleinen Bauernhauses, in dem Sabine Knips bis zum Sonntag vierzehn Jahre lang mit ihrer Tochter gelebt hatte.

„Wir haben nun zumindest einen ersten Anhaltspunkt, um zu ermitteln. Ob Natalie tatsächlich derart gemobbt worden ist, dass sie am Sonntagabend von jemandem aus ihrer Klasse angegriffen wurde, der sie dann mit dem Hinterkopf auf den Stein geknallt hat? Vielleicht ist das nicht mit der Absicht geschehen, sie schwer zu verletzen oder gar zu töten. Die Schikane gegen sie könnte schlicht außer Kontrolle geraten sein!"

Ilka stieg aus dem Wagen.

„Wir müssen spätestens morgen nach Schulschluss sämtliche Schüler, die in der *Whatsapp*-Gruppe aktiv gewesen sind, befragen. Und zwar am besten einzeln

bei uns im Kreishaus."
Stettenkamp griff zu seinem iPhone.
„Habig und Bongardt sollen sich sofort um die Vorladungen kümmern. Auch mit Jana möchte ich gerne einmal unter vier Augen sprechen. Mein Eindruck ist nämlich, dass sie uns auf jeden Fall helfen will. Möglicherweise plagen das Mädchen Schuldgefühle, weil sie glaubt, ihre mobbenden Mitschüler hätten Natalie in den Tod getrieben. Vielleicht weiß Jana sogar, was am Sonntagabend passiert ist!"
„Sehr gut!"
Ilka nahm tief Luft und klingelte dann an der Haustür ihrer ehemaligen Schulkameradin.

Sabine Knips saß auf ihrer Couch und wirkt leicht benommen, als die Kommissare zu ihr in das kleine Wohnzimmer traten und neben ihr Platz nahmen.
Sammy lag wie bei ihrem letzten Besuch treu zu ihren Füßen.
Eine ältere Frau trat, nachdem sie leise angeklopft hatte, mit einem Suppentopf in den Händen zögernd ein.
Sie stellte sich Stettenkamp vor.
„Gertrud Linden aus der Nachbarschaft", sagte sie etwas verlegen.
An Ilka gewandt meinte sie: „Mir kennen uns ja vom Ansehen, Mädchen! Ich hab dem Sabine einen Aufgesetzten zur Beruhijung jejeben. Selbst jemacht natürlich!" Sie wechselte vollständig ins Eifeler Platt.
„Un en jod Mellechzupp han ich vorbejbraat. Mir Ländchener losse keene im Stich."

Gertrud Linden lächelte scheu.
„Tschüss Sabine und roof an, wenn de jet bruchs!"
Fort war sie.
Natalies Mutter schien sich über den Besuch der Kommissare, vor allem aber über den vertrauten Anblick Ilkas, zu freuen.
Vielleicht ist es ganz gut, wenn die beiden eine Weile alleine miteinander sprechen, dachte Stettenkamp.
Er räusperte sich.
„Frau Knips, dürfte ich mich einmal in Natalies Zimmer umsehen? Vielleicht entdecken wir irgendetwas, das uns weiterhilft."
Sabine sah auf.
„Ja, klar", sagte sie schwach.
Ilka sprach eine Weile mit ihrer ehemaligen Schulfreundin über Natalie. Sabine Knips machte sich Vorwürfe, als alleinerziehende Mutter zu wenig Zeit für ihre Tochter gehabt zu haben. Sie berichtete, dass Natalie in den letzten drei Wochen ungewöhnlich fröhlich und ausgeglichen gewesen sei. Einen Grund für diesen Wandel kannte Sabine allerdings nicht. Ilka wunderte sich angesichts dessen, was sich in der Chatgruppe '*Wir, die 8b*' zugetragen hatte, zwar darüber, ließ Sabine aber weiter erzählen.
Sie berichtete, dass sich die Schulnoten ihrer Tochter seit längerer Zeit kontinuierlich verschlechtert hätten, woran auch der Nachhilfeunterricht bei der *Schülerhilfe* in Schleiden nichts geändert habe.
Natalie habe mehr und mehr verträumt gewirkt und fast ihre gesamte Freizeit in ihrem Zimmer vor dem Laptop verbracht.
„Die hängen ja alle in diesen sozialen Netzwerken

rum", meinte Sabine.
Wenn sie abends von der Arbeit im Krankenhaus heimgekommen sei, habe sie Natalie mal aufgekratzt und bestens gelaunt, dann aber wieder verschlossen und tieftraurig angetroffen. Letzteres allerdings nicht mehr in den letzten Wochen, betonte sie noch einmal. Sie habe diese Stimmungsschwankungen eine ganze Weile der Pubertät zugeschrieben, erklärte die Mutter. Irgendwann habe sie jedoch den Eindruck gehabt, dass Natalie die viele Zeit vor dem Computer nicht gut bekomme.
Seitdem hätten sie sich sehr häufig gestritten.
„Ich habe ihr das Macbook sogar einmal weggenommen, weil ich mir nicht mehr zu helfen wusste", sagte Sabine. „Da ist sie regelrecht ausgerastet." Sie begann zu weinen. „Ilka, mit einer Vierzehnjährigen zu leben ist manchmal so, als wollest du einen Kaktus umarmen. Ich muss so viel arbeiten und mir war immer wichtig, dass es meiner Kleinen trotzdem gut geht. Ich wollte keinen Dauerkrach mit ihr. Natalie war doch mein ein und alles! Den Laptop habe ich ihr nach ein paar Tagen natürlich wieder zurückgegeben."
Sabine schluckte.
„Im Nachhinein wollte ich vielleicht eher ihre Freundin sein als eine Mutter, die ihr Grenzen setzt. Ich glaube, ich habe alles falsch gemacht."
Tränen rannen ihr über die Wangen.
Ilka nahm sie spontan in den Arm.
„Das glaube ich nicht, Sabine! Du sagtest doch, Natalie habe sich noch gar nicht für Jungs oder Partys interessiert, sondern stattdessen ihre Pferde im

Reitstall geliebt. Im Grunde musstet du dir doch, abgesehen von der Schule, keine großen Sorgen um sie machen, oder?"
Sabine Knips nickte zögernd.
„Ja schon. Allerdings ist sie in der letzten Zeit ja kaum noch zum Reiten gegangen. Ich verstehe auch immer noch nicht, warum sie mich am Sonntag angelogen und mir gesagt hat, sie fahre in den Reitstall."
Sie blickte Ilka hoffnungsvoll an.
„Habt ihr schon herausgefunden, wo sie stattdessen gewesen ist?"
Ilka schüttelte den Kopf.
Natalie musste sich irgendwo aufgehalten haben, wo sie an einem Joint gezogen hatte. Und das mit hoher Wahrscheinlichkeit nicht allein.
Sie fragte Sabine, ob sie von den Schikanen in der Klasse gegen ihre Tochter gewusst habe.
Ihre Schulfreundin erinnerte sich, dass Natalie ihr vor über einem Jahr einmal erzählt habe, dass ein paar Jungen während des Unterrichts ständig Papierkügelchen durch Plastikröhrchen gegen sie geschossen und ihr in der Umkleidekabine während des Sportunterrichts mehrmals Sweatshirt, Hose und Schuhe versteckt hätten.
Natalie habe sie regelrecht angefleht, nichts zu unternehmen.
Doch beim nächsten Elternsprechtag habe sie den Klassenlehrer auf die Sache angesprochen. Da sich die Schikanen gegen Natalie jedoch nicht in Herrn Weingartens Unterricht zugetragen hatten, habe er nichts davon gewusst und ihr mit auf den Weg

gegeben, die Schüler solche Dinge unter sich regeln zu lassen. Ein junger Mensch wachse an Konflikten und müsse lernen, sich auch einmal zu wehren. Sie habe die Sache dann auf sich beruhen lassen, zumal Natalie ihr von keinen weiteren Vorfällen mehr erzählt habe.
„Ich bin davon ausgegangen, dass sich das Thema erledigt hatte", sagte sie achselzuckend.
In diesem Moment klopfte Stettenkamp an die Tür. In der Hand trug er das mit einer pinkfarbenen Hülle überzogene Macbook.
„Wo haben Sie das Ding gefunden?", rief Sabine Knips erstaunt. „Ich habe es schon überall gesucht! Normalerweise steht das Teil nämlich auf Natalies Schreibtisch."
„Ihre Tochter hatte es ziemlich gut versteckt. Ich habe es am Fußende unter ihrer Bettdecke entdeckt - eigentlich eher durch einen Zufall, weil ich mich einen Moment dort hingesetzt habe, um kurz nachzudenken."
Er sah sie an.
„Ich muss den Computer mitnehmen."
Natalies Mutter hob die Schultern.
„Klar... wenn Sie meinen, es könnte Sie weiterbringen."
Stettenkamp zeigte ihr ein Schwarz-Weiß-Foto. Es zeigte Natalie, die bäuchlings auf einer Wiese lag und einen Grashalm zwischen den Lippen hielt. Sie blickte kess in die Kamera. Das offene Haar fiel ihr halb ins Gesicht.
„Das kenne ich ja gar nicht", sagte Sabine Knips sofort. „Es sieht aus wie von einem Fotografen

gemacht!"
Ilka warf einen Blick darauf und nickte.
Ihr fiel etwas ein.
„Weißt du, wen die Mädchen aus Natalies Klasse Mario Testino nennen?"
Sabine sah sie mit großen Augen an und schüttelte den Kopf.
Sie verabschiedeten sich und nahmen auch das Foto mit.

Auf dem Weg nach Euskirchen beschlossen die Kommissare, Jana anzurufen und das Mädchen nach der wahren Identität zu fragen, die hinter dem Pseudonym des Modefotografen steckte. Vielleicht gab es einen Zusammenhang zwischen ihm und dem professionellen Fotoabzug.
Die Schülerin nahm Ilkas Anruf bereits nach dem ersten Klingeln ihres Handys entgegen.
„Mario Testino?" Sie lachte kurz auf. „So nennen wir zum Spaß unseren Geschilehrer, den Jürgen Rudolph. Er macht manchmal nachmittags mit seiner Fotoausrüstung Fotos von uns, die wir dann bei *Knuddels* oder *Facebook* hochladen. Umsonst natürlich! Er wohnt übrigens auch in Natalies Kaff da bei den sieben Zwergen hinter den sieben Bergen. Jürgen... äh Herr Rudolph ist ganz in Ordnung!"
Ilka schaltete den Lautsprecher aus, verabschiedetet sich und starrte Stettenkamp für einen Moment sprachlos an.
„Ich bin zwar Jahrgang siebenundsiebzig - aber mein gesunder Menschenverstand sagt mir: Das ist nicht normal!", murmelte sie.

***

Liebe Sophia,
heute habe ich mich wieder mit Jack getroffen!
Es war noch viel schöner als beim letzten Mal. Wir sind gleich nach der Schule in seinem Cabrio zum Freilinger See gedüst.
Mama denkt, ich sei mit dem Bus zu einer Nachhilfeschülerin gefahren. Die Sonne schien und wir beide haben am See ein ganz romantisches Picknick gemacht. Jack hatte Hugo dabei, total lecker! Wir waren fast alleine und haben ganz lange aufs Wasser geschaut, gekuschelt und uns geküsst. Das war viel schöner, als mit Jack zu schlafen, aber das habe ich ihm nicht gesagt. Ich weiß nicht, ob er das verstehen würde. Irgendwie wirkte er bedrückt und ich habe ihn gefragt, was los sei. Schließlich rückte er heraus mit der Sprache.
Er sei da in eine ziemlich unangenehme Sache mit einem ganz miesen Typen hineingeraten, druckste er herum. Es ging wohl um einen Deal mit Autos, genau habe ich das nicht verstanden. Jedenfalls verlangt nun dieser Mann viertausend Euro von ihm, stell dir das mal vor! Soviel Geld hat Jack natürlich nicht. Dabei kann er mit Sicherheit nichts dafür, dass das Geschäft schiefgelaufen ist. Er sagte, wenn es ihm nicht gelingt, die Kohle bis nächste Woche irgendwie aufzutreiben, dann müsse er untertauchen. Heftig, oder?
Ich mache mir Sorgen um ihn. Er ist doch mein Freund. Außerdem habe ich große Angst, Jack zu verlieren. Wenn er vor diesem Kriminellen fliehen muss, sehe ich ihn doch nie wieder!

Ich habe ihm gesagt, dass ich ihm so gern helfen würde.
Nur wie?
Viertausend Euro sind einfach unvorstellbar viel Geld! Wir sind über die Autobahn in seine Wohnung nach Euskirchen gefahren. Er wollte so gern nochmal einen Joint mit mir zusammen rauchen. Es würde uns entspannen und die Geldsorgen vergessen lassen, meinte er. Aber diesmal ist mir ein bisschen schlecht von dem Zeug geworden und ich musste mich im Bad übergeben. Jack hat sich ganz lieb um mich gekümmert. Als ich mich wieder besser gefühlt habe, hat er mich in der Stadt zum Essen eingeladen.
Es ist so schön, so viel Zeit mit ihm zu verbringen. Ich hatte ihn den ganzen Tag für mich allein.
Irgendwann hatte Jack dann eine Idee, wie ich ihm tatsächlich helfen könne. Wenn ich mit diesem Typen, der ihn bedroht, schlafen würde, nur ein einziges Mal, würde er ihn ganz sicher wegen des Geldes in Ruhe lassen.
Zuerst bin ich ganz schön wütend geworden!
Ich will das nicht.
Aber Jack meinte, wenn ich vorher genügend Alkohol trinke, sei es sicher nicht so schlimm.
Er sagte immer wieder: „Tu es für uns, Prinzessin, nur ein einziges Mal, damit wir beide eine Zukunft haben..."
Bevor wir uns verabschiedet haben, hat Jack mir ein kleines Kettchen geschenkt mit einem Herzanhänger daran und es mir gleich um den Hals gelegt.
Ist er nicht süß? Er liebt mich total!
Sophia, ich bin so aufgewühlt. Mein ganzes Leben

steht irgendwie Kopf. Aber ich habe mich ent-
schieden.
Ich muss Jack einfach helfen!

***

Alex wartete auf dem kleinen Parkplatz vor dem *Westfalenkrug* auf Lisa. Er war eine Viertelstunde zu früh dran, nach dem üblichen Berufsverkehr war nur noch wenig los gewesen auf der Autobahn. Ganz gegen seine Gewohnheit zündete er sich im Auto eine Zigarette an, nachdem er beide Fensterscheiben herabgelassen hatte. Im kleinen Biergarten neben dem Restaurant saßen etliche Menschen, die an diesem ungewöhnlich milden Maiabend ein Feierabendbier genossen.
Alex spürte wie seine Anspannung von Minute zu Minute wuchs.
Er hatte auf der Fahrt versucht, sich gedanklich auf das Gespräch mit Lisa vorzubereiten. Aber da er aber nicht wusste, worauf sie nach Monaten des Schweigens nun hinauswollte, war es ihm nicht gelungen, sich ein paar Sätze zurechtzulegen.
Eins wusste er allerdings genau: Die Scheidung von Lisa war das Letzte, was er wollte.
Was, wenn sie aber gleich damit anfangen würde? Am Ende würde noch einer dieser schnöseligen Architekten den Ersatzvater für seine Jungs abgeben...
Soweit käme es noch!
Jetzt warte doch erst Mal ab, versuchte er sich selbst zu beruhigen.
EU LS 2804!

Seine Frau bog gerade von der Schmiedestraße ab und parkte gleich neben ihm. Hektisch drückte er seine Zigarette aus und warf den Stummel nach draußen. Schnell schob er sich ein extra scharfes *Fisherman's Friend* in den Mund und stieg aus.
Alex hielt ihr die Fahrertür auf.
„Hallo Lisa!"
Er berührte sie sanft an den Schultern.
„Du schaust gut aus!"
Sie trug ein schwarzes Twinset und einen beigefarben-en Rock, der knapp über dem Knie endete und ihre Beine toll zur Geltung brachte. Dazu hochhackige Schuhe. Ihr Gesicht war dezent geschminkt.
Lisa lächelte ihm zu.
„Gehen wir hinein."
Ein seltsames Gefühl, sich offiziell mit der eigenen Frau zu treffen, fand er. Allerdings auch aufregend.
Sie bestellten beide ein kleines Radler, dazu Berner Geschnetzeltes, Spätzle und Salat. Dann sprachen sie über Ben und Moritz.
„Lass uns jetzt mal über uns reden", bat Alex nach einer Weile.
In diesem Moment servierte ein freundlicher Kellner zwei üppig bestückte Teller. Es duftete himmlisch und schmeckte auch so.
„Weißt du noch, wie die Jungs damals diesen ondulierten Pudel auf dem Stuhl drüben mit ihrem Essen gefüttert haben?", grinste er. „Wir hatten es gar nicht bemerkt..."
Lisa lachte auf.
„Stimmt! Und erinnerst du dich, wie wahnsinnig sich

das affektierte Pudel-Frauchen darüber aufgeregt hat? 'Meine Lilly bekommt sonst nur Filet, Schnitzel verträgt sie überhaupt nicht!', sagte sie entsetzt. Ben und Moritz haben sich kaputtgelacht und wir konnten uns auch kaum noch ernst halten."
Sie aßen und schwiegen eine Weile.
„Ich freue mich, dass du mich sehen wolltest", begann Alex. „Was möchtest du denn mit mir besprechen?"
Bitte fang jetzt nicht mit dem Thema Scheidung an, dachte er.
„Ich will mit dir über Isabella reden", sagte sie geradeheraus. Ihr eben noch so warmer Tonfall veränderte sich. „Deine Affäre mit ihr hat sich bis heute wie ein dunkler Schatten über unsere Ehe gelegt und holt uns seit Jahren immer wieder ein."
Nicht schon wieder die alte Leier, dachte er. Das haben wir doch nun wirklich oft genug durchgekaut.
„Du denkst, nur weil du dich damals hundert Mal entschuldigt hast, müsse das Thema für mich längst einfach so vom Tisch sein. So ist es aber nicht!"
Bleibe ruhig und höre ihr zu, ermahnte er sich.
„Sondern?"
„Ich weiß nicht mehr, ob ich dir vertrauen kann! Im Grunde wusste ich es schon damals nicht. Aber vor ein paar Jahren war meine Situation auch eine andere als heute." Sie klang nun sehr selbstbewusst. „Ben und Moritz waren gerade einmal zwölf Monate alt und ich war fix und fertig zu Hause. Aber du hast ja vorgezogen, es mit dieser Künstlerschlampe zu treiben!"
Alex spürte die aufkeimende Wut in seinem Bauch.

Zigmal hatte er Lisa versichert, dass diese kurze Affäre der größte Fehler seines Lebens gewesen war, den er bereute und einen solchen nie wieder begehen würde. Und nun grub sie tatsächlich schon wieder diese ollen Kamellen aus!
„Ich hätte nie gedacht, dass du es wagen würdest, sie in der Eifel wiederzutreffen!", fuhr sie ruhig fort.
Lisa spielte auf Isabellas Kurzurlaub im Heimbacher *Landal Park* im Dezember an, wo er seinerzeit ermittelt und sie unerwartet wiedergetroffen hatte. Er glaubte selbst nicht, dass Isabella ihre Zeit rein zufällig dort verbracht hatte, denn sie hatte ihm erneut Avancen gemacht, denen er jedoch klar und deutlich widerstanden hatte! Was Lisa ihm jedoch mit keinem Wort geglaubt und ihn stattdessen wutentbrannt mit den Kindern verlassen hatte.
Alex spürte, wie ihm der seidene Geduldsfaden riss.
„Weißt du was? Diese ganzen Probleme haben wir doch nur, weil ich Vollidiot dir treudoof von Isabella erzählt habe!" Er wurde immer lauter. „Ich wollte ehrlich zu dir sein, nichts sollte zwischen uns stehen. Ich hätte dir besser nie etwas gesagt, dann wäre jetzt alles anders! Ist doch wahr!"
Die neugierigen Blicke seitens der Nachbartische waren ihm völlig gleichgültig.
Aus Lisas Gesicht war inzwischen trotz ihres sorgfältigen Make-ups jegliche Farbe gewichen.
„Ich sage es dir jetzt noch einmal! Seit damals habe ich nichts mehr mit Isabella, verdammt noch mal! Weder mit ihr noch mit irgendeiner anderen Frau!"
„Wer es glaubt!", schnaubte Lisa und schob ihren halb leeren Teller von sich weg.

„Pah! Weißt du, was ich inzwischen glaube? Dass du was mit einem dieser neureichen Architekten angefangen hast!" Er schlug mit der Faust auf den dunklen Holztisch. „Warum sonst mutest du Ben und Moritz denn ein Leben in dieser freudlosen Schickeria-Bude zu? Wahrscheinlich dürfen sie da nicht mal lachen, weil es die feinen Herren bei der Arbeit stört!"
Lisa starrte ihn an.
Sie stand auf, schob ihren Stuhl nah an den Tisch heran und stützte ihre Unterarme auf die Lehne.
„Alex", hob sie leise an. „Du hast nichts - aber auch gar nichts - verstanden. Lebe wohl!"
Sie zog ihr braunes Lederportemonnaie aus der Handtasche, legte zwanzig Euro auf den Tisch und verließ unter dem irritierten Blick des Tischkellners wortlos den *Westfalenkrug*.

Mittwoch - 3. Tag

In Ilkas unsortierte Gedanken um Sabine Knips und ihre tote Tochter hinein klingelte an diesem trüben Vormittag das mattgraue Telefon auf ihrem Schreibtisch. Im Display erkannte sie gleich, dass der Anruf aus Trier kam.
Ihre Stimmung hellte sich schlagartig auf.
„Guten Tag! Hier ist Stefan Lünebach. Erinnerst du dich noch an mich, Ilka?" Durch den Hörer drang ein joviales Lachen. „Wir haben uns im vergangenen Jahr auf einer Fortbildung in Koblenz getroffen."
Und ob sie sich erinnerte!
Lünebach war ihr damals gleich aufgefallen. Abends hatten sie an der Hotelbar noch etwas zusammen getrunken. Der Trierer Oberkommissar allerdings deutlich mehr als sie selbst. Trotz seines Eherings hatte er ihr immer unverhohlenere Komplimente gemacht und später dann vergeblich versucht...
„Ilka?"
„Hallo Stefan! Selbstverständlich weiß ich noch, wer du bist. Was kann ich für dich tun?", fragte sie geradeheraus.
„In Dalsfeld ist gestern ein fünfzehnjähriges Mädchen wieder bei ihren Eltern aufgetaucht, das seit fast einem Jahr als vermisst galt. Vivien Schreiner ist ihr Name."
Das war doch mal eine gute Nachricht!
Ungewöhnlich nur, dass der Trierer Kollege sie deswegen eigens benachrichtigte.
„Hat es einen bestimmten Grund, dass du mich

darüber informierst?", hakte sie nach.
„Ich dachte an euch, weil ihr doch gerade den Fall Natalie Knips auf dem Tisch habt. Ilka, ich weiß, was du denkst. Auf den ersten Blick gibt es überhaupt keine Parallelen; außer, dass die Mädchen ungefähr im gleichen Alter sind. Aber das kann sich möglicherweise ändern! Ihr seid sicher gerade dabei, mehr über die kleine Knips herauszufinden, nicht wahr?"
„Ganz genau! Sehr weit sind wir noch nicht gekommen. Natalie scheint ein zurückhaltendes, eher schüchternes Mädchen gewesen zu sein, im Vergleich zu ihren Klassenkameradinnen vermutlich noch mehr ein Kind als ein Teenager."
Sie vernahm einen kurzen Seufzer.
„Hm, das passt dann scheinbar wirklich nicht. Vivien Schreiner ist damals von zu Hause ausgerissen. Ihre Eltern haben sie, ich zitiere, als 'pubertierende Partymaus' beschrieben. Sie ist gestern in traumatisiertem Zustand per Anhalter zurück zu ihnen nach Dalsfeld gekommen und spricht seitdem kein Wort. In der Nacht hat sich die Mutter aufgrund ihres körperlichen Zustands derart große Sorgen gemacht, dass sie Vivien ins Städtische Krankenhaus hier nach Trier gebracht hat."
„Und was sagen die Ärzte?"
„Sie hat neben einem seelischen Trauma Entzugserscheinungen. Vermutlich hat das Mädchen Heroin gespritzt."
Ilka fuhr sich durch das blonde Haar.
„Hoffentlich fängt sie sich wieder! Zu Natalie Knips scheint es allerdings tatsächlich keine Verbindung zu geben."

„Tja, vermutlich hast du recht. Mach es gut!"
Ilka hatte längst aufgelegt, doch Stefan Lünebachs
Anruf ging ihr nicht mehr aus dem Kopf. Seine
Kollegen hatten ihr im vergangenen Jahr während des
Seminars schmunzelnd erzählt, dass der noch junge
Oberkommissar mit einem siebten Sinn ausgestattet
sei, um den ihn so manch ehrgeizige Kollegen
beneideten.
Aber die tote Pferdenärrin Natalie aus Wildbach und
die heroinabhängige Partygängerin Vivien aus
Dalsfeld in Rheinland-Pfalz schienen nun wirklich
nichts gemeinsam gehabt zu haben.

Die Befragung der zwölf im *Whatsapp*-Chat aktiven
Mitglieder der Gruppe '*Wir, die 8b*' erwies sich als
äußerst zäh.
Obwohl ihnen im Vernehmungszimmer der Heim-
vorteil ihres Klassenzimmers genommen war,
präsentierten sich die fünf Jungen und sieben
Mädchen genauso verstockt wie am gestrigen Tag in
der Schule. Eisernes Schweigen war ihre Antwort auf
jede Frage, die Ilka und Stettenkamp ihnen zu ihrer
toten Mitschülerin Natalie stellten. Schließlich verlor
der Kommissar die Geduld und schlug mit der
geballten Faust auf die dünne Tischplatte.
„Ihr habt ein Mädchen auf das Übelste fertig gemacht
und das auch noch ganz feige in einer Chatgruppe!"
Keine Reaktion.
Er schrie nun.
„Das war natürlich ganz easy, was? Warum habt ihr
das getan? Weil Natalie sich nicht für euren Kram
interessierte und in euren Augen kein Modell-

Püppchen gewesen ist?"
Der Kommissar schlug beide Hände gegen die Stirn.
„Was seid ihr nur für armselige Gestalten?!"
Er wusste, dass er mit seinen Worten alle Grenzen längst überschritten hatte. Aber er fühlte eine solche Wut auf diese vernagelten Teenies, dass es ihm gleichgültig war. Außer Ilka hörte ja niemand zu...
„Jetzt erzähle ich euch was! Sagt euch der Name Amanda Todd etwas? Natürlich nicht! Es handelt sich um eine Schülerin aus Vancouver, Kanada. Sie wurde nur wenig älter als ihr. Ich spreche bewusst in der Vergangenheit, denn Amanda beging vor gut zwei Jahren Suizid. Und weshalb? Weil sie über mehrere Jahre von ihren Mitschülern im Internet fertig gemacht worden ist! Sagt euch der Begriff 'cybermobbing' etwas? Nichts Anderes habt ihr mit Natalie gemacht!"
Er schnappte sich die schwarze Fernbedienung, die er vor sich auf den Tisch gelegt hatte. Ein Video flimmerte auf dem großformatigen Bildschirm auf.
„Seht euch diesen Film an! Des Englischen seid ihr ja wohl mächtig."
Als Amanda Todd im Bild erschien - kurz bevor sie ihrem fünfzehnjährigen Leben ein verzweifeltes Ende gesetzt hatte - herrschte Stille unter den Achtklässlern. Das kanadische Mädchen erzählte in einem neunminütigen Video schweigend mit handgeschriebenen Zetteln ihre tragische Geschichte.
Stettenkamp überlegte unterdessen, wie lange es wohl dauern würde, bis er die Eltern der jungen Leute wutschnaubend am Telefon haben würde.
Nachdem er das Fernsehgerät längst ausgeschaltet

hatte, sagte niemand ein Wort.
Er sah, dass sich die Augen dreier Mädchen - Elena, Janina und Lea - mit Tränen gefüllt hatten.
Yannik, ein pickliger Schlaks, brach schließlich das Schweigen.
„Herr Kommissar, eines möchte ich aber mal klarstellen! Diese Amanda Todd hat sich doch wohl selbst das Leben genommen. Bei Natalie war das doch ganz anders. Sie können doch nicht ernsthaft behaupten, wir hätten sie in den Tod getrieben. Das ist doch... lächerlich!"
Gemurmel setzte ein.
„Das ist es nicht!", brauste ein Mädchen auf.
Er drehte sich um.
Jana.
„Was in der Chatgruppe gelaufen ist, war voll daneben und das wisst ihr alle genauso gut wie ich!", sagte sie fest. „Wir können es nie wiedergutmachen. Denn Natalie ist tot..."
Ihre Stimme wurde brüchig und sie begann haltlos zu schluchzen.
Ilka übernahm in diese Stimmung hinein das Wort, so wie sie es vor der Befragung der Clique abgesprochen hatten.
„Ihr könnt es nicht wiedergutmachen, das ist richtig, Jana. Aber ihr könnt nun sehr wohl etwas für Natalie und ihre Mama tun. Helft uns zu klären, was am Wildbacher Forst mit ihr passiert ist. Bitte!"
Sie sah jedem der Jungen und Mädchen eindringlich ins Gesicht. Die meisten hielten ihrem Blick nicht lange stand.
Stettenkamp präsentierte anschließend auf einem

Flipchart die Rekonstruktion des Sonntagabend. Daneben hing eine Karte von Kreuzberg, auf der das Dunkelgrün des Waldes dominierte. Fähnchen und Kreuze markierten wesentliche Punkte wie die Bushaltestelle, den großen Stein, an dem Natalies Blut entdeckt worden war sowie der Hang, den sie schließlich - schwer verletzt oder bereits tot - hinabgerollt worden war.
Niemand sprach ein weiteres Wort.
„Ihr wollt nicht reden", stellte Ilka sachlich fest. „Das ist schade, denn es würde euch vielleicht eine offizielle Vernehmung vor Gericht ersparen. Dort müsst ihr allerdings unter Eid aussagen! Da sind dann nicht nur Herr Stettenkamp und ich dabei, sondern der Richter, ein Anwalt, der euch mit Fragen bombadieren wird, der Staatsanwalt, eure Eltern und Lehrer, Natalies Mutter und so weiter und so fort. Da werdet ihr euch nicht mehr in bockiges Schweigen hüllen können!"
Sie wusste, dass sie mit ihren Aussagen deutlich zu weit gegangen war und registrierte, wie Stettenkamp die Augenbrauen hob - doch dabei offenbarten seine Mundwinkel den Anflug eines Grinsens.
Auch die anschließende Befragung jedes Einzelnen der insgesamt zwölf Schüler - Peter Bongardt und Manfred Habig bildeten ebenfalls ein Team - brachte nicht das geringste Licht ins Dunkel. Stettenkamp hatte, ratlos wie er war, sogar zwischendurch den Klassenlehrer Franz Weingarten angerufen und ihn um Rat gebeten, wie er an die Vierzehn- und Fünfzehnjährigen herankommen könne. Dabei war er, wenn es um Vernehmungen ging, ein äußerst

erfahrener und kompetenter Hauptkommissar. Doch diese Teenager brachten ihn zur Verzweiflung.
Weingarten verwies seinerseits abermals auf den schweren Schock unter dem seine sensiblen Zöglinge stünden.
Ich werde gleich wahnsinnig, dachte er.
Seine letzte Hoffnung ruhte auf Jana.
„Du musst doch irgendetwas wissen, das uns weiterhilft", sagte Ilka so sanft wie möglich und legte dem Mädchen die Hand auf die Schulter. „Jemandem hat es offenbar nicht mehr genügt, Natalie in der Schule fertig zu machen. Vielleicht ist an diesem Sonntagabend etwas ganz furchtbar außer Kontrolle geraten. Jana!", bat sie eindringlich, „wir müssen herausfinden, was passiert ist. Bitte hilf uns!"
Doch die Achtklässlerin zuckte nur mit den Schultern und begann erneut zu weinen. Sie nahmen sich alle Zeit der Welt, doch die Schülerin hatte offenkundig nicht mehr vor, noch ein weiteres Wort zu sagen.
Warum auch immer.
Ratlos entließen sie die Gruppe und sahen ihnen aus dem Bürofenster hinterher, wie sie zu dem georderten Bus hinüberliefen, der jeden von ihnen nach Hause bringen sollte.

Endlich ergab sich für Alex am späten Mittag die Gelegenheit, einmal in Ruhe mit Ilka sprechen zu können.
Nach dem verpatzten Abend war er zu dem Entschluss gekommen, dass er dringend ihren Rat brauchte. Er verstand Lisa einfach nicht und das schien ihm keine gute Basis für ein weiteres Treffen

mit ihr zu sein - wenn sie ein solches überhaupt noch wollte.
Ilka war in den vergangenen eineinhalb Jahren - neben Lisa - zu Alex' engster Vertrauter geworden.
Er dachte zurück.
Sie hatte sich ihm anvertraut, als dieser Stalker sie ständig verfolgt hatte.
Nie würde er den Moment vergessen, als er es buchstäblich in letzter Minute geschafft hatte, die Kommissarin aus dem Heizungskeller dieses sadistischen Serienmörders zu befreien.
Seitdem er mit Ilka zusammenarbeitete, hatte es zweifellos eine Menge Höhen und Tiefen - beruflich wie auch privat - gegeben, die sie miteinander verbanden.
Vielleicht konnte sie sich in die Sicht der Dinge seiner Frau hineinversetzen und ihm mit einem Rat weiterhelfen.
„Schön, dass wir es mal wieder schaffen, zusammen zu essen", sagte Ilka, als sie sich am Mittagsbuffet im *Zhao* bedient hatten. „Ich liebe gebratene Ente mit Saté-Sauce!"
Er nickte gedankenverloren und sah auf die Uhr. In spätestens zwanzig Minuten mussten sie weiter.
„Worüber denkst du nach, Alex?"
Er lächelte ihr zu und war dankbar, sich nicht mit Small Talk aufhalten zu müssen.
„Es geht um Lisa. Wir haben uns gestern Abend endlich mal getroffen, um miteinander zu reden. Allerdings ist unser Treffen komplett in die Hose gegangen."
Er berichtete.

„Im Nachhinein habe ich das Gefühl, ich habe mich ebenso feinfühlig benommen wie der berühmte Elefant im Porzellanladen", schloss er.
Ilka grinste.
„Der Vergleich ist zwar ein bisschen schräg, passt aber! In deinen Augen ist die Affäre mit Isabella längst verjährt, du hast ihr damals alles gebeichtet, dich entschuldigt - und damit muss es in deinen Augen nun für alle Zeiten auch gut sein. Lisa sieht das aber anders und das musst du respektieren, wenn ihr eine Chance haben wollt."
Alex legte Messer und Gabel beiseite.
„Ja, was soll ich denn noch tun? Außerdem haben wir in den letzten Jahren überhaupt nicht mehr über das Thema gesprochen! Was fängt sie jetzt wieder damit an?"
Ilka lächelte ihm zu.
„An der Tatsache, dass sie dir nicht geglaubt hat, dass du dich vor Weihnachten gar nicht mit Isabella in Heimbach verabredet hattest, merkst du doch, dass sie kein Stück mit deiner Affäre abgeschlossen hat! Auch wenn das alles vier Jahre zurückliegt. Sie wird versucht haben, es im Alltag zu verdrängen. Was blieb ihr auch anderes übrig? Eure Zwillinge brauchen eine Menge Aufmerksamkeit, sie musste sich in der Eifel komplett neu orientieren, dann habt ihr deinen Vater eine Zeit lang bei euch aufgenommen - Alex, der Laden musste immer laufen! Hätte Lisa da nicht 'funktioniert', wäre doch alles den Bach hinuntergegangen. Das hat sie nicht zugelassen und sich selbst immer wieder zurückgestellt. Aber irgendwann kommt dann doch alles hoch."

Ilka legte für einen Augenblick ihre Hand auf seine.
„Fass es bitte nicht als Vorwurf auf, aber vergiss nicht: Du hast damals Lisas Vertrauen missbraucht. Und das ausgerechnet in einer Zeit, in der sie mit Ben und Moritz ganz sicher am Rande ihrer Kräfte war. Ich kann ja nur ahnen, wie anstrengend zwei Babys auf einmal sein müssen."
Ilka grinste.
„Mich bringt eine trotzige Vierjährige ja schließlich schon manchmal zum Verzweifeln!"
Alex stützte sein Kinn auf die rechte Hand und ließ seinen Blick aus dem mit roten Lampions geschmückten Fenster schweifen.
„So habe ich die Dinge noch gar nicht gesehen..."
Ilka nahm einen letzten Schluck ihrer Cola Zero.
„Wenn ich dir einen Rat geben darf, dann nimm ihre Gefühle ernst. Möglicherweise braucht ihr auch Hilfe von außen, um durch eure Krise hindurch zu kommen, vielleicht einen Paartherapeuten?"
Er schaute sie irritiert an.
„Du meinst einen Psychologen? Also ich weiß nicht..."
Er sah auf die verspielte Uhr an der Wand.
„Wir müssen wieder los", sagte Ilka und winkte den Kellner zum Tisch. „Alex, alleine schafft ihr das nicht, das sagt mir mein Gefühl!"

Als sie zum Parkplatz zu ihrem silberfarbenen Dienstwagen gingen, dachte er: Vielleicht hat Ilka sogar recht.
Ganz sicher käme alles wieder ins Lot, wenn Lisa und die Jungs erst einmal wieder zu Hause wären. Aus der

Penthouse-Wohnung in Münster mussten sie ohnehin ausziehen. Was mochte seine Frau nach dem gestrigen Abend wohl für Zukunftspläne haben? Er wusste: Wenn sie einen Entschluss gefasst hatte, machte sie manchmal, ohne eine Nacht darüber zu schlafen, Nägel mit Köpfen.

Er musste etwas tun, bevor das Ganze in die falsche Richtung lief. Nach dem Gespräch mit Ilka fühlte er sich wesentlich besser und hatte nicht mehr das Gefühl, im Nebel zu stochern. Er musste es schaffen, seine Frau dazu zu bewegen, zurück in die Eifel zu kommen!

Alex griff nach seinem iPhone.

„Lisa, bitte entschuldige meinen unpassenden Auftritt gestern Abend", tippte er. „Bitte lass uns die Uhr auf Null zurückstellen und heute Abend noch einmal reden. Skypen um zwanzig Uhr dreißig? Ich liebe Dich. Dein Alex"

Zu seiner Freude erschienen kurz nach dem Senden seiner Nachricht zwei türkisfarbene Häkchen im Display. Lisa hatte seinen Text also erhalten und auch bereits gelesen!

Während Ilka den Mercedes in Richtung der Wallenthaler Höhe steuerte, rief er auch schon die abgespeicherte Durchwahl von Günther Schlomberger in der Euskirchener Lokalredaktion des *Kölner Stadt-Anzeigers* auf. Der etwas hemdsärmelige, ihm sehr sympathische Chefredakteur hielt große Stücke auf Lisa, das wusste er. Seine Frau hatte bei ihm bis zu ihrem Auszug vor ein paar Monaten als freie Mitarbeiterin gearbeitet.

Schlomberger hatte ihr zuletzt sogar eine feste Stelle

als Redakteurin angeboten. Über diese Nachricht war Lisa ganz aus dem Häuschen gewesen. Doch dann hatte sich das Ganze zerschlagen, als sie nach dem Tod seiner Mutter den demenzkranken Vater bei sich aufgenommen hatten. Inzwischen lebte Michael Stettenkamp im Kommerner *Sonnenhof.* Bei seinen häufigen Besuchen stellte Alex immer wieder fest, wie liebevoll das Pflegepersonal auf den alten Mann einging und es verstand, ihm im Alltag die nötigte Sicherheit und Orientierung zu geben.
„Herr Stettenkamp! Mit Ihnen hätte ich jetzt ja gar nicht gerechnet", dröhnte nun Schlombergers voller Bass durch das kleine Telefon.
„Was macht Ihre Frau? Immer noch in Münster? Hoffentlich nicht wieder bei den *Westfälischen Nachrichten*!" Er stöhnte auf und wechselte wie so oft zwischen Eifeler Platt und Hochdeutsch. „Ich saach dir jett, Jong, mir suffe aff he! Auf einen Sprung hereinkommen? Joh! Es wäre mir allerdings lieber, Ihre Frau würde wiederkommen! Jong, bis spääder, ich han ze donn!"
Alex grinste in sich hinein. Er blickte kurz hinüber zu Ilka am Steuer, die zwar schwieg, deren Mundwinkel aber verdächtig zuckten.
Sein Handy vibrierte kurz.
„Versuchen wir es...", hatte Lisa geschrieben!

„Es gibt endlich interessante Neuigkeiten!"
Ilka hatte Peter Bongardt, der ihr und Stettenkamp auf dem Flur bereits entgegen eilte, lange nicht mehr so aufgekratzt erlebt. In den Händen hielt er Natalies Macbook.

„Schieß los, Peter!"
„Charly Wegner hat Natalies Social network Accounts geknackt."
Charly war der Spitzname des IT-Spezialisten im Haus. Dem Besten. Nicht ohne Grund war der mittelgroße, etwas stämmige Mittvierziger, der wegen seines stets bescheidenen und hilfsbereiten Auftretens im Haus sehr beliebt war, kürzlich zum Leiter seiner Abteilung aufgestiegen.
„Wir können jetzt gleich zu ihm hinunter in die heiligen Hallen, dort wird er uns zeigen, was er entdeckt hat!"
Auch Stettenkamp und Manfred Habig waren äußerst gespannt.
Wenige Minuten später betraten sie den großen Kellerraum der Computerforensiker. Die Luft hier war kühl und abgestanden. Ilka roch den Elektrosmog, der ihnen förmlich entgegenschlug. Sie blickte in das flimmernde Licht der Monitore, die Charlys Arbeitsplatz beherrschten. Außer Peter Bongardt konnte niemand von ihnen etwas mit den hochtechnischen Gerätschaften hier anfangen.
Aber dazu hatten sie schließlich Charly.
„Natalies Accounts zu knacken war überhaupt kein Problem", begann er. „Die meisten Menschen wählen ihren eigenen Namen oder einen aus der engsten Familie. Manchmal auch den ihres Haustiers. Diesen verbinden sie häufig mit Ziffern ihres Geburtsdatums. Natalie hat es mir einfach gemacht! Ihr Passwort lautet überall *sammy2001*."
Ilka schmunzelte und dachte an ihr eigenes, überaus schlichtes Passwort, das jedem Sicherheitsfachmann

die Tränen in die Augen getrieben hätte.
„Charly, du sagtest gerade: Überall... in welchen sozialen Netzwerken war Natalie denn sonst noch angemeldet?"
„In den üblichen: *Knuddels*, *Facebook*, aber auch bei *YouNow*."
Manfred Habig seufzte gespielt theatralisch in seinem Rollstuhl.
„Leute, das sind für mich böhmische Dörfer, das ist euch schon klar, oder?"
Sie lachten.
Nicht über ihn, sondern mit dem engagierten Achtundfünfzigjährigen, der lange Zeit Dienst in einer Kölner Hundertschaft getan hatte und dem von einem Neonazi bei einem Aufmarsch auf der Deutzer Brücke das rechte Bein zerschossen worden war. Seitdem hatte Polizeidirektor Groß Manfred Habig im Innendienst und seit dem vergangenen Jahr nun im KK11 Euskirchen eingesetzt. Mit Unterstützung von Peter Bongardt kämpfte er sich, wenn er mit seinen Karteikarten nicht weiter kam, durch die Tücken seines PC's. Parallel betrieb er aber unverdrossen eine für alle anderen unübersichtliche Zettelwirtschaft. Mit den Kollegen im Kreishaus sprach er am liebsten von Angesicht zu Angesicht anstatt ihre E-Mails zu beantworten, deren Anhänge sich für ihn meist ohnehin nicht öffnen ließen. Geschweige denn, dass er selbst Nachrichten versandte!
Charly grinste.
„Manni, das wird auch so bleiben, bis du pensioniert wirst. Ich zeig euch, was ich herausgefunden habe!"
Er öffnete die blau unterlegte Seite von *Facebook*.

Ilka erkannte auf den ersten Blick, dass Natalie hier offenbar nur mäßig aktiv gewesen war. Sie hatte lediglich dreiundzwanzig *Facebook*-Freunde. Darunter war kaum ein Name aus ihrer Klasse zu finden, stellte Ilka anhand ihrer Liste sofort fest. Janas Profil hingegen wies auf zweihundertsiebenundachtzig sogenannte Freunde hin; bei ihren Klassenkameraden tauchten vergleichbare Zahlen auf.
„Scroll mal Natalies Chronik runter", sagte Charly zu ihr.
Sekunden später sahen sie es.
Jemand hatte einen mit sieben wulstigen Speckrollen ausgestatteten faltigen Körper einer auf einem viel zu schmalen Stuhl sitzenden Frau mit Natalie Knips Kopf verbunden. Und das manipulierte Foto dann an Natalies Pinnwand gepostet!
„Oh Gott!", entfuhr es Ilka. „Sie haben Natalie nicht nur in der *Whatsapp*-Gruppe gemobbt, sondern auch im Internet."
Stettenkamp und Bongardt nickten fassungslos.
„Kann man denn als Betroffener da gar nichts gegen tun?", erkundigte sich Manfred Habig.
Charly blickte in die Runde.
„Natürlich hätte Natalie das Foto theoretisch melden und löschen lassen können. Leider kann so ein Bild aber auch unabhängig davon verbreitet werden. Das lässt sich im digitalen Zeitalter nicht unterbinden. Jeder, der das Internet nutzt, muss wissen: Was einmal drin ist, bleibt drin! Aber ich weiß aus Erfahrung, dass junge Leute da oft sehr naiv sind. Ich habe auch eine vierzehnjährige Tochter", fügte er hinzu. „Ich weiß von Mädchen, die ihrem Freund ein

Nacktfoto oder sogar ein Bild, das zeigt, wie sie sich selbst befriedigen, aufs Handy geschickt haben. Als die Beziehung dann beendet war, landeten diese Aufnahmen in der *Whatsapp*-Gruppe der ganzen Klasse - oder sogar im Internet!"
Stille erfüllte den Kellerraum.
„Charly, was hast du über Natalie auf diesen beiden anderen Plattformen herausgefunden, die du eben erwähnt hast?"
Der Computerforensiker nickte und öffnete ein anderes Fenster im Internet.
„*Knuddels* ist eine Seite, die Leute in Natalies Alter oder auch Jüngere anspricht", erklärte er und deutete auf die diversen Bilder vor dem hellblauen Hintergrund, die in Chaträume, aber auch zu Computerspielen einluden. Die Chats sollten offenkundig verschiedene Altersgruppen ansprechen - darunter auch vierzigjährige Erwachsene - und boten ihren Nutzern zudem die Möglichkeit, Flirtpartner aus ihrer näheren Umgebung zu finden.
Auch die Achtklässlerin Natalie war hier aktiv gewesen.
Charly deutete auf ihr Profil.
Die Schülerin hatte das Schwarz-Weiß-Foto, das Rudolph von ihr bäuchlings im Gras liegend gemacht hatte, hochgeladen. Als Nickname hatte sie *Naty14* gewählt.
„Jeder Pädophile, der sich hier tummelt - und das sind leider nicht wenige - schließt daraus natürlich ihr Alter", sagte Charly und räusperte sich. „Ich habe mal ein paar Chatverläufe der Kleinen rekonstruiert."
Er machte ein paar Klicks mit der Maus und deutete

auf den Bildschirm.
Ungefähr hundert Nutzer des Portals hatten Kontakt zu der Schülerin aufgenommen!
Ilka wich die Farbe aus dem Gesicht.
So hatte *ScharferHorst38* Natalie aufgefordert:
„Rate mal, wie groß mein Penis ist!"
Das Mädchen hatte zunächst nicht reagiert.
„Hattest du schon mal Sex?"
„Nein, ich bin doch erst vierzehn!"
„Los Süße, zieh dich aus, hocke dich über den Scanner und schick mir das Bild!", hatte er sie animiert.
„So was mache ich nicht!", endete der Chat.
Der IT-Spezialist zeigte ihnen anschließend weitere Chatverläufe, in denen Natalie sich mit Jungen ausgetauscht hatte, die offenbar wie sie noch zur Schule gingen. Die Kommunikation zwischen ihnen - teils in Jugendsprache und angereichert mit vielen Smileys, die lachten, Herzchen sendeten oder Tränen vergossen - erschien ihr hier ganz anders.
Freundlich, lustig und zugewandt.
Doch die Chats mit *Scharfer Horst38* und Konsorten überlagerten für Ilka die vielen harmlosen Chats bei weitem.
Den anderen im Raum erging es genauso.
„Immerhin konnte Natalie bei *Knuddels* keine Webcam anschließen", meinte Charly vielsagend, als er das Fenster des Portals schloss.
„Was willst du damit sagen?", fragte Ilka entsetzt.
„Genügt es nicht, dass sie hier eindeutige Angebote notgeiler, pädophiler Säcke bekommen hat?"
„Natürlich! Doch ihr werdet gleich sehen, dass

Natalie sich bei *YouNow* noch deutlich naiver gezeigt hat."
„*YouNow*? Davon habe ich noch nie gehört!", rief Peter.
Charly blickte in die Runde.
„*YouNow* ist eigentlich eine Videoplattform, ähnlich wie *YouTube*. Der große Unterschied ist aber, dass bei *YouNow* Videos in Echtzeit, also live, ins Internet gestellt werden. Unter Jugendlichen ist das derzeit ein Riesentrend!"
„Live-Videos? Wozu soll das gut sein?", fragte Stettenkamp.
„Die Plattform wollte eigentlich angehenden Musikern, DJ's und *YouTubern* die Möglichkeit geben, direkt mit ihrem Publikum in Kontakt zu treten. Umgekehrt sollten die Zuschauer neue Talente entdecken können", erklärte Charly. „Nun gesellen sich aber zu den *YouTubern* und Musikern auch jede Menge Jugendliche, die sich offenbar schlicht nach Aufmerksamkeit sehnen. Seht selbst!"
Er öffnete ein Fenster und führte in paar gezielte Klicks aus.
Natalie erschien, wie sie in einem rosafarbenen Top und einer knappen weißen Schlafhose auf ihrem Bett saß, sich versonnen die Haare bürstete und dabei in die Kamera sprach: „Hallo, ich bin Natalie. Ich wohne in dem Eifelkaff Wildbach und bin vierzehn Jahre alt. Aber das Wichtigste ist: Ich möchte gerne Modell werden..."
Sie stand auf und lief über ihren Teppich im Kinderzimmer wie über einen imaginären Laufsteg.
„Ich bin bereit, alles - wirklich alles! - für meinen

großen Traum zu tun..."
Zu Ilkas Entsetzen nahm sie ein Maßband, das wie aus dem Nähkorb ihrer Mutter aussah, und legte es sich um Brust, Taille und Hüfte. Zum Schluss sagte sie in die Kamera lächelnd: „Wenn ihr meine Nummer wollt, schreibt mir einfach auf *Instagram*, dann schick ich sie euch!"
Für das vor knapp drei Wochen aufgenommene Video hatte Natalie Knips vierzehn Likes und einige freundliche Smileys erhalten.
„Für diese Aufmerksamkeit hat sie alles von sich preisgegeben", fasste der Computerforensiker zusammen. „Ihren Namen, Wohnort, ihr Alter und sogar ihre Telefonnummer hat sie ihren Zuschauern angeboten!"
Stettenkamp sah Ilka, Bongardt und Habig an.
„Die Aufmerksamkeit, die Natalie in der Schule von ihren Mitschülern versagt blieb", meinte er nachdenklich, „verschaffte sie sich stattdessen in einer Parallelwelt im Internet!"
Charly nickte und raufte sich das volle braune Haar. Er hielt das Video an.
„Die Gefahren sind für uns Erwachsene offensichtlich: Niemand weiß, wer genau sich die Videos anschaut und welche Absichten diese Leute dabei hegen. Um sie auf der Seite anzusehen, muss man sich noch nicht einmal bei *YouNow* anmelden. Das ist nur nötig, wenn man im Chat mit Nutzern wie Natalie reden will. Dafür benötigt man aber ebenfalls nur einen *Twitter*- oder *Facebook*-Zugang. Es ist also denkbar einfach, sich unter falschen Angaben einzuloggen."

Stettenkamp hakte nach.
„Unternehmen die Betreiber dieser Video-Plattform denn überhaupt nichts gegen solche Auswüchse?"
Der IT-Spezialist wiegte den Kopf.
„Offiziell schon. Wer sich von Zuschauern verunsichert oder bedroht fühlt, kann sie blockieren oder melden. *YouNow* überwacht die Streams nach eigenen Angaben rund um die Uhr durch ein Moderatorenteam."
Er hob vielsagend die Augenbrauen.
„Jetzt seht euch mal die Kommentare an, die Natalie im weiteren Verlauf ihres Films erhalten hat!"
Er ließ das Video, das die Schülerin in ihrem Zimmer von sich aufgenommen hatte, weiterlaufen.
„Du bist hübsch!", schrieb ein Zuschauer.
„Dankeschön!", antwortete Natalie.
„Rasierst du dich?"
„Ja."
„Spreiz mal die Beine!"
„Was ist denn mit dir los?", fragte die Achtklässlerin irritiert.
Dann schrieb jemand namens *Claudi2000*: „Natalie, geh offline, hier holen sich, glaube ich, gerade ein paar Typen einen runter!"
Alex Stettenkamp und seine Mitarbeiter bedankten sich herzlich bei Charly und gingen schweigend die Treppe hinauf ins Erdgeschoss. Im Foyer des Kreishauses herrschte reger Publikumsverkehr.
„Bevor wir gleich zu Jürgen Rudolph ins Ländchen fahren, brauche ich erstmal dringend einen Kaffee!", sagte Ilka und steuerte zielstrebig den Automaten im Flur an, dessen Gebräu sie normalerweise

verabscheute.

„Mir wäre ein Korn deutlich lieber", meinte Stettenkamp trocken. „Oder auch zwei! Das, was wir gerade gehört und gesehen haben, muss ich erstmal sacken lassen."

Die wärmende Frühlingssonne senkte sich bereits über der Wildbacher Dorfstraße, die soeben kurzzeitig durch einen Pulk fröhlich lärmender Kinder auf ihren Fahrrädern belebt wurde. Sie fuhren zum Fußballplatz des Vierhundert-Seelen-Ortes hinüber.
Die Kommissare waren nahezu zeitgleich vor dem Haus des Geschichtslehrers eingetroffen - Ilka in ihrem neuen Golf und Stettenkamp in seinem Dienstwagen. Jürgen Rudolph musste eben erst nach Hause gekommen sein.
Die Reifen seines unter einem Carport geparkten schwarzen Mercedes, einer S-Klasse, waren noch warm. Stettenkamp grinste zu Ilka hinüber.
Er wusste selbst, es hatte fast schon etwas Zwanghaftes an sich, instinktiv die Hand auf ein Rad zu legen, wenn ein Auto vor der Tür stand.
Auf dem Rücksitz stapelten sich Bücher und Arbeitsmaterialien.
Der Geschichtslehrer öffnete verwundert die Tür.
Er schien sich nicht an ihren gestrigen Besuch in seiner Schule zu erinnern, wo ihm die Kommissare während der Gedenkfeier in der Aula begegnet waren.
Stettenkamp musterte ihn unauffällig.
Jürgen Rudolph mochte Mitte fünfzig sein, doch im Grunde war sein Alter schwer zu schätzen. Das mittelblonde Haar war von feinen, silbergrauen

Strähnchen durchzogen, sicherlich das Ergebnis eines guten Friseurs. Sein Körper wirkte in der dunkelblauen Jeans und dem enganliegenden schwarzen Shirt durchtrainiert. Einzig seine Nase passte nicht recht ins Bild; sie war im Verhältnis zu seinem Gesicht eindeutig zu breit geraten.
Rudolph, so wusste Stettenkamp bereits von Ilka, lebte allein in dem edel restaurierten Fachwerkhaus, dessen riesige Glasfronten dem Betrachter einen wunderschönen Blick über das Ländchener Tal gewährten.
Zu den Herkenraths hinüber war es nur ein Katzensprung über die schmale Dorfstraße.
Der Lehrer führte sie in ein modern eingerichtetes Wohnzimmer. Über eine Terrassentür gelangte man in einen kleinen, asiatischen Garten. An den filigran verputzten Wänden hingen wenige, verschieden formatige Schwarz-Weiß-Fotografien in silberfarbenen Rahmen.
Es handelte sich um Landschaftsaufnahmen mit hinzugefügten surrealen Elementen, unter anderem fünf Taschenuhren, die an einem Baum hingen. Lediglich der vor lauter handbeschriebenen Blättern geradezu überquellende Esstisch schien nicht recht ins Bild zu passen. Andererseits schien jeder Stapel rings um den Laptop mit äußerst großzügigem Bildschirm seine eigene Ordnung zu besitzen. Der Kommissar entschied sich, die Fotos im Raum als Gesprächsvorlage zu nutzen und sich gar nicht erst mit Small Talk aufzuhalten.
„Herr Rudolph, ist es richtig, dass Sie regelmäßig Fototermine mit Schülerinnen vereinbaren?"

Er kniff die Augen zusammen.

„Wer behauptet so etwas?", fragte er eine Spur zu kühl.

„Wir haben ein solches Bild von Natalie Knips gefunden!"

Er hielt ihm die Aufnahme, die er im Zimmer des Mädchens entdeckt hatte, unter die Nase.

„Stammt es von Ihnen?"

Er warf einen flüchtigen Blick darauf, grinste und nickte dann.

„Sie tauschen mit ihren Schülerinnen unter dem Nickname Mario Testino über *Whatsapp* auch Nachrichten aus..."

Rudolph sah gelangweilt drein.

„Das ist heutzutage ganz normal."

„Vermischen sich da nicht die Grenzen? Wie geht ein Lehrer mit seinen Schülerinnen professionell im Unterricht um, die er in seiner Freizeit fotografiert und mit ihnen über Privates chattet?"

Stettenkamp rieb sich das Kinn.

„Ich bin Mitte vierzig und mit Sicherheit nicht vom alten Schlag. Aber so ein... Gebaren ist mir fremd!"

Rudolph lehnte sich entspannt in seinen Ledersessel zurück und verschränkte die Arme hinter dem Kopf.

„Das kann es auch bleiben." Er lächelte schmal.

„Denn es geht Sie und Ihre Kollegen überhaupt nichts an! Was wollen Sie eigentlich von mir?"

Ilka setzte sich sehr aufrecht hin und sah ihn mit ernster Miene an.

„Herr Rudolph, ein vierzehnjähriges Mädchen, das Sie unterrichtet und fotografiert haben, ist getötet worden! Da liegt es doch sehr nahe, dass wir uns ein

Bild der Menschen aus ihrem Umfeld machen!"
Der Geschichtslehrer hielt ihrem Blick stand - und schwieg.
„Herr Rudolph", begann Stettenkamp erneut, „bitte beschreiben Sie uns Ihr Verhältnis zu Nadine Knips. Wie haben Sie die Kleine eingeschätzt? Als Lehrer - aber auch als Mensch. Ihre Einschätzung ist möglicherweise sehr wichtig für uns!"
Er schien einen Augenblick nachzudenken und sah dabei mit unstetem Blick zu seinem Laptop auf dem Esstisch herüber.
„In meinen Augen war sie ein farbloses Mauerblümchen", sagte er schließlich. „Bei meinen Kollegen und mir zeigte sie sich als sehr mittelmäßige Schülerin und auf ihre Klassenkameraden wirkte sie wenig interessant. Was ich persönlich verstehe. Und optisch... na ja. Sie war nicht hübsch, sie war nicht hässlich. Wie ich schon sagte, Mittelmaß eben. In jeder Hinsicht."
Er gähnte und zog seine klobige Armbanduhr ein Stück unter dem Ärmel seines Shirts hervor.
Stettenkamp schaute kurz zu Ilka hinüber.
Sie empfindet das gleiche wie ich, dachte er.
Jürgen Rudolph äußerte sich ungewöhnlich desinteressiert, ja kühl, über seine ehemalige Schülerin.
So kommen wir nicht weiter, überlegte er und blickte in den Garten. Wechseln wir eben einstweilen das Thema.
„Lassen wir die Sache auf sich beruhen", schlug der Kommissar vor, obschon er das Gegenteil vorhatte.
„Wir sind auch gleich weg. Eine letzte Frage habe ich noch. Pflegen Sie engen Kontakt zu den

Wildbachern? Sie scheinen so ganz anders zu leben als die meisten Leute hier."
Er machte eine ausladende Geste hinüber zu der großzügigen Galerie aus Stahl und Glas. Mit einem Mal wirkte der Geschichtslehrer entspannt.
„Das haben Sie ganz richtig erkannt. Ich komme gebürtig aus Köln und habe mich hier in der Eifel niedergelassen, weil mir die Landschaft, die Ruhe und auch die direkte, einfache Art der Eifeler gefällt. Aber ich lasse mir nicht zu nah auf die Pelle rücken!" Er lachte dröhnend. „Und ich bin auch kein Vereinsmeier. Wollte ich dazugehören, wäre ich Mitglied in der Feuerwehr, im Kirchenchor, bei den Schützen und was weiß ich noch überall. Will ich aber nicht."
Wieder durchdrang sein fast höhnisches Lachen den hohen Raum.
„Seit zwanzig Jahren lebe ich nun schon in Wildbach. Und ich interessiere mich auch für das Leben und die Menschen hier, so ist es nicht. Aber aus einer anderen Perspektive, verstehen Sie?"
Ilka schüttelte den Kopf.
„Na, wie ein Verhaltensforscher, der im Tierreich irgendwo einen Rudel beobachtet! Ich interessiere mich sehr für die Dorfbewohner. Allerdings mit kritischem Blick von außen."
Stettenkamp sah, wie sich der Blick seiner Kollegin abrupt veränderte.
„Soviel kann ich Ihnen sagen", platzte sie heraus, „mit dieser Einstellung werden Sie niemals mit den Ländchenern warm werden!"
Rudolph warf ihr einen fast mitleidigen Blick zu.
„Das habe ich auch überhaupt nicht vor, Frau... wie

ist noch gleich Ihr Name?"
Sie standen auf und verabschiedeten sich.
Stettenkamp fuhr in Gedanken mit der rechten Hand über eine hohe, puristisch anmutende Vitrine - und hielt plötzlich inne. Er fühlte über glattes, an der Haut leicht haftendes Papier!
„Was sind das für Fotos?", fragte er mit fast tonloser Stimme und ihm war im gleichen Augenblick bewusst, wie überflüssig seine Frage war.
Die sechs Schwarz-Weiß-Bilder zeigten alle das gleiche Motiv: Natalie Knips saß zusammen mit einem zweiten, sehr jungen Mädchen am Manscheider Bach, weite Felder und sanft geschwungene Hügel bildeten den Hintergrund. Gerade schien die Sonne am wolkenlosen Himmel unterzugehen. Die beiden lachten fröhlich in die Kamera.
Stettenkamp und Ilka starrten auf die Bilder.
Natalie und ihre Freundin hielten ihre Oberkörper zur Pose gereckt in Rudolphs Objektiv. Ihre Brüste waren nur durch ein winziges Bikinioberteil bedeckt. Dazu die weichen, fast kindlichen Gesichter der Mädchen.
Einen Moment lang herrschte vollkommene Stille.
Stettenkamp steckte die Fotos ungefragt in die Tasche seiner Anzugsjacke.
„Natalie und Carlotta haben mich regelrecht angebettelt, diese Aufnahmen von ihnen zu machen", sagte der Lehrer in arrogantem Tonfall. „Mein Gott! Wir reden über Vierzehnjährige! Nicht über Kinder. Was ist denn schon dabei?"
Stettenkamp sog hörbar die Luft ein.
„Wir sehen uns wieder, Herr Rudolph!", antwortete

Stettenkamp gefährlich leise und trat dicht an ihn heran.
Dann allerdings hoffentlich mit einem Durchsuchungsbeschluss, dachte er wütend und warf einen letzten Blick zu Rudolphs Laptop hinüber.

Als sie außer Hörweite waren, sprachen sie noch eine kurze Weile über den Geschichtslehrer.
„Ich würde zu gern wissen, wie sein Kontakt zu Natalie Knips genau ausgesehen hat", sagte Stettenkamp. „Ob er für sie eine Art Vaterfigur darstellte? Wieso ließ sie sich sonst in dieser Weise von ihm fotografieren? Oder ob Natalie ihn als Mann attraktiv fand und ihm das schmeichelte?"
Ilka hob die Schultern.
„Vielleicht ging es ihr auch nur um seine tollen Fotos, die sie dann in den sozialen Netzwerken in ihrem Profil präsentieren konnte. Wir müssen Charly morgen früh unbedingt noch nach Natalies E-Mail-Account fragen. Vielleicht gibt es in ihrem Postfach aufschlussreiche Nachrichten!"
„Richtig!"
Sie verabschiedeten sich voneinander.
„Warte noch! Jana hat sich nochmal gemeldet!", rief Ilka überrascht mit Blick auf ihr Smartphone.
Sie hatte schon ins Auto steigen wollen.
„Ach! Hat sie dir eine Nachricht geschrieben?"
Ilka schüttelte den Kopf, stellte den Lautsprecher des Mobiltelefons an und ließ ihren Chef mithören, was das Mädchen ihr auf die Mailbox gesprochen hatte.
Sie standen abseits, sodass niemand sie hören konnte.
„Guten Tag, Frau Landwehr", vernahmen sie die leise

Stimme der Schülerin. „Äh... hallo, wir haben uns ja eben noch gesehen..."
Jana klang sehr nervös.
„Bitte glauben Sie nicht, dass ich Ihnen nicht helfen will", sagte sie nun eindringlich. „Das will ich. Wirklich! Ich weiß, dass Yannik ihr, also ich meine Natalie, nach der letzten Stunde manchmal aufgelauert hat. Sie traute sich deswegen in der letzten Zeit nach der Schule meistens auch gar nicht mehr zur Nachhilfe in die Stadt. Yannik Jöbges heißt er mit vollständigem Namen. Er wohnt mit seinen Eltern in Schöneseiffen."
Sie hüstelte mehrmals.
„Ich weiß nicht, ob das alles überhaupt etwas zu bedeuten hat..."
Aus dem Smartphone drang ein wirres Gemurmel.
„Auf Wiedersehen, Frau Landwehr..."
Ende der Nachricht, dachte Ilka und sah über die in sonnig warmes Licht getauchten Wälder und Felder des Ländchener Tals. Vielleicht hilft sie uns tatsächlich weiter.

Alex hatte es gerade so geschafft, um kurz vor zwanzig Uhr dreißig zu Hause zu sein, um mit Lisa zu skypen.
Und das auch nur, weil Ilka ihm zugesagt hatte, im Büro noch die notwendigen Zwischenberichte für Groß und Staatsanwalt Dr. Rettig zu schreiben.
Abgehetzt warf er seine Anzugsjacke über das Sofa und fuhr rasch den Computer hoch.
Er wartete auf seine Frau.
Nach zehn Minuten trommelte er mit den

Fingerknöcheln auf die Tischplatte und starrte auf die Zeitanzeige auf dem Bildschirm unten rechts.
Hatte sie ihn etwa vergessen?
Endlich - ihr Gesicht erschien auf dem Bildschirm!
Im Gegensatz zum gestrigen Abend wirkte Lisa ziemlich abgeschlagen. Sie sah blass aus und um ihre braunen Augen lagen tiefe Schatten.
„Hallo Alex! Entschuldige die Verspätung, aber Ben und Moritz sind hier noch außer Rand und Band. Ich habe Andrea überredet, sie ausnahmsweise ins Bett zu..."
Weiter kam sie nicht.
Die Tür hinter ihr wurde aufgerissen und ein aufgebrachter Architekt im dunkelblauen Kaschmirpullover mit einem zart geblümtem Seidenschal um den Hals platzte herein.
„Lisa, jetzt reicht es mir mit euch!", schrie er sie an. „Such dir eine andere Bleibe mit deinen durchgeknallten Kindern! Und zwar heute noch!"
Er hielt die leere Orangensaftflasche wie eine Trophäe vor ihr Gesicht.
„Das Zeug haben diese Vollidioten über unsere Tastaturen im Arbeitszimmer geschüttet! Weißt du, was das bedeutet? Unsere Arbeiten der letzten Monate sind mit einem Schlag zunichte! Sie sind weg! Für immer. Wir haben für die Tonne gearbeitet!"
Er schnappte nach Luft. „Es gibt keine USB-Sticks mit den Daten darauf, gar nichts!"
Lisa starrte ihm sprachlos ins Gesicht.
„Jetzt packt eure Taschen und geht", zischte er. „Ich habe mit den anderen gesprochen, nach dieser Aktion sind wir fertig miteinander!"

In diesem Augenblick erschien Andrea mit einem zugeklappten Laptop im Zimmer, auf dessen silberfarbenem Deckel der weiße Apfel prangte.
„Lisa, es tut mir wirklich leid, aber Nils hat vollkommen recht."
Sie machte eine Handbewegung in Richtung Tür.
„Bitte geht!"
Seiner Frau rollten Tränen über die Wangen.
„Wo soll ich denn heute Abend hin mit den Kindern?"
Sie klang vollkommen verzweifelt.
Alex sprang auf.
„Ich hole euch ab, Lisa! Beruhige dich. Ich setze mich jetzt ins Auto und bin in eineinhalb Stunden bei euch!"
Sie starrte auf ihren Bildschirm und nickte ihm erschöpft zu.
Er schnappte sich in der Küche eine kleine Flasche Wasser und aus dem Kühlschrank ein paar Bifis, die er für Ben und Moritz gekauft hatte.
Alex sah sich um.
Leere Flaschen standen herum, auf der vollen Spülmaschine stapelte sich das schmutzige Geschirr der letzten Tage und die Putzfrau hatte er auch schon länger nicht mehr angerufen.
Bei diesem Anblick würde Lisas Laune sicher gleich auf den Nullpunkt sinken. Das musste er unbedingt verhindern...
Annika!
Die siebzehnjährige Schülerin aus der Nachbarschaft hatte früher ab und zu auf die Zwillinge aufgepasst.
Er sah aus dem Fenster. In ihrem Zimmer brannte Licht! Für einen Zwanziger würde sie ganz sicher hier

jetzt spontan Klarschiff machen.
Er wählte ihre Handynummer - und hatte Glück!
Bester Laune eilte Alex Stettenkamp drei Minuten später zu seinem dunkelblauen Audi. Er dachte an die orangensaftgetränkten Laptops der Architekten, die würde er ihnen, wenn auch unwillig, ersetzen. Alex grinste breit. Innerlich jubelte er über den auf diese Weise wunderbar herbeigeführten Rausschmiss aus dem Münsteraner Penthouse.
„Jungs", dachte er, „das habt ihr richtig gut hinge-kriegt. Ich könnte euch knutschen!"

***

Ich bin frustriert, als ich das verdammte Jobcenter in der Abenddämmerung endlich verlasse. Hieß der Laden vor fünfzehn Jahren nicht noch Arbeitsamt? Egal!
Die letzten Wochen in vermeintlicher Freiheit fühlten sich schlimmer an als ein ganzes Jahr Knast.
Immerzu seid ihr mir auf den Fersen, bis ins Jobcenter hinein seid ihr mir heute gefolgt.
Inzwischen weiß ich, ihr teilt euch in Schichten ein. Morgens gelangweilte Rentner, ab dem Mittag pubertierende Schüler und ab dem frühen Abend kommt dann die Ablöse durch den Junggesellenverein und die Feuerwehr.
Eure Bürgerinitivate nennt ihr 'Keine Mörder in Wildbach!' - so einfach ist die Sache von damals für euch. Die Zeitungen und Radio Euskirchen berichten wenig kritisch. Ein Dorf honoriger Bürger und an der Spitze Gutmensch Hans-Josef Herkenrath, welch

*starke Vereinigung gegen einen Verbrecher wie mich!
Auch ohne euch würde ich mich in Wildbach
mittlerweile fühlen wie ein Fremder:
Wo ist der Schlecker an der Neustraße?
Wie beantragt man 2015 einen Telefonanschluss mit
Internetzugang?
Gibt es keine Telefonbücher mehr?
Und was ist eine Payback-Karte?
Manchmal habe ich das Gefühl, ich komme nicht
mehr klar in der realen Welt außerhalb der
Gefängnismauern. Die meisten kommen nach so
langer Zeit ohne Arbeit, ohne Wohnung und ohne
soziale Kontakte aus dem Knast. Mit Mutters
verfallener Hütte habe ich sozusagen noch das große
Los gezogen.
Auf dem Weg nach Hause denke ich an die so
verhassten Tage im Knast zurück, an deren geregelten
Ablauf ich mich aber irgendwie gewöhnt hatte:
Morgens um sechs ertönte der Weckruf. Von Frühstück, Arbeitszeiten, Mittagspausen bis hin zu
irgendwelchen Therapiesitzungen reihte sich meist
nahtlos eine Beschäftigung an die andere, bis um
zweiundzwanzig Uhr zur Nachtruhe gerufen wurde.
„Sie müssen Verantwortung für Ihr Leben übernehmen, Herr Wollscheid!", gibt mir die grau
gekleidete, hagere Mittfünfzigerin aus dem Amt mit
auf den Weg. Gerda Klotz steht auf dem silberfarbenen Schild an ihrer adretten Bluse.
„Das werde ich!", sage ich zuversichtlich. „Im
Gefängnis habe ich eine Ausbildung zum Schreiner
absolviert", berichte ich ihr, „und als einer der
Besten abgeschlossen".*

Ich krame nach meinem Zeugnis. Schreinereien gibt es in der Eifel zum Glück einige und im Knast sagten sie uns, gute Tischler seien immer gefragt.
Aus dem schmallippigen Mund der grauen Frau Klotz dringt ein kehliger Lacher.
„Damit lässt sich auf dem freien Arbeitsmarkt so gut wie nichts anfangen, das sage ich Ihnen aus Erfahrung. Geben Sie sich da keinen Illusionen hin. Herr Wollscheid, Sie sind zudem Mitte fünfzig und haben keinerlei Berufserfahrung", fügt sie nüchtern hinzu. „Bewerbungen müssen Sie natürlich trotzdem schreiben, wenn Sie Hartz IV bekommen wollen!"
Mir fehlen die Worte. Warum haben Sie uns im Bau da etwas ganz anderes erzählt?
„Sie sollten sich auf einen Ein-Euro-Job einstellen", schließt die Beamtin und steht auf. „Im Gefängnis erhielten Sie ja schließlich auch nur dreißig Cent mehr pro Stunde."
Ihr könnt mich alle mal gern haben!
Erst als ich mein abrissreifes Häuschen erreiche, fällt mir auf, dass ich auf dem Weg hierher überhaupt niemanden hinter mir bemerkt habe. War ich so in Gedanken versunken? Niemals, einen Verfolger nicht zu bemerken käme angesichts meiner Biografie dem Verlust eines Urinstinkts gleich.
Ich drehe mich um.
Doch da ist tatsächlich niemand! Ich ziehe den metallisch-klappernden Schlüsselbund aus meiner ausgerissenen Jackentasche und will die hölzerne Haustür aufschließen.
Geschenkt!
Sofort bemerke ich, dass das billige Schloss

*aufgebrochen worden ist. Ich schlage mir gegen die
Stirn. Garantiert ist in ganz Wildbach nirgends
weniger zu holen als bei mir! Ich habe noch keinen
Fuß in den winzigen Flur gesetzt, da verschlägt mir
der stechende Geruch den Atem. Es stinkt unfassbar
nach faulen Eiern - das kann nur Schwefel sein!
Ich renne in die Küche und stehe da wie erstarrt.
Die Schweine haben den Gasherd aufgedreht!
Auf der gelb geblümten Tapete prangen in zittrigem
Schwarz zwei aufgesprühte Worte: 'Letzte Warnung!'
Ich drehe den Hahn endlich zu, reiße Türen und
Fenster auf. Mein Magen entleert sich Sekunden
später unkontrolliert an der schäbigen Fassade
entlang. Aus dem Augenwinkel nehme ich fünf dunkle
Gestalten wahr, die leise lachend durch die Dorf-
straße huschen, Zeige- und Mittelfinger zu einem V,
dem Siegeszeichen, ausgestreckt.*

***

Donnerstag - 4. Tag

Ilka seufzte.
Als wären sie nicht vollauf mit den Ermittlungen im Fall Natalie beschäftigt, meldeten sich seit heute Morgen wieder verstärkt eine Menge Anrufer in der Polizeidienststelle, die mehr wissen wollten als ohnehin bereits in der Zeitung stand.
Sie riefen meist unter dem Vorwand an, sachdienliche Hinweise geben zu können, wollten in Wirklichkeit aber stattdessen bei der Kripo ihre Neugierde befriedigen.
Unfassbar, wie viel unnötige Zeit sie das schon gekostet hatte!
Grund war die Berichterstattung in der *Rundschau*, im *Stadt-Anzeiger* sowie bei *Radio Euskirchen* über die lange Zeit vermisste und in traumatisiertem Zustand wieder aufgetauchte Vivien Schreiner aus Rheinland-Pfalz.
Hans-Josef Herkenrath hatte es diesmal nicht wie im Mordfall Natalie Knips genügt, im KK11 anzurufen. Nein, heute Morgen war er persönlich im Kreishaus erschienen, um Ilka seine Theorie darzulegen, was mit Vivien Schreiner geschehen sein müsse!
Woher er überhaupt über die konkreten Umstände erfahren hatte, über die selbst Ilka nur durch Stefan Lünebach so genau Bescheid wusste, hatte Hans-Josef Herkenrath nicht preisgeben wollen. Stattdessen hatte er ihr gegenüber behauptet, Rainer Wollscheid habe seine Zelle im Gefängnis mit Häftlingen geteilt, die dort wegen schwerer Dealerei

eingesessen hätten - und mit ihnen ganz sicher
Kontakte für eine kriminelle Zusammenarbeit nach
ihrer Entlassung geknüpft. Vivien Schreiner sei das
Opfer Wollscheids und 'dieser schwerkriminellen
Brüder' geworden, die das Mädchen heroinabhängig
gemacht hätten...
Sein Lamento nahm überhaupt kein Ende mehr.
Ilka war nach zwanzig Minuten so entnervt gewesen, dass sie Hans-Josef Herkenrath hinauskomplimentiert hatte. Stettenkamp hatte sich ihrer Meinung angeschlossen, dass der Kirchenmusiker hier offensichtlich gerade seine Rachegelüste am Mörder seiner Schwester auslebte, sie ihm bei der Kriminalpolizei dafür aber keine Plattform mehr verschaffen wollten.

Zu Ilkas Überraschung traf sie wenig später auf dem Parkplatz der Kreisbehörde auf Herkenraths Frau Anna. Sie wolle zum Straßenverkehrsamt, erzählte sie.
Ilka beschloss, die Gelegenheit zu nutzen und lud die großgewachsene Frau mit dem modernen Kurzhaarschnitt auf einen Kaffee in *Nipps Bäckerei* ein.
„Die Bürgerwehraktivitäten Ihres Mannes machen uns Sorgen!", sagte sie. „Heute ist er bei uns gewesen und hat Rainer Wollscheid im Fall Vivien Schreiner schwer beschuldigt. Angeblich habe er sie in die Heroinabhängigkeit geführt."
Anna Herkenrath wurde blass.
„Was für ein Quatsch", sagte sie leise. „Hans-Josef hat sich so in seinen Hass hineingesteigert, den er für Rainer empfindet, dass er die Realität gar nicht mehr im Blick hat."

Ilka sah sie forschend an.
„Gewiss, der Mord an seiner Schwester vor fast sechzehn Jahren ist tragisch. Aber ist er wirklich ausschließlich der Grund für das Verhalten Ihres Mannes?"
Anna Herkenrath schaute an ihr vorbei und starrte aus dem Fenster.
„Ja, natürlich!", behauptete sie dann.
„Ich glaube Ihnen nicht", erklärte Ilka gerade heraus. „Sie haben Karins Mörder eben lediglich mit dem Vornamen genannt. Daraus schließe ich, dass Sie in einer persönlichen Beziehung zu ihm stehen. Oder einmal gestanden haben!"
Ilka erkannte an Annas Gesicht und den fahrigen Bewegungen ihrer Hände, dass es sich bei ihr um die Sorte Mensch handelte, die so schlecht lügen konnte, dass ihr Gegenüber es sofort bemerkte.
„Das stimmt. Rainer und ich waren vor einer Ewigkeit sogar einmal für kurze Zeit ein Paar", gab sie zu. „Ich habe die Beziehung, wenn man sie überhaupt so bezeichnen kann, dann jedoch beendet und bin mit meinem Mann zusammen gekommen."
„Hat Ihr Mann ein Problem mit Ihrer Vergangenheit?", forschte Ilka.
Anna Herkenrath nickte.
„Das kann man wohl sagen. Hans-Josef wirft mir seit ein paar Wochen sogar vor, Luisa sei gar nicht seine Tochter, sondern stamme von Rainer."
Sie lachte verbittert.
„Ich habe es inzwischen aufgegeben, meinen Mann vom Gegenteil zu überzeugen. Jeder Vaterschaftstest würde beweisen, dass Hans-Josef der leibliche Vater

unserer Tochter ist."
Sie zuckte mit den Schultern und wirkte nun sehr traurig.
„Tja, wie ich Ihnen eben schon sagte, Frau Landwehr. Mein Mann verliert mehr und mehr den Sinn für die Realität. Nicht nur in dieser Sache..."
Anna Herkenrath sah auf ihre filigrane, goldene Armbanduhr und erhob sich.
„Vielen Dank für den Kaffee. Ich muss zurück, sonst macht mir das Straßenverkehrsamt gleich vor der Nase zu."
Da hat sie recht dachte Ilka, und das kommt ihr gerade gar nicht ungelegen.

Charly Wegner freute sich über Stettenkamps abermaligen Besuch im Keller der Kreisbehörde. Zumeist fristete der Euskirchener mit seinen vier Mitarbeitern hier unten ein eher einsames Dasein zwischen all den Computern und technischen Geräten.
Neuigkeiten jedoch hatte der IT-Spezialist zunächst keine mehr, als er dem Kriminalkommissar Natalies Macbook in der glänzenden, pinkfarbenen Hülle zurückgab. Im E-Mail-Postfach der Schülerin hatte sich lediglich Werbung befunden sowie eine Mail der Reitstall-Chefin, die auf einen bevorstehenden 'Tag der offenen Tür' hinwies und ihre Reitschüler noch einmal um rege Beteiligung bat.
„Charly, sag, ist es nicht ungewöhnlich, dass Natalie derart wenige Mails bekommen hat? Geschrieben hat sie ja überhaupt keine!", hakte Stettenkamp nach.
Der Computerforensiker schmunzelte.

„In unseren Augen schon. Aber die jungen Leuten schreiben kaum noch Mails. Da läuft alles über *Whatsapp*, allenfalls noch *Threema* und eben über ein soziales Netzwerk wie *Facebook*. Ich habe ja selbst eine Tochter und weiß: Mails schreiben ist für diese Generation so, als würden wir handgeschriebene Briefe verfassen."

Das hatte Stettenkamp nicht gewusst.

Einen Moment dachte er an seine fünfjährigen Zwillinge. Wie würden sie wohl in zehn Jahren kommunizieren? Er selbst wäre dann fünfundfünfzig. Er sah Manfred Habig mit seinen Karteikarten vor seinem geistigen Auge und schmunzelte.

Wahrscheinlich würden die jungen Leute Mails in zehn Jahren für ein Relikt aus den Anfängen der Computertechnik halten und sich ganz sicher über Leute wie ihn, die immer noch welche schrieben, königlich amüsieren.

***

Sollten sich die Dinge tatsächlich allmählich zu meinen Gunsten wenden?
In ein paar Tagen werde ich in Lohn und Brot stehen!
Zum ersten Mal in meinem Leben.
Ein fantastisches Gefühl!
Von der pessimistischen Dame im Jobcenter habe ich mich nicht abschrecken lassen und heute Morgen selbst die Initiative ergriffen. In einer Kaller Schreinerwerkstatt brauchen sie dringend Leute und wollen es im Bereich Fensterbau mit mir versuchen. Der Job dort wird mir nicht nur endlich Geld

bringen, er wird auch dafür sorgen, dass ich mir diese Deppen acht Stunden am Tag vom Hals schaffen kann. Hoffentlich werden sie es dann endlich leid, mir von morgens bis abends auf den Fersen zu sein. Natürlich haben mir diese Schweine kein Alibi gegeben für diesen verdammten Abend, an dem die Polizei die kleine Natalie tot aufgefunden hat. Dabei haben sie doch bis zur Dunkelheit noch vor meinem Haus herumgelungert. Aber seit ein paar Tagen lässt mich die Polizei zum Glück in Frieden.

Gut gelaunt betrete ich das Café 'Carpe diem'. Um diese Zeit ist es noch fast leer. Schade, Hubertine steht heute nicht hinter der Theke. An ihrer Stelle füllt die kleine Jenniches aus der Dorfstraße gerade das Kuchenbuffet auf. Die altmodische Türglocke bimmelt erneut. Da sind sie schon wieder! Die Nachmittagsschicht rückt mir auf die Pelle: Horst, Franz und Werner, alle früher bei der Telekom gewesen, hocken vermutlich seit Jahren gelangweilt bei ihren Weibern zu Hause. Seitdem ich zurück in Wildbach bin, ist bei ihnen endlich was los. Ich ignoriere die drei, bestelle bei Jessica einen Kaffee und schalte den Bildschirm links in der Ecke an. Ich muss unbedingt ins Internet. In ein paar Tagen, wenn ich in der Schreinerei anfange, werde ich höchstens abends Gelegenheit haben, Kontakte zu knüpfen. Ich bin fast süchtig nach meinem zweiten Leben im Netz. Da bin ich nicht der Mörder, der Knacki, der Aussätzige, sondern ein überaus humorvoller, charmanter und attraktiver Mann auf der Suche nach...
„Was machst du da?", herrscht der glatzköpfige

Werner mich mit stechendem Blick an. Franz und Horst drängen sich hinter mich. Das hätte Hubertine nicht zugelassen; sie sorgte bisher zumindest dafür, dass diese Idioten an ihrem Tisch sitzen blieben.
So wird das heute nichts!
Ich schließe das gerade erst geöffnete Fenster am Bildschirm wieder und stehe ruhig auf. Innerlich koche ich allerdings vor Wut.
„Du bist nicht nur ein Mörder, sondern auch noch ein mieser, kleiner Kinderficker! Gib es zu!", schreit Horst mich plötzlich an.
Er spuckt geradewegs vor mir auf den Boden. Die kleine Jenniches sieht es, dreht sich jedoch weg. Ich balle die Hände in meiner dünnen Windjacke zu Fäusten. Bloß nicht provozieren lassen und stattdessen den Mund halten.
„Ein Euro achtzig, bitte."
Hubertines Schüleraushilfe flüstert fast hinter der Theke...
Die Nachmittagsschicht im Rücken, öffne ich mein abgeschabtes Lederportemonnaie und nestele nach Kleingeld. Ich brauche unbedingt ein Neues, die kleinen Fächer für Papiere sind schon halb ausgerissen. Die drei machen mich nervös. Ich kann ihren Atem in meinem Nacken spüren, widerlich. Endlich habe ich die Münzen beisammen. Auf der Theke sehe ich den Lokalteil der Kölnischen Rundschau liegen. Auf der ersten Seite berichtet die Zeitung über Vivien Schreiner und Natalie Knips.
Ich betrachte die Fotos der beiden Mädchen.
In diesem Augenblick fällt mir irgendetwas aus der kaputten Jackentasche heraus und segelt zu Boden.

Zehn Augenpaare starren auf ein altes Bild und einen farbigen Internetausdruck. Beide zeigen Luisa Herkenrath - einmal als kleines Mädchen und einmal als junge Frau, die gerade ein Zeitungsinterview über ihren Auslandsaufenthalt in Israel gibt.
Sie stieren mich mit entgeisterten Blicken an.
So eine verdammte Scheiße!
Horst packt mich am Kragen und umklammert mit hasserfülltem Blick meinen Hals.
Kein Mensch ist mehr im Café zu sehen.
Die kleine Jenniches hat sich längst in die Küche verdrückt.

***

Als Ilka ins Büro zurückkehrte, stand Stettenkamp am Fenster und starrte mit finsterer Miene auf den Parkplatz des Kreishauses. Sie kannte ihn gut genug um zu wissen, dass er sich wahnsinnig über irgendetwas geärgert hatte.
„Alex, was ist los?"
„Dr. Rettig weigert sich strikt, einen Durchsuchungsbeschluss gegen Rudolph bei Gericht zu beantragen! Das ist nicht zu fassen, oder?"
Ilka sah ihn verwundert an. Damit hatte sie nicht gerechnet. Das konnten sie keinesfalls so hinnehmen!
Sie machte sich an dem schicken Kaffeevollautomaten, den ihr Chef ihnen vor ein paar Monaten spendiert hatte, zu schaffen und bereitete zwei große Becher Cappuccino zu, für Stettenkamp mit extra viel Milch und Zucker.
Schweigend reichte sie ihm die Tasse.

Was dachte sich Rettig nur dabei?
Durchsuchungen waren schließlich zulässig, um Beweismittel zu finden, nicht nur bei Verdächtigen, sondern auch bei Leuten wie Jürgen Rudolph, die offensichtlich Dinge zu Hause aufbewahrten, die dazu beitragen konnten, den Täter dingfest zu machen.
Genügte es sich nicht, dass der Lehrer Natalie in seiner Freizeit in Badebekleidung fotografiert hatte? Was nicht direkt verboten war, aber einem Lehrer-Schülerin-Verhältnis doch überhaupt nicht angemessen schien.
„Wer weiß, was dieser notgeile Sack noch so auf seinem Laptop hat!", brummte Stettenkamp in ihre Gedanken hinein. „Die Bilder von Natalie und dieser Carlotta haben wir nur durch einen Zufall gefunden. Da liegt es doch nahe, dass er noch deutlich mehr Fotos gemacht hat! Wer weiß, was darauf zu sehen ist! Wir müssen an den Computer ran, bevor Rudolph die Bilder löscht. Wenn er es nicht längst getan hat..."
Ilka stimmte ihm zu.
Warum zickte der feine Herr Staatsanwalt in diesem Fall so herum?
Plötzlich umspielte ein Grinsen Stettenkamps Mundwinkel.
Er schlug sich vor die Stirn.
„Was bin ich vernagelt! Das ich daran nicht längst gedacht habe..."
Er warf einen Blick in die Kontakte, die er in seinem iPhone abgespeichert hatte, tippte auf das Display und stellte den Lautsprecher an.
Ilka zwinkerte ihm zu.
Sie ahnte, was ihr Chef vorhatte.

„Guten Tag, Herr Rudolph, Kommissar Stettenkamp hier. Ich grüße Sie!"
„Hallo."
„Na, genießen Sie Ihren freien Nachmittag? So ein Halbtagsjob hat was, oder?"
Ilka schmunzelte. Stettenkamp wusste durch seine Schwägerin ganz genau, dass der Lehrerberuf alles andere als ein Freizeitwunderland bedeutete.
„Was wollen Sie noch von mir?"
„Mich mit Ihnen über Ihre Freizeitgestaltung unterhalten, natürlich! Weiß Dr. Schuster eigentlich darüber Bescheid, dass Sie nach Schulschluss halbnackte Mädchen, die Ihnen anvertraut sind, fotografieren?"
Stille am anderen Ende der Leitung.
„Sie wissen genau, dass der Rektor sie dann augenblicklich vom Dienst suspendieren würde!"
„Wollen Sie mich erpressen?"
„Aber aber... ich arbeite bei der Kriminalpolizei, Herr Rudolph! Sie verstehen sicherlich, dass ich jetzt zu Ihnen komme und wir uns ihren Laptop dann mal genauer ansehen werden, oder? Und zusammen nachschauen müssen, ob Sie vielleicht noch andere Computer im Haus haben, deren Daten mich interessieren könnten, nicht wahr?"
Schweigen.
„Prima, dann sind wir uns ja einig! Ach, was ich noch sagen wollte: Kommen Sie nicht auf die Idee, auch nur irgendetwas zu löschen! Ich bringe unseren IT-Spezialisten mit", bluffte er. „Herr Wegner würde einen solchen Versuch sofort aufdecken! Und ich versichere Ihnen: Er stellt alle Daten wieder her und

das innerhalb weniger Minuten!"
Natürlich hatte Stettenkamp überhaupt nicht vor, Charly mit nach Wildbach zu nehmen.
Er legte auf und schnappte sich seinen dunkelblauen Feincordblazer vom Garderobenständer, den Lisa ihm einmal gekauft hatte.
„Ich hätte Rudolph niemals für derart naiv gehalten", platzte Ilka heraus. „Ich meine...es ist doch klar, dass Dr. Schuster ohnehin von den Fotos erfahren wird! Das Ganze ist doch nur eine Frage der Zeit."
Ihr Chef nickte grimmig.
„Ganz genau. Hätten wir den Durchsuchungsbeschluss bekommen und bei ihm etwas gefunden, wüsste er es längst. Aber wenn ich es mir so recht überlege, läuft es auf diesem Weg für uns vielleicht noch besser. Ich nehme Peter mit. Wir finden bei Rudolph noch mehr, das hab ich im Urin!"

Endlich! Ein freier Parkplatz.
Ilka stellte ihren knallroten Golf mit einem Seufzer im Parkhaus am Veybach-Center ab, drehte sich um und lächelte Nele auf dem Rücksitz zu.
„So, jetzt kann es losgehen, Süße! Stürzen wir uns ins Gedränge."
Nicht, dass sie auf die für einen späten Donnerstagnachmittag ungewöhnlich vielen Menschen besonders erpicht gewesen wäre, die sich, gemessen an dem vollen Parkhaus, in der Innenstadt tummeln mussten. Aber sie wollte unbedingt zwei schöne Sommerkleider für Nele und sich finden - seit Wochen hatte sie sich das schon vorgenommen. Schließlich würden sie übermorgen Abend Daniels vierzigsten Geburtstag

feiern. Ilka hatte alles für die Gartenparty bei ihnen zu Hause vorbereitet. Das große, weiße Zelt stand bereits, sie hatte einen DJ organisiert, Schmidts Buffetservice würde für das Catering sorgen und ein paar Jugendliche aus der Nachbarschaft wollten die Getränkebewirtung in einem Bierwagen übernehmen. Nun fehlte nur noch etwas Passendes zum Anziehen!
Nele hüpfte aufgeregt an ihrer Hand, als sie im Saturn zunächst nach ein paar Kinder-DVD's suchten. Schon bald waren sie fündig geworden und fuhren zur Freude der Kleinen mit der Rolltreppe ins Untergeschoss des Einkaufcenters.
„Ilka, darf ich ein Eis haben?", bettelte Nele.
„Später. Wir suchen erst ein Kleid für dich aus, okay? Welche Farbe soll es denn haben?"
Sie schoben sich durch das Gedränge zu *Ernsting's family* hinein.
„Na rosa natürlich! Sonst will ich keins!"
Ilka grinste. Nie hätte sie gedacht, dass es ihr Spaß machen würde, mit einer Viereinhalbjährigen zu shoppen. Aber Nele, so anstrengend sie mit ihrem naseweisen Geplapper manchmal sein konnte, steckte sie mit ihrer unbeschwerten Lebensfreude einfach an und es gab mit ihr immer etwas zu lachen.
Zwanzig Minuten später hatten sie für Daniels Tochter einen paillettenbestickten Traum in pink samt einer passenden Blümchenkette gefunden. Nele schmiegte sich an der Kasse glücklich an Ilka.
„Ich mag dich!"
Sie drückte die Kleine an sich und bezahlte.
„Ich dich auch. Wir sind die besten Freunde der Welt!"

Nele nickte wichtig.
„Für immer und ewig!"
Sie schoben sich durch die Fußgängerzone an einem Eiswagen vorbei, an den sich ein Dutzend Kinder vor einen Verkäufer im Clownkostüm drängten.
„Bitte Ilka, kauf mir ein Schlumpfeis!"
„Auf dem Rückweg. Versprochen! Ich will erst in der *Galeria Kaufhof* nach einem Kleid für mich schauen. Mit einem Eis in der Hand geht das nicht.gut."
In der Damenabteilung wimmelte es vor kaufwütigen Frauen jeden Alters, einige schoben Kinderwagen und Buggys vor sich her, andere hatten gelangweilt dreinblickende Ehemänner im Schlepptau.
Ilka hielt Nele fest an der Hand. Mit der anderen prüfte sie den Inhalt der Garderobenständer nach etwas Passendem in ihrer Größe. Kein leichtes Unterfangen. Schließlich zog sie Nele mit vier Kleidern über dem rechten Arm in eine schmale, hell ausgeleuchtete Umkleidekabine. In den ersten beiden fühlte sie sich wie eine Presswurst.
„Da passt du irgendwie nicht rein!", stellte Nele fest.
Ilka zwängte sich heraus und schwitzte allmählich fürchterlich. Nur mit BH und Slip bekleidet schaute sie kritisch im kalthellen Licht an sich herab. Seit Weihnachten hatte sie in der Tat etwas zugenommen.
„Mir ist langweilig!", jammerte Nele und schon hatte sie mit einem Ruck den braunen Vorhang der Umkleidekabine beiseite geschoben.
Weg war sie!
„Nele! Komm sofort wieder her!"
Zwei dünne Teenies in Hotpants, die auf eine freie Kabine zu warten schienen, kicherten bei ihrem

Anblick erst albern und prusteten dann ungehemmt los.
Ihr blöden Hühner, dachte Ilka, und ließ ihren Blick über die Menschenmenge schweifen.
Von der Vierjährigen war nichts mehr zu sehen! Ilka zog sich hastig ihre Jeans, Tunikabluse und Schuhe an, schnappte sich die Tasche mit Neles Kleid und rannte durch die Damenabteilung. Sie fragte etliche Kunden nach einem schwarzhaarigen Mädchen mit Zöpfen und einer pinkfarbenen Jacke, doch niemand schien das Kind gesehen zu haben. Im Laufschritt eilte sie die Rolltreppe, vorbei an tütenbeladenen Frauen, hinunter und erntete ein paar ärgerliche Kommentare. Doch auch im Erdgeschoss konnte sie Nele einfach nicht finden. Hatte sie sich etwa irgendwo versteckt und fand es gerade unheimlich lustig, dass Ilka sie nun überall suchte?
Sie riss die Vorhänge sämtlicher Umkleidekabinen auf - nichts! Das gibt es doch nicht...
Allmählich stieg in ihr ernsthafte Sorge um das Mädchen auf. Ilka bat eine ältere Kassiererin um eine Lautsprecherdurchsage. Nur, wo würde die Kleine am ehesten hinfinden?
„Sagen Sie bitte, Nele soll an einer Rolltreppe warten", bat sie die Frau.
Obwohl das Personal der *Galeria Kaufhof* sich intensiv an der Suche beteiligte, gab es eine halbe Stunde später immer noch keine Spur von ihr. Niemand wollte sich an das kleine Mädchen erinnern.
Ilka starrte auf ihr Handy. Sollte sie Daniel anrufen? Aber was würde ein solcher Anruf bringen, außer auch ihn in Sorge zu versetzen?

Sie blickte hinüber zu der großen Hinweistafel im Eingangsbereich und und rannte ins Untergeschoss.
Dort befand sie sich ein paar Minuten später inmitten von Küchenutensilien, Wohnaccessoires und ein Stückchen weiter - in der Spielzeugabteilung!
Ilka schöpfte neue Hoffnung.
Hier war sie noch nie gewesen.
„Nele!", rief sie immer lauter, „Nele, wo bist du?"
Ilka sah gefühlt in jeden Winkel auf der gesamten Etage.
Keine Nele!
Erschöpft lehnte sie sich einen Augenblick gegen einen Pfeiler. Was, wenn ein Fremder das Kind angesprochen und mit einer Süßigkeit oder einem Spielzeug gelockt hatte, mit ihm zu gehen?
Ein Perverser, der es auf ein kleines Mädchen abgesehen hatte?
Oh Gott!
In diesem Moment überkam sie eine Ahnung davon, wie Eltern - zum Beispiel die der so lange vermissten Vivien - sich fühlen mussten, deren Kind verschwunden war. Tage, Wochen, Monate, manchmal sogar über Jahre. Der verzweifelte Gedanke, wo es wohl sein mochte, was ihm geschehen sein konnte - ja, ob es überhaupt noch lebte - musste doch schier unerträglich sein!
Ilka stieß sich von dem kühlen Beton ab und lief abermals durch sämtliche Gänge, vorbei an kulleräugigen Puppen, Spielküchen, Stofftieren...
„Neeele!"
Wie oft hatte sie den Namen der Kleinen nun schon gerufen? Zu Beginn ihrer Suche hatte sie sich noch

fest vorgenommen, ordentlich mit ihr zu schimpfen. Inzwischen hatte sie nur noch den sehnlichen Wunsch, sie überhaupt wiederzufinden. Die Lautsprecherdurchsage mit dem Appell an Nele, sich zu einer der Rolltreppen zu begeben, erfolgte im Zehn-Minuten-Takt.
Erfolglos.
Ilka fiel es immer schwerer, ruhig zu bleiben. Ob sie ihre Kollegen verständigen sollte? Plötzlich glaubte sie nicht mehr daran, dass sich Nele überhaupt noch im *Kaufhof* befand.
Vielleicht ist sie zum Eiswagen gelaufen!, schoss es ihr durch den Kopf. Sie beschloss, in der Fußgängerzone weiter nach ihr zu suchen. Ilka eilte hinüber zur Rolltreppe, die hinauf ins Erdgeschoss führte. Ihr Blick blieb an einem kleinen, rosafarbenen Prinzessinnen-Spielzelt hängen. Intuitiv riss sie die mit einem Klettverschluss verschlossenen Stofftüren auf.
Im Zelt saß Nele!
Auf ihren angewinkelten Beinen ruhte ein Plüsch-Eisbär, ihre Ohren waren von einem pinken Kinderkopfhörer bedeckt.
„Und ich dachte schon, du hättest mich einfach vergessen!"
Die Kleine begann zu weinen.
Ilka war sprachlos.
Selten in ihrem Leben hatte sie sich derart erleichtert gefühlt. Sie ließ sich zu Nele auf den Boden sinken, zog sie aus dem Zelt heraus und hielt das Kind schweigend in den Armen.
„Gehen wir jetzt endlich ein Schlumpfeis essen?",

fragte die Vierjährige kurz darauf mit ihrem hellen Stimmchen.
Ilka hob Nele hoch und drückte sie an sich.
„Soviel du willst! Aber ich lasse dich nicht mehr los..."

Der zweite Besuch bei Jürgen Rudolph hatte Zeit gekostet. Und zwar deutlich mehr, als sie für ihn eingeplant hatten. Stettenkamp warf einen flüchtigen Blick auf die beiden USB-Sticks im Ablagefach unter dem Autoradio. Deren Speicher waren ziemlich voll. Zudem hatte Bongardt mit seiner Digitalkamera etliche Fotos vom Ablagesystem des Geschichtslehrers gemacht hatte, in dem er seine zahlreichen Aufnahmen im Computer sorgsam geordnet hielt. Ich muss mich unbedingt mit Ilka beraten, bevor Groß und Rettig antanzen, überlegte er. Polizeidirektor und Staatsanwalt würden nämlich morgen Früh um halb neun zur Morgenbesprechung eintrudeln und sich vor Ort über die Details der laufenden Ermittlungen informieren. Stettenkamp steuerte den Dienstwagen die Bundesstraße 258 von Schleiden nach Schöneseiffen hinauf, um Yannik Jöbges einen hoffentlich erhellenden Überraschungsbesuch abzustatten.

„Da vorn muss es sein!", rief Peter Bongardt und deutete auf ein heruntergekommenes Haus aus den Fünfzigerjahren, das niemals einen neuen Anstrich erhalten zu haben schien.
Es lag ganz am Ende des Dörfchens Schöneseiffen, einem Ortsteil von Schleiden und einem Steinwurf

vom Nationalpark Eifel entfernt. Stettenkamp und der Kriminalassistent blickten über die umliegenden Höhendörfer - Windkraftanlagen, wohin das Auge reichte. Sie boten Gegnern wie Befürworten seit Jahren Anlass zu heftigen Diskussionen. Die beiden rollten kurz vor ihrem Ziel über eine kleine Brücke; der Dieffenbach entsprang in Schöneseiffen.
Stettenkamp blickte zu einem riesigen Berg aufgetürmter Altreifen hinüber. Um den Stapel herum lag jede Menge Sperrmüll: Alte Lattenroste, Matratzen, kaputte Billigmöbel und verrostete Fahrräder in allen Größen vergammelten wild verstreut auf dem kleinen, abgelegenen Grundstück.
„Ich bin gespannt, was uns hier erwartet!", brummte Stettenkamp.
Bei der Befragung im Kreishaus hatte Yannik den uneinsichtigen Wortführer gegeben. Ilka und er waren gestern nach Janas Hinweis nicht überrascht gewesen, dass der Mitschüler Natalie ganz besonders schikaniert und ihr sogar nach Schulschluss aufgelauert haben sollte.
„Hoffen wir, dass der Junge zu Hause ist", erwiderte Bongardt. „Sein Vater scheint es jedenfalls zu sein."
Er sah zu einem Mann Anfang fünfzig hinüber, der im Unterhemd mit einer Flasche Bitburger in der Hand aus dem Haus gekommen war und nun mit Hilfe einer Mistgabel seinen Unrat unter die Lupe nahm.
„Maat üch fott he!", rief er zur Begrüßung. „Mir wulle he keen Fremde!"
Stettenkamp stellte sich Bongardt kurz vor, erwähnte den Tod Natalie Knips' und erklärte dem Mann, dass sie gern mit seinem Sohn sprechen wollten.

„Der hat nix damit zu tun!", brüllte ihnen Yanniks Vater ins Gesicht.
Die Mistgabel in seiner Rechten landete schwungvoll einen knappen Millimeter vor Stettenkamps Lederschuhen im vom Regen aufgeweichten Erdboden. Der Kommissar sprang zur Seite.
„Wir wissen, dass ihr Sohn Natalie Knips im Internet schwer beleidigt und ihr aufgelauert hat", sagte er streng. „Wo ist Yannik am vergangenen Sonntag gewesen? Denken Sie mal bitte scharf nach!"
Der alte Jöbges schnappte sich seine Mistgabel und baute sich drohend vor Stettenkamp und Bongardt auf.
„Der war hier und nirgends sonst!"
„Bitte lassen Sie uns selbst mit ihm sprechen."
Zu ihrer Überraschung trat der Mann nun einen Schritt zurück und deutete mit seinem Arbeitsgerät schweigend hinüber zur angelehnten Haustür.
Ein Geruchgemisch aus kaltem Zigarettenrauch, Fritteusenfett und Schweiß schlug ihnen entgegen, als sie durch den dunklen, schmalen Flur in die Küche traten.
Eine Frau um die Vierzig, dem Gesicht nach zu urteilen Yanniks Mutter, saß mit zwei jüngeren Männern und einem Opa um einen alten Kunststofftisch herum. Sie verteilte gerade Likör in vier Schnapsgläser. Über ihnen brannte eine Neonröhre - durch die verschmutzten Fenster drang kaum noch Tageslicht hinein. Auf dem Fußboden saß ein kleines, dunkelhaariges Mädchen und baute einen Turm aus bunten Bausteinen.
Stettenkamp wiederholte sein Anliegen, nachdem er

mit Melanie Jöbges allein in ein kleines Wohnzimmer hinübergegangen war. Er fragte auch sie, wo ihr Sohn am Tag der Tat gewesen sei. Auch die Mutter behauptete, er sei zu Hause gewesen und habe in seinem Zimmer für eine Klassenarbeit gelernt. Von morgens an bis zum späten Abend.
Im Gegensatz zu ihrem Mann wirkte sie scheu, fast ängstlich auf den Kommissar. Bereitwillig führte sie ihn die Treppe, die mit allerlei Krempel zugestellt war, hinauf zu Yannik.
Der Junge saß auf seinem Bett und hörte Musik. Ohne ein Wort zu sagen drehte sich Melanie Jöbges auf dem Absatz um und stieg die Treppe wieder hinunter. Stettenkamp setzte sich auf den Schreibtischstuhl und rollte so dicht an ihn heran wie nur irgendwie möglich. Am liebsten hätte er ihn an den Schultern gerüttelt.
„Bevor du mir hier jetzt irgendwelche Märchen auftischst, Junge: Wir sind im Bilde darüber, wie du Natalie auf das Übelste gemobbt hast. Über eure *Whatsapp*-Gruppe, über *Facebook* und ganz konkret nach Schulschluss in der Stadt. Wir können dir deine miesen Aktivitäten beweisen. Die ganze Sache kann dir locker einen Schulverweis einbringen! Und zudem hast du dich strafbar gemacht."
Er knallte mit der flachen Hand gegen die hölzerne Bettkante.
„Verdammte Hacke, du redest jetzt endlich mit uns! Was hat Natalie dir getan?"
Mit einem Mal wurden die Gesichtszüge des Jungen weich und seine Hände fuhren fahrig über seine Oberschenkel.

„Gar nichts", murmelte er. „Sie war halt einfach so anders. Langweilig eben."
„Und deshalb hast du sie fertig gemacht?", rief Stettenkamp entgeistert aus.
„Ich weiß, das war große Kacke von uns... von mir! Das Video von dem kanadischen Mädchen geht mir nicht mehr aus dem Kopf", sagte Yannik leise. „Ich sehe sie jede Nacht vor Augen. Mir war einfach nicht klar, was ich da gemacht habe mit Natalie..."
Er verlor die Gewalt über seine Stimme.
„Mir tut es leid, verdammt! Jetzt ist Natalie tot. Aber ich war das nicht! Ich bringe doch niemanden um! Das müssen Sie mir glauben!"
Er sah sie fast flehend an.
„Ich war's nicht, ehrlich!"
„Wo bist du Natalie am Sonntag begegnet? Los, spuck es aus!", forderte Bongardt ihn auf.
Yannik blickte auf.
„Am Sonntag? Sie meinen, als sie... getötet worden ist? Nirgendwo! Ich war doch überhaupt nirgends. Meine Alten waren voll wie tausend Russen und ich habe mich um meine kleine Schwester gekümmert."
Er kickte eine leere Halbliterflasche Cola fort, die auf dem Boden herumlag.
„Hier ist alles Scheiße, das können Sie mir glauben!"

***

Liebe Sophia, wärst du doch nur bei mir...
Ich hasse unsere Eltern!
Und ich will nur noch weg von hier.
Mit Jack.

Mit ihm wäre ich endlich frei...
Ich will dir alles erzählen. Wo fange ich an?
Seit Tagen regnet es draußen und in Jacks Bude in Euskirchen konnten wir auch nicht, keine Ahnung, warum das nicht ging. Jedenfalls hat er mich heute bei uns zu Hause besucht. Mama und Papa wollten nach Köln zu einem Ärztekongress und erst morgen Mittag wiederkommen. Sturmfreie Bude, dachten wir. Aber dann lief alles schief!
Zuerst war es mit Jack total schön. Er hatte eine Flasche Hugo mitgebracht, wir haben uns die schicken Sektkelche aus dem Wohnzimmer geholt und uns auf mein Bett gelegt. Ich wollte ihm eine Freude machen und habe vorher die schwarze Unterwäsche angezogen, die er mir gekauft hat. Jack hat mich zuerst ganz lange überall gestreichelt, wir haben geschmust und geredet. Er hört mir richtig zu und versteht mich, ganz anders als Mama und Papa. Ich finde es so aufregend, wenn er mich 'meine Prinzessin' nennt und mit mir Zukunftspläne schmiedet. Er nimmt mich richtig ernst, obwohl ich fünf Jahre jünger bin als er. Sophia, ich liebe ihn, ich kann dir gar nicht beschreiben wie sehr! Dann hat er mich ausgezogen, viel zu tun hatte er ja da nicht mehr, kicher!
„Ich zeige dir jetzt ein paar heiße Sachen, die mich ganz scharfmachen", hat er gemeint. Ich war ein bisschen nervös, aber Jack hat nur ganz süß gelacht und mir den restlichen Hugo eingeschenkt. Er wollte dann, dass ich mich auf den Bauch lege und er mich...
Ich beschreibe es gar nicht weiter, Sophia, denn

genau in diesem Moment platzte Mama in mein Zimmer!
Stell dir das vor!
Du ahnst nicht, wie peinlich das war. Besser gesagt, wie peinlich Mama sich aufgeführt hat. Sie hat gekreischt wie von Sinnen. Dann ist sie wie eine Furie auf uns zugeschossen und hat mir vor Jacks Augen eine Ohrfeige verpasst. Sie ist einfach das Letzte! Damit nicht genug, hat sie Jack dann von meinem Bett gerissen und ihn angeschrien, er solle sich nie wieder bei uns blicken lassen. Und sie verbiete ihm ein für allemal den Umgang mit mir.
„Meine Tochter ist erst fünfzehn, ich zeige Sie an!", hat Mama ihn angebrüllt.
Sophia, ich bin fast im Erdboden versunken. Die Alte hat mir einfach alles versaut. Jetzt denkt Jack doch, ich bin doch noch ein Kind und will sicher nichts mehr von mir wissen. Er hat gar nichts gesagt und sich ganz schnell angezogen. Dann platzte auch noch Papa ins Zimmer, er hatte wohl noch das Auto ausgeräumt, aber dann vom Flur aus mal wieder alles mitbekommen. Ich weiß gar nicht mehr, was er Jack alles an den Kopf geworfen hat, jedenfalls hat er ihn aus dem Haus geworfen, ohne dass wir uns voneinander verabschieden konnten. Das ist doch das Allerletzte, oder?
Mama hat die teure schwarze Unterwäsche zusammengerafft, in einen Sack gesteckt und einfach in die Mülltonne geschmissen.
„Meine Tochter ist eine Nutte, meine Tochter ist eine Nutte!" hat sie die ganze Zeit geschrien - wie gesagt, sie war komplett von Sinnen! Dabei bin ich doch

schon fünfzehn, Sophia! Als ob ich nicht längst selbst entscheiden könnte, was für mich das Beste ist.
Ich sollte mich zu Papa und Mama ins Wohnzimmer setzen.
Was mir einfallen würde?
Der Typ sei viel zu alt für mich und suche doch nur ein junges Betthäschen. Was, wenn ich am Ende schwanger würde?
Papa blies natürlich ins gleiche Horn: „Besuchst du das Gymnasium, um dir jetzt dein Leben zu versauen?"
Sie gaben mir überhaupt keine Chance, Jack zu verteidigen. Aber jetzt kommt das Schärfste, Sophia: Die Eltern haben mir drei Wochen lang Hausarrest verpasst!
Ich hasse sie aus tiefstem Herzen!
Das Tablet haben sie mir aus meinem Zimmer weggenommen. Mein Handy hatte ich zum Glück versteckt.
Hey, Schwesterchen, es vibriert - Jack hat mir eine Nachricht geschrieben!
Warte, ich lese sie dir vor: 'Liebe Carlotta, wie geht es dir? Es tut mir so leid, dass deine Eltern dich behandeln wie ein Kleinkind. Das darfst du dir nicht gefallen lassen! Du bist erwachsen und sie haben dir nichts mehr zu sagen. Du hast ein besseres Leben verdient! Geh mit mir fort, Prinzessin. Schon morgen. Ich werde gut für dich sorgen, glaube mir! Verstecke dein Handy vor deinen Eltern. Ich melde mich wieder... In Liebe, Dein Jack'

***

Geschafft!
Nele war mit ihrem braunen Hasen im Arm selig eingeschlafen. Ilka schlich die Holztreppe hinunter und genoss die Stille.
Sie ließ sich auf das gemütliche Sofa im Wohnzimmer fallen. Ihre Gedanken wanderten wie so oft seit Sonntag zu Natalie. In diesem Augenblick klingelte das Telefon.
Vielleicht Daniel, um ihr zu sagen, dass er noch in Köln in der Redaktion fest hing.
„Landwehr?"
„Hallo Ilka, ich bin es, Sabine!"
Die Stimme ihrer alten Schulfreundin klang atemlos.
„Sabine, schön, dass du anrufst! Wie geht es dir? Blöde Frage, ich weiß..."
„Stell dir vor Ilka, ich habe etwas gefunden, das uns weiterhelfen könnte!"
„Was? Erzähl!"
„Ich habe Natalie vor ein paar Jahren mal ein Tagebuch geschenkt", begann ihre Mutter. „So ein altmodisches Ding mit einem Schloss vorne drauf. Wir Mädels hatten doch früher alle so eins. Natalie fand es damals aber irgendwie nicht so toll und ich habe es nie wieder gesehen. Na ja. Jedenfalls habe ich heute mal groß Hausputz gehalten, um mich abzulenken. Und gerade eben in diesem Moment finde ich oben auf Natalies Kleiderschrank das Tagebuch! Wäre ich nicht extra auf eine Leiter gestiegen, um über den Schrank zu wischen, ich hätte das Ding nie entdeckt!"
Ilka stockte der Atem.
Natalies Tagebuch!
Was mochte die Vierzehnjährige ihm anvertraut

haben?
Sie spürte, wie das Adrenalin durch ihre Adern schoss.
Neue Hoffnung stieg in ihr auf.
Hatte Sabine soeben den Schlüssel zur Aufklärung des Mordes an ihrer eigenen Tochter entdeckt?
„Sabine, das gibt es ja nicht! Und? Hast du darin gelesen?"
Ihre ehemalige Schulkameradin seufzte.
„Ich hatte es vor. Ich meine, normalerweise ist das überhaupt nicht meine Art, aber nun... ist alles anders. Ich habe das Schloss mit einer Zange herausgerissen. Doch es stand überhaupt nichts drin, Ilka! Gar nichts."
Sie glaubte ihren Ohren nicht zu trauen.
Das durfte doch nicht wahr sein!
Doch weshalb rief Sabine sie dann an?
„Allerdings", fuhr Natalies Mutter fort, „lag ein Bierdeckel darin!"
Ilka sprang auf.
„Was denn für ein Bierdeckel?"
„So ein runder Bitburgerdeckel. Ich halte ihn gerade in der Hand. Jemand hat mit einem Kugelschreiber eine Nachricht darauf geschrieben. Ich lese sie dir vor: 'Du bist eine supersüße Maus! Ruf meinen Kumpel an, dann sind wir zu viert. 0151/4589...' und so weiter. Ilka, was sagt du nun?"
Die Kommissarin fühlte die Anspannung in sich vom Kopf bis zu den Zehen.
„Sabine", stieß sie atemlos aus, „kannst du den Bierdeckel zu mir nach Hause bringen? Jetzt?"
„Klar, das mache ich. Ich warte ja auf niemanden

mehr..."
„Sehr gut!"
Wer hatte Natalie diese Botschaft geschrieben? Und wo stammte der Bierdeckel her? Er musste für Natalie eine große Bedeutung besessen haben, sonst hätte das Mädchen ihn doch nicht in ihrem verschlossenen Tagebuch aufgehoben! Hatte sie die Handynummer gewählt? Sie konnten es nicht herausfinden, denn sie hatten Natalies Smartphone trotz intensiver Suche, an der auch einige Spürhunde der Polizei beteiligt gewesen waren, nicht gefunden. Sobald Sabine hier ist, rufe ich diese Nummer an, überlegte Ilka. Sie dachte einen Augenblick an den Geschichtslehrer Jürgen Rudolph. Aber der Text passte irgendwie nicht zu einem Mann Mitte fünfzig, fand sie.
Aufgeregt starrte sie aus dem Fenster den Falkenweg hinunter. Wenn Sabine sofort losgefahren war, würde sie in ungefähr zwanzig Minuten hier sein!
Standen sie nun endlich kurz vor dem Durchbruch?

Freitag - 5. Tag

„Was gibt es Neues?", fragte Armin Groß, noch bevor er an dem langen Besprechungstisch Platz genommen hatte.
Ohne eine Antwort abzuwarten, polterte er auch schon los: „Inzwischen müsstet ihr doch entscheidende Erkenntnisse gewonnen haben! Schließlich ist es nun schon fast eine Woche her, dass..."
Stettenkamp hob abwehrend die rechte Hand.
„Wir haben eine Menge Erkenntnisse gewonnen! Auch wenn uns da manchmal die Unterstützung fehlte..."
Er warf einen bitterbösen Blick zu Dr. Rettig hinüber, der daraufhin aus dem Fenster sah und seinen Porsche-Schlüssel durch die Finger gleiten ließ.
„Über die - sagen wir mal - etwas zwielichtigen Fotos, die wir bei Jürgen Rudolph gefunden haben und auf denen Natalie und eine gewisse Carlotta zu sehen sind, habe ich Sie ja schon informiert. Gestern sind Peter Bongardt und ich noch einmal bei dem Geschichtslehrer gewesen. Auf seinem Laptop hatte er mehrere Ordner mit Aufnahmen von Schülerinnen, die er außerhalb der Schule von ihnen gemacht hat. Manche Mädchen waren genau wie Natalie nur im Bikini zu sehen und haben wie sie vor seiner Kamera posiert. Rudolph hat aber auch ein paar Bilder auf Klassenfahrten gemacht, jedenfalls ließ der Dateiname diesen Schluss zu..."
Der Staatsanwalt gähnte demonstrativ, wenn auch hinter vorgehaltener Hand.

„Auf diesen Ausflügen hat er allerdings keine Schüler im Museum geknipst, sondern..." Der Kommissar sah Dr. Rettig direkt ins Gesicht. „Er hat ausschließlich Mädchen in Nahaufnahme im Schwimmbad fotografiert!"
„Das ist doch wohl nicht normal!", platzte Groß heraus.
„So ein pädophiles Schwein!", fand Habig.
„Wir haben noch mehr gefunden!"
Dr. Rettig sprang auf.
„Herr Stettenkamp, ich kann mich nur wundern! Wie sind Sie eigentlich an diese Informationen gelangt? Ich meine, so ohne Durchsuchungsbeschluss?"
Der Kommissar lächelte süffisant.
„Den brauchten wir gar nicht. Jürgen Rudolph hat sich nämlich sehr kooperativ gezeigt."
„Zur Sache jetzt!", forderte Groß ihn auf.
„Jürgen Rudolph hatte noch einen zweiten Computer im Keller stehen. Und auf diesem PC haben Herr Bongardt und ich jede Menge kinderpornografische Fotos und Videos entdeckt!"
Er ließ seine zur Faust geballte Hand auf die Tischplatte niedersausen und wandte sich an den Staatsanwalt.
„Und Sie haben sich geweigert, bei Gericht einen Durchsuchungsbeschluss gegen den Mann zu beantragen! Unfassbar ist das!"
Dr. Rettig versuchte, gelassen zu bleiben, doch der Kommissar erkannte am Zucken seiner rechten Augenbraue, dass es innerlich anders in ihm aussah.
„Davon konnte nun wirklich niemand ausgehen!"
„Herr Staatsanwalt, mit Verlaub, aber Sie ticken doch

nicht richtig!"
Alles sah zu Manfred Habig in seinem Rollstuhl hinüber.
Groß versuchte die aufgebrachten Gemüter zu beruhigen.
„Wie dem auch sei, als Lehrer ist Rudolph jedenfalls erledigt. Haben Sie schon mit dem Schuldirektor gesprochen? Nein? Dann werde ich das jetzt persönlich erledigen. Wegen des Beweismaterials schließen wir beide uns jetzt gleich noch kurz. Sie hatten da eben so ein paar USB-Sticks in der Hand, habe ich gesehen! Und Dr. Rettig...", er bohrte seinen ausgestreckten Zeigefinger in die Luft, „Sie sorgen dafür, dass wir gestern selbstverständlich einen Durchsuchungsbeschluss vorliegen hatten! Wie Sie das anstellen, ist mir wurscht!"
Stettenkamp schmunzelte in sich hinein.
Zum ersten Mal fand er den Polizeidirektor doch ganz sympathisch.

„Meinst du, Rudolph hat etwas mit Natalies Tod zu tun?", fragte Ilka, nachdem Dr. Rettig und Groß verschwunden waren.
„Ich weiß es nicht."
In Stettenkamps Stimme lag tiefe Ratlosigkeit.
„Ich habe die halbe Nacht darüber nachgedacht. Hat Natalie ihren Lehrer erpresst und die ganze Sache ist dann am Sonntagabend eskaliert? Wusste sie vielleicht, dass Rudolph nicht nur zweifelhafte Bilder seiner Schülerinnen gemacht hat - was ja schon rufschädigend genug gewesen wäre - sondern sich Kinderpornos reingezogen hat?"

Ilka sah ihn an.
„So könnte es gewesen sein! Rudolph hätte somit ein klares Motiv gehabt, das Mädchen zu töten. Die Gelegenheit dazu hatte er am Sonntagabend sicher auch, von seinem Haus bis zum Tatort sind es nur gut zweihundert Meter."
Stettenkamp nickte.
„Ein Alibi hat Rudolph nicht. Er behauptete, zu Hause gewesen zu sein und an seiner Heimatchronik geschrieben zu haben. Er zeigte mir ein paar Manuskriptseiten, die auf dem Esstisch lagen. Aber das besagt natürlich überhaupt gar nichts!"
„Wie geht es nun weiter mit dem feinen Herrn Lehrer?", fragte Habig, der ins Büro gerollt kam.
„Ich gehe davon aus, dass wir sein Haus noch heute durchsuchen werden können. Mit ganz viel Glück finden wir einen Hinweis auf Natalie, wie zum Beispiel ihre rote Umhängetasche. Abgesehen davon wird nun natürlich gegen ihn wegen des Erwerbs und Besitzes kinderpornografischer Schriften, wie es im Juristendeutsch heißt, ermittelt."
Manfred Habig rollte die Augen zur Decke.
„Da wissen wir ja seit Herrn Edathy, wie unsere Gerichte mit so etwas verfahren: Rudolph zahlt fünftausend Kröten an den Kinderschutzbund und damit hat sich der Fall. Eine Sauerei ist das!"

Peter Bongardt brachte jedem einen gutgefüllten Becher Kaffee und setzte sich wieder zu ihnen.
„Ilka, hast du eigentlich schon was über diese Handynummer, die auf dem Bierdeckel stand, herausgefunden?"

Sie schlug sich vor die Stirn.
„Das habe ich euch vor lauter Aufregung um Jürgen Rudolph noch gar nicht erzählt! Wenn man die Nummer wählt, erreicht man nur eine Sprachbox, die aber nicht besprochen ist. Die Sache hat mir gestern Abend natürlich keine Ruhe gelassen und ich habe zumindest ermitteln können, auf wen das Handy angemeldet ist."
Sie blickte in die gespannten Gesichter ihrer Kollegen.
„Auf eine Frau namens Greta van Dreyke!"
Sie grinste.
„Alex, du erinnerst dich garantiert an Bernd Holzschneider?"
Er nickte.
„Bei dem hatten wir schließlich noch was gut!"
Sie dachte an den Abteilungsleiter aus Bonn, der persönlich im Kreishaus erschienen war, nachdem zwei seiner Mitarbeiter bei einem Geräteaustausch vier Tage lang die Telefon- und Internetverbindungen im gesamten Kreishaus lahmgelegt hatten.
„Holzschneider hat mir die Anschrift der Frau gegeben. Haltet euch fest! Greta van Dreyke ist eine achtundneunzigjährige Dame, die in Südlohn in einem Pflegeheim lebt."
„Das ist ja komisch!", entfuhr es Bongardt. „Die alte Frau hat ja wohl kaum selbst diese Nachricht an Natalie auf den Bierdeckel geschrieben! Südlohn, sagst du? Wo liegt das überhaupt?"
„Nah an der holländischen Grenze im westlichen Münsterland", grinste Stettenkamp. „Ein ganz ruhiges Städtchen, es gehörte ganz früher sogar mal zu

meinem Revier!"
„Und da hast du damals schon Jagd auf hochbetagte Frauen mit Handy gemacht, weil bei euch ja sonst nix los ist, oder?", neckte ihn Habig.
Sie lachten.
„Das Telefon wurde übrigens erst vor eineinhalb Jahren auf Greta von Dreyke angemeldet", berichtete Ilka weiter. „Ich habe heute Morgen gleich in dem Pflegeheim angerufen, nachdem ich mich per Fax dort als Polizistin legitimiert hatte. Greta van Dreyke lebt dort seit zehn Jahren und ist schon seit zwei Jahren bettlägerig und geistig verwirrt. Sie kann also definitiv selbst keinen Handyvertrag unterschrieben haben!"
„Also muss jemand ihren Personalausweis gehabt und ihre Unterschrift gefälscht haben, richtig?", warf Bongardt ein.
So musste es gewesen sein.
Der Kriminalassistent schlug vor, zusammen mit Habig die Recherche dazu aufzunehmen.
Stettenkamp nickte.
„Und ich rufe jetzt Rettig an. Jede Wette, dass er sich auf dem Weg nach Bonn nun um den Durchsuchungsbeschluss gegen Rudolph gekümmert hat."
Nach drei kurzen Telefonaten schnappte er sich seine schwarze Sommerjacke vom Garderobenständer.
„Ich fahre jetzt nach Wildbach und durchkämme das Haus. Rudolph ist heute Morgen erst gar nicht zur Schule gefahren, er hat sich krank gemeldet. Ich habe auch schon eine perfekte Durchsuchungszeugin: Sabine Knips! In Gegenwart von Natalies Mutter wird sich Rudolph sicherlich noch kooperativer

zeigen als gestern!" Er starrte kurz auf seinen PC. „Dieses Schwein!"

Während Bongardt und Habig begannen, die Kundencenter der *Telekom* in Südlohn abzutelefonieren, um herauszufinden, wo der Handyvertrag auf Greta van Dreyke abgeschlossen worden war und wer dahintersteckte, versuchte Ilka sich zu konzentrieren.
Im Moment gehen unsere Recherchen in alle möglichen Richtungen, dachte sie, doch eine wirklich heiße Spur haben wir trotzdem nicht. Ihre Mitschüler hatten Natalie übel gemobbt.
Die Vierzehnjährige selbst hatte sich in ihrem Kinderzimmer gefilmt, das Video live im Internet präsentiert und dabei völlig naiv privateste Informationen von sich preisgegeben. Sie hatten beobachten können, wie nicht nur Jungen in Natalies Alter, sondern auch Männer auf der Suche nach schnellem Sex mit jungen Mädchen ihre Kommentare zu Natalies Aktivitäten abgegeben hatten.
Was hatte Jürgen Rudolph mit seiner Schülerin zu schaffen gehabt und sie mit ihm? Womöglich hatte die Kleine ihren Lehrer tatsächlich mit ihrem Wissen über ihn erpresst - und er mit einem Mal seine Existenz auf dem Spiel stehen sehen. Andererseits hatte Sabine ihre Tochter als ein zurückhaltendes Mädchen geschildert. Das passte doch gar nicht zusammen. Allerdings hätte ihre Schulfreundin es vermutlich auch nie für möglich gehalten, dass Natalie sich im Bikini von ihrem Lehrer fotografieren ließ und sich derart freimütig im Internet präsentierte.

Was wusste Sabine tatsächlich von ihrer Tochter?
Ilka seufzte.
Diese Frage stellten sich vermutlich viele Eltern, deren Kinder in der Pubertät steckten.

Das Telefon klingelte.
Aus der Leitung ertönte die Stimme Sabine Großjohanns alias *Radio Kreishaus*. Sie stellte einen Anrufer zu Ilka durch.
„Guten Tag, Frau Landwehr!"
Der Mann bemühte sich hörbar, hochdeutsch statt Eifeler Platt zu sprechen.
„Hier spricht Matthias Backes aus Kreuzberg. Ich kenne Ihren Vater gut von früher, aber Sie erinnern sich sicher nicht an mich", begann er umständlich.
Ilka räusperte sich.
„Doch, natürlich. Sie sind der Bestattungsunternehmer Backes, nicht wahr?"
„Richtig! Ich war gestern bei Sabine Knips, um mit ihr die Beerdigung morgen kurz durchzusprechen. Um alles Andere hat mein Mitarbeiter sich vorher natürlich schon gekümmert. Ich war ja im Urlaub", schweifte er ab.
„Herr Backes, was kann ich für Sie tun?"
Sie trank den letzten Schluck Kaffee aus ihrer Tasse und stellte angewidert fest, dass er längst kalt geworden war.
„Weshalb rufen Sie an?"
„Ja, wie fange ich an. Ich habe da am Sonntagnachmittag eine wichtige Beobachtung gemacht. In Schleiden. An der Olef."
Ilka dachte an den knapp dreißig Kilometer langen

Fluss, der bei Hollerath nahe der belgischen Grenze entsprang und auch durch die Schulstadt führte.
„Was haben Sie denn beobachtet?"
Ilka rechnete insgeheim bereits mit irgendwelchen Belanglosigkeiten.
„Na, die kleine Knips. Natalie Knips!"
„Wie bitte?"
„Also", holte er aus.
„Ich habe am Sonntagmittag eine Fahrradtour gemacht. Von Kreuzberg bis Schleiden zum Eiscafé *Serafin* und zurück. Ich weiß, nix Spektakuläres, aber ich..."
„Herr Backes! Wo genau haben Sie Natalie Knips gesehen?"
„Ich bin auf dem Rückweg von Schleiden aus direkt an der Olef vorbeigefahren. Und da habe ich das Mädchen direkt am Fluss sitzen sehen. Zwischen dem Baumarkt und dem Ortseingang Oberhausen war das."
„Sind Sie sich ganz sicher?"
„Aber ja! Ich kenne das Kind doch von klein auf. Liebe Frau Landwehr, Sie haben unserem schönen Ländchen ja nach dem Abitur den Rücken gekehrt, aber Sie wissen schon noch, dass Kreuzberg und Wildbach direkt beieinander liegen? Und dass im Ländchen jeder jeden kennt? Bei uns weiß der eine vom anderen noch, was bei ihm zu Hause so los ist."
Ilka rollte mit den Augen, ohne auf seine Bemerkung einzugehen.
„Herr Backes, warum haben Sie uns das nicht früher gesagt?", fragte sie streng.
„Na, weil ich doch am Sonntagabend mit meiner Frau

für ein paar Tage an die Mosel in Urlaub gefahren bin! Da lesen wir keine Zeitung und lassen auch das Radio und den Fernseher ausgestellt. Wir sind gestern Abend wieder zurückgekommen. Und da habe ich erst von der ganzen Sache gehört!"
Ilka war längst aufgesprungen und lief mit dem Hörer in der Hand, soweit es die graue Schnur zuließ, im Kreis umher.
„Saß Natalie Knips alleine am Fluss? Und was machte sie? Erzählen Sie weiter!", forderte sie ihn auf.
„Nein, sie war nicht allein! Neben ihr saß ein junger Mann, der den Arm um sie gelegt hatte. Er hielt eine dicke Zigarette in der Hand. Nein, warten Sie, ich glaube, es war eine Tüte. Ein Joint..."
Der Bestatter lachte etwas verlegen.
Ilka spürte das Adrenalin in ihren Adern.
Bei Natalies Obduktion hatte Dr. Grunwald Spuren von Cannabis in ihrem Blut festgestellt. Schloss sich hier gerade ein Kreis?
„Können Sie den Mann beschreiben?", fragte sie aufgeregt.
„Natürlich! Ich bin ja ziemlich langsam an den beiden vorbeigefahren, weil ich Natalie kenne und es mich interessiert hat, was sie da so treibt. Ich war von den Socken!", stieß er entrüstet aus. „Sie war doch erst vierzehn Jahre alt. Und poussierte da mit einem Mann herum, der viel zu alt für sie war!"
„Wie sah er denn aus?"
„Mindestens wie Mitte zwanzig! Er hatte schwarzes, gelocktes Haar, das hinten zu einem Zopf zusammengebunden war. Zuerst dachte ich: Bestimmt so ein

Grüner! Ich glaube, er trug eine blaue Jeans..."
Matthias Backes überlegte kurz. „Und auf jeden Fall eine braune Lederjacke! Ziemlich durchtrainiert sah er aus", schloss der Kreuzberger.
„Wie groß schätzen Sie ihn?"
„Hm, der Typ saß ja, von daher schwer zu sagen... ich denke aber, ungefähr einen Meter achtzig groß!"
Ilka atmete tief durch.
Da hatten sie fast fünf Tage lang alle Hebel in Bewegung gesetzt, um herauszufinden, wo Natalie Knips am Sonntag gewesen war und nun rief völlig unerwartet ein Bestatter aus dem Ländchen an und berichtete ihr frei von der Leber weg von seinen offenkundig sehr genauen Beobachtungen.
„Wissen Sie noch, um wieviel Uhr Sie die beiden gesehen haben?"
Er lachte kurz.
„Sie stellen mich nach unserem Telefonat sicher bei der Polizei ein, Frau Landwehr!", witzelte er. „Als ich an dem Pärchen vorbeigefahren war, rief meine Frau mich über das Handy an. Sie wollte, dass ich mich beeile, weil wir doch abends... na ja, jedenfalls sah ich dann auf die Uhr im Display. Siebzehn Uhr fünf war es da."
Ich fasse es nicht, dachte Ilka.
„Mir ist noch etwas aufgefallen", fuhr Backes fort. „Am Straßenrand gegenüber den beiden parkte ein ziemlich neuer, schwarzer BMW mit Kölner Kennzeichen. Zu dem Modell kann ich aber nix sagen, ich interessiere mich nicht so besonders für Autos."
„Ein Cabrio?"
„Nee, das wär mir dann doch aufgefallen!"

Das wird schwer. Schwarze BMW gibt es in Köln sicherlich wie Sand am Meer, überlegte Ilka halblaut. Auch dazu hatte der Bestattungsunternehmer noch etwas zu sagen.
„Darüber habe ich noch gar nicht nachgedacht", meinte er trocken. „Denn ich bin mir ziemlich sicher, dass ich diesen Typen schon mal gesehen habe!"
„Was?"
Matthias Backes war als Beobachtungszeuge schier der Knaller!
„Ja! Ich hatte vor drei Wochen in Kall im *Haus Franziskus* zu tun. Eine ältere Köchin hatte einen Herzinfarkt erlitten und weil der Notarzt bestätigt hatte, dass sie schon sehr lange herzkrank gewesen war, durfte ich ihren Leichnam dort abholen. So! Und da meine ich, hätte ich diesen Typen gesehen, der bei der kleinen Knips an der Olef gesessen hat!"
Ilka dachte nach.
War das möglich?
Sie wusste, dass im *Haus Franziskus* nicht nur verhaltensauffällige Jugendliche untergebracht waren, sondern in einer betreuten Wohngruppe auch junge Frauen und Männer lebten, die dort mit der Zeit selbständig werden sollten. Nie im Leben besitzt jemand von ihnen einen schwarzen BMW!, schoss es ihr durch den Kopf.
Ilka bedankte sich bei Matthias Backes und lief ganz in ihre Gedanken versunken mit dem Hörer in der Hand weiterhin im Kreis herum.
Die Spurensicherung musste dringend das Gelände an der Olef nach Hinweisen auf Natalie und diesen unbekannten Mann absuchen! Sie schaltete den

Computer aus, schnappte sich ihren Schlüsselbund vom Schreibtisch und lief ein Stockwerk tiefer hinunter zu Bernd Schmitz. Der Leiter des Erkennungsdienstes befand sich zwar gerade mit einem Mitarbeiter im Gespräch, ließ sich von Ilka aber nur allzu gerne unterbrechen. Er sagte ihr zu, sich in einer Viertelstunde persönlich mit seinen Leuten auf den Weg nach Schleiden zu machen.
„Du bist ein Engel!", rief sie aufgekratzt und warf ihm einen Luftkuss zu.
Er grinste und schloss die Bürotür hinter ihr.
Ilka überlegte fieberhaft, während sie durch das Foyer des Kreishauses zum Ausgang lief.
Sie musste dringend zum *Haus Franziskus* fahren, um dort mit dem Leiter der Einrichtung zu sprechen!
Mit ihrem Smartphone ging sie ins Internet und fand bei *google* seinen Namen heraus: Jochen Kuckelkorn.

„Hallo Schatz!"
Stettenkamp steckte seinen Kopf zur Wohnzimmertür herein und sah Lisa im Ohrensessel seines Vaters mit Blick in den Garten sitzen.
Seine Frau fuhr herum, ihr Smartphone in der Hand.
„Was machst du denn um diese Zeit hier?"
Er stellte sich neben Lisa und legte ihr vorsichtig seine rechte Hand auf die Schulter.
„Ich bin auf dem Weg nach Wildbach und dachte, ich komme mal eben auf einen Sprung herein."
Er lächelte ihr zu.
„Du ahnst gar nicht, wie froh ich bin, dass ihr wieder zurück seid!"

Lisas Miene blieb undurchdringlich.
Durch die geöffnete Terrassentür vernahmen sie die Stimmen der Zwillinge, die mit Leon, dem Nachbarsjungen, spielten. Gerade stürmten sie in die Küche und versorgten sich mit Getränken.
„Warum wart ihr eigentlich so lange weg?", hörten sie Leon fragen.
„Keine Ahnung", brummte Moritz. „Wir waren mit Mama weg und es war alles voll doof. Aber jetzt sind wir ja wieder da!"
Ben nickte.
„Komm, spielen wir! Moritz und ich sind ausgebrochene Diebe und du bist der Polizist. Los, fang uns wieder ein!"
Die drei rannten auf der Stelle hinaus in den Garten.
Stettenkamp zog sich einen Sessel zu seiner Frau heran.
„Andrea hat mir gerade per Mail die Rechnungen der vier zerstörten Laptops geschickt", begann Lisa. „Das ist ein teurer Spaß geworden!"
Alex sah sie zärtlich an.
„Wir werden es überleben, Schatz. Wahrscheinlich ist es ohnehin ein Haftpflicht-schaden. Du kannst zwei Fünfjährige schließlich nicht rund um die Uhr beaufsichtigen."
Er sah hinaus.
„Vielleicht sind die Daten sogar wiederherstellbar. Ich verstehe sowieso nicht, warum Andrea und die schlauen Herren ihren Kram nicht zusätzlich auf einem Stick abgespeichert hatten."
Lisa zuckte die Achseln.
„Andrea hat mir erzählt, dass einem ihrer Kollegen

während einer Ausschusssitzung mal ein Stick mit einem Angebot für eine lukrative Ausschreibung der Stadt Münster drauf geklaut worden ist. Einen Tag später ist er dann von einem Architekten, der ebenfalls bei dieser Sitzung dabei war, um ein paar Euro unterboten worden. Adrian hat sich schwarz geärgert. Es ist trotzdem naiv, nun komplett auf die Dinger zu verzichten", fügte sie hinzu.
Alex ließ sich eine gewisse Schadenfreude, die er verspürte, nicht anmerken.
„Lass uns die Sache einfach vergessen", schlug er vor. „Außerdem habe ich noch eine Überraschung für dich!"
Lisa legte ihr Handy aus der Hand. „Ich habe mit Günther Schlomberger gesprochen!", begann er.
„Stell dir vor, sein Angebot steht noch! Du könntest am Montag wieder beim *Stadt-Anzeiger* anfangen! Aber das ist noch nicht alles: Du würdest immer noch die Festanstellung bekommen, die er dir versprochen hatte. In Teilzeit! Jetzt bist du sprachlos, was?"
Sie sah ihn in der Tat mit offenem Mund an.
Doch anstatt ihm um den Hals zu fallen, wie er es sich erhofft hatte, sagte sie nur leise: „Das ist jetzt nicht dein Ernst!"
Alex sah sie verständnislos an.
„Ja, willst du den Job nicht mehr?"
Sie sprang aus dem Sessel auf.
„Darum geht es doch überhaupt nicht! Wie kannst du nur über meinen Kopf hinweg mit meinem Chef über so etwas sprechen? Es ist doch allein meine Sache, das zu regeln!"
Er starrte sie an.

„Lisa, natürlich ist es das. Ich wollte dir doch nur... eine Freude machen. Und dich mit dieser Riesenneuigkeit überraschen!"
„Das ist dir allerdings gelungen! Vor Schlomberger stehe ich doch jetzt da, als könnte ich meine Angelegenheiten nicht selbst regeln."
„So ein Quatsch!", entfuhr es ihm.
Sie schrie nun.
„Ja, von wegen! Es ist doch nicht das erste Mal, dass du mich vor vollendete Tatsachen stellst! Als Ben und Moritz gerade geboren waren, hast du dich von der Sitte ins KK11 versetzen lassen und warst kaum noch zu Hause. Hast du mich damals gefragt, was ich davon halte? Nein, du hast dir immer genommen, was du wolltest. Ich sage nur: Isabella!"
Alex schob die Terrassentür zu, damit die Kinder sie nicht hörten.
„Wer hat sich nach dem Tod deiner Mutter um Michael gekümmert? Während du mit deinem Team die großen Erfolge gefeiert hast! Na, schönen Dank auch!"
„Lisa, du warst doch damals damit einverstanden, dass mein Vater erst einmal zu uns ziehen sollte. Und als wir es nicht mehr geschafft haben, ihn zu pflegen, da..."
Sie fuhr dazwischen.
„Nun sag doch nicht: Wir! Ich bin es doch gewesen, die fast den ganzen Tag mit ihm verbracht hat!"
Lisa baute sich dicht vor ihm auf.
„Seit über fünf Jahren führe ich kein selbstbestimmtes Leben mehr", zischte sie leise, „seit über fünf Jahren nicht!"

Alex ließ sich in seinen Sessel fallen.
Sie starrten schweigend hinaus in den Garten und sahen zu den Kindern hinüber, die ausgelassen über den Rasen jagten.
Er dachte an Ilkas Ratschlag, sich Hilfe durch einen Paartherapeuten zu suchen. Vorgestern hatte er diesen Vorschlag insgeheim noch weit von sich gewiesen.
Warum nur verstand er seine eigene Frau nicht mehr?
„Lisa, worum geht es dir eigentlich wirklich?", fragte er nach einer Weile leise.
Sie blickte ihn nicht an, doch er sah, dass sie weinte
„Ich weiß es nicht..."

***

Liebe Sophia,
du ahnst nicht, wo ich stecke...
Ich bin mit Jack in Amsterdam!
Ja, wir sind tatsächlich in Holland, klammheimlich!
Wirklich niemand weiß von unserer Aktion.
Unglaublich, oder?
Nachdem sich Mama und Papa gestern Abend im Wohnzimmer halbwegs beruhigt hatten, bin ich noch einmal zu ihnen gegangen und habe mich bei ihnen entschuldigt und ihnen versprochen, dass ich mich nie wieder mit Jack treffe.
Oh mann, ich dachte, sie sehen sofort, dass ich sie belüge! Ich habe allen Mut zusammen genommen und ihnen weisgemacht, dass wir doch von der Schule aus heute Morgen zwei Tage nach Altenkirchen auf Chorfahrt gehen. In Wirklichkeit findet die Fahrt erst in einer Woche statt, aber ich wusste, so genau hatten

sie das durch ihren Kongress nicht auf dem Schirm. Ich hatte sogar noch daran gedacht, den Zettel von der Schule für die Eltern aus dem Küchenschrank wegzunehmen und das Datum eben falsch in den Kalender einzutragen. So werden Mama und Papa bis Samstagabend glauben, ich sei mit dem Chor in Altenkirchen. Besser kann es nicht laufen.
Ich hatte gestern noch überlegt, Luisa Bescheid zu geben, dass ich abhauen werde. Aber es ging alles so schnell. Und außerdem hängt Luisa mit ganz anderen Leuten zusammen, seitdem sie aus Israel zurück ist.
Jack hat mich heute Morgen abgeholt, kurz bevor der Schulbus kam. Niemand hat uns gesehen!
Mama dachte natürlich, meine Sporttasche, die ich mitgenommen habe, sei für die Chorfahrt. Als ich mich von ihr verabschiedet und ihr seit langem nochmal einen Kuss gegeben habe, sind mir ein wenig die Tränen gekommen. Und Mama auch.
Sie sagte ganz lieb: „Am Samstagabend bist du ja wieder da, dann reden wir in Ruhe über alles. Du weißt, dass ich immer für dich da bin!"
Na ja, da war es mir schon schwer ums Herz...
Aber zum Glück musste ich dann auch los!
Jack war jedenfalls in Hochstimmung, als ich zu ihm in seinen BMW gestiegen bin und ich war ziemlich schnell abgelenkt.
Wir sind erst einmal bis Köln gefahren und er hat mich zu Starbucks eingeladen. Das ist ein cooler Laden, sag ich dir! Wir haben Bagels gegessen und Latte macchiato getrunken. Und nun bin ich tatsächlich mit ihm in Amsterdam und kann mein Glück noch gar nicht fassen! Ich habe zwar noch nicht viel

*von der Stadt gesehen, aber es wird alles ganz toll
werden, da bin ich mir sicher. Sophia, endlich bin ich
raus aus Wildbach, diesem Sch...kaff, und vor allem
weg von unseren spießigen Eltern.
Die werden schön blöd aus der Wäsche gucken. Ihren
Hausarrest können sie sich jetzt in die Haare
schmieren! Ja, ich weiß, sie werden sich große
Sorgen um mich machen, das tut mir auch irgendwie
leid. Aber ich lasse mich nicht einsperren wie einen
Hund. Jack hat auch gemeint, dass ich mir so etwas
nicht bieten lassen darf. Schließlich sei ich eine junge
Frau und kein Kind mehr.
Apropos Jack: Er musste noch ein paar Besorgungen
in der Stadt machen und ich warte nun schon ziemlich lange auf ihn. Wir sind in einem schäbigen Haus
mitten in Amsterdam. In unserem Zimmer ist es
dreckig und es steht nur ein breites Bett mit fleckigem
Bettzeug darin. Und ein Kühlschrank, aber darin
stehen nur ein paar Flaschen Bier. Dabei habe ich
inzwischen einen Bärenhunger.
Ich glaube, es wohnen noch mehr Leute hier, hinter
den anderen Türen habe ich Stimmen von Männern
und Frauen gehört, die meisten sprachen natürlich
niederländisch.
Aber hier werden wir ganz sicher nicht bleiben. Jack
sagte, es sei nur vorübergehend, bis wir das Geld für
eine schöne Wohnung direkt am Meer
zusammenhaben und er seine Schulden bei diesen
fiesen Typen abbezahlt habe, von denen ich dir
geschrieben habe. Ich fühle mich gerade ein bisschen
allein und da habe ich an dich gedacht, Süße.
Würdest du noch leben, du würdest mich verstehen,*

das weiß ich genau. Du kannst es nicht sehen, gerade fallen ein paar Tränen auf das Blatt. Aber gleich wird Jack wiederkommen und dann wird alles gut.

***

Ilka hatte kaum den Schlüssel im Schloss ihres Fachwerkhäuschens umgedreht, da kam ihr Becks schwanzwedelnd entgegen gelaufen. Gut, dass der Labrador nicht ahnte, dass sein Frauchen beinahe schon wieder auf dem Sprung war.
Sie sah auf ihre schlichte Armbanduhr.
In einer Dreiviertelstunde hatte sie sich mit Jochen Kuckelkorn, den sie nach einigem Hin und Her über dessen Handy auf dem Weg von Köln nach Kall im Auto erwischt hatte, im *Haus Franziskus* verabredet.
Im Flur vernahm sie Neles helles Stimmchen: „Eckstein, Eckstein, alles muss versteckt sein, über mir, unter mir..."
Sie lächelte und schlüpfte in ihre bequemen, froschgrünen Hausschuhe. Vor einem Jahr war hier alles still gewesen, wenn sie nach Hause gekommen war. Obwohl ihr neues Leben deutlich anstrengender geworden war, hätte sie es nicht mehr gegen ihr altes eintauschen wollen.
„Nele, dein Opa braucht jetzt mal zehn Minuten Pause!", hörte sie ihren Vater aus der Küche rufen.
Hatte er tatsächlich gerade Opa gesagt?
Sie schmunzelte.
„Hallo meine Süße! Hallo Papa!"
Paul Landwehr hatte gerade Tee aufgebrüht; es roch nach Roibusch-Vanille, seiner Lieblingssorte. Und ein

wenig nach Spinat und Fischstäbchen vom Mittag. Während sich Nele mit einem Puzzle beschäftigte, hatte Ilka die Gelegenheit, mit ihrem Vater über Hans-Josef Herkenrath zu sprechen.
„Ich kenne Hans-Josef nicht wirklich gut, aber im Gemeinderat und im Kirchenvorstand haben wir natürlich immer mal wieder miteinander zu tun", erzählte Paul Landwehr. „In meinen Augen ist er ein ganz friedliebender, besonnener Mensch, der immer versucht, verschiedene Meinungen unter einen Hut zu bringen. Du weißt ja, das ist in der Partei und in der Kirche gar nicht so einfach", sagte ihr Vater. „Ja, und dann engagiert er sich seit vielen Jahren für die Verlegung von Stolpersteinen zum Gedenken an die Naziopfer in der Gemeinde Hellenthal. Da ist auch seine Frau Anna mit von der Partie; vielleicht, weil sie selbst ebenfalls jüdische Wurzeln hat! Hans-Josef hat mir mal erzählt, ihre wenigen Angehörigen, die den Zweiten Weltkrieg überlebt haben, lebten weit verstreut in den USA."
Ilka nickte und half Nele, ein Puzzleteil an die richtige Stelle zu legen.
„Was denkst du eigentlich über diese *Bürgerwehr* in Wildbach?"
Landwehr nahm einen Schluck Tee aus dem bunten Becher.
„Ich kann die Leute im Ländchen schon verstehen. Sie haben halt Angst vor einem Mörder, der in Wildbach nun mitten unter ihnen lebt. Hans-Josef hat mir mal erzählt, Wollscheid habe damals bei seinem Einbruch nur hundert Mark gefunden. Und dafür hat er die Karin umgebracht! Das heißt doch schon was,

oder?"
Ilka sah ihn nachdenklich an. Dass die Ländchener Sorge vor einer Wiederholungstat des Mannes hatten, konnte sie ihnen nicht einmal verdenken, ob es dafür nun sachliche Gründe gab oder nicht. Angst war eben nichts Rationales.
„Allerdings habe ich gehört, dass sie es inzwischen wirklich übertreiben!", fuhr ihr Vater fort.
„Was meinst du damit?"
„Na ja, du weißt sicher, dass die Wildbacher *Bürgerwehr* ihn Tag und Nacht beschattet, was sicher schlimm für Rainer Wollscheid ist. Sie lassen ihm damit keine Chance, sich zu rehabilitieren. Aber nun haben sie seine Hausfassade mit Parolen beschmiert und solche Dinge eben..."
Ilka sah ihn alarmiert an.
„Was denn noch?"
Ihr Vater seufzte.
„Du weißt, Mädchen, es wird viel erzählt, wenn der Tag lang ist. Erinnerst du dich noch an die Augenärztin aus Schmidtheim, Frau Dr. Glasmacher? Sie hatte ihre Praxis ein paar Wochen lang wegen Krankheit geschlossen und die Leute haben schon behauptet, sie sei gestorben!"
Sie fasste sich an die Stirn. Frau Dr. Glasmacher hatte der Eifel nach dieser Geschichte für immer den Rücken gekehrt und war zurück nach Köln gezogen.
„Gertrud und Tünn haben mir gestern Mittag Reibekuchen gebracht. Sie wollten wissen, dass sie bei Wollscheid den Gasherd in der Küche aufgedreht haben, als er nicht da war!"
„Wie bitte?"

Sie war entsetzt.
„Das ist ja nicht zu glauben! Hör mal, Hans-Josef Herkenrath ist doch der Initiator der *Bürgerwehr*. Hast du nicht eben noch gesagt, er sei ein friedliebender Mensch? Da stimmt doch was nicht!", erwiderte sie heftig.
Ihr Vater nickte.
„Hans-Josef will Wollscheid ganz sicher aus Wildbach vertreiben, weil er seinen Anblick nicht ertragen kann. Aber solche Aktionen gehen eindeutig zu weit!"
Während Nele mit einem Buch auf seinen Schoß geklettert kam, fügte er noch hinzu: „Ich kann mir nur vorstellen, dass sich die Aktivitäten innerhalb der *Bürgerwehr* ohne Hans-Josefs Zutun immer weiter verselbständigt haben. Alles andere passt einfach nicht zu ihm!"

Stettenkamp war enttäuscht, als er das Haus des inzwischen vom Dienst suspendierten Geschichtslehrers verließ. Er hatte dort alles, wirklich alles auf den Kopf gestellt und den Zorn Jürgen Rudolphs über herausgerissene Schubladen, ausgeräumte Schränke und sein durchwühltes Ankleidezimmer kommentarlos über sich ergehen lassen. Sorgsam hatte er sämtliche Schuhe des Lehrers auf Spuren des feuchten Waldbodens, den sie am Tatort vorgefunden hatten, hin überprüft. Ebenso seine Hosen, insbesondere deren Saum an den Beinen. Alles befand sich in sauberem Zustand, was nur zwei Schlüsse zuließ, die ihm aber beide nicht weiterhalfen. Entweder hatte Rudolph Schuhe und Kleidung penibel gereinigt oder

aber - er war überhaupt nicht ihr Täter.
Auch nicht den leisesten Hinweis auf die
Anwesenheit Natalies im Haus hatte Stettenkamp
gefunden; geschweige denn ein Indiz, das auf eine
Erpressung ihres Lehrers hingedeutet hätte.
Frustriert schlug er mit der flachen Hand auf das
Lenkrad und startete auf der Wildbacher Dorfstraße
den Motor.
Vermutlich habe ich mir einfach zu viel von der
Durchsuchung bei ihm versprochen, dachte er und
betätigte die Scheibenwischer, denn es hatte kräftig zu
regnen begonnen.
Er liebte die kurvige Strecke über die kleinen
Ortschaften Winten und Manscheid vorbei an Wald
und Wiesen. In Reifferscheid hatte der Regen schon
wieder aufgehört und es bildete sich gerade ein
prächtiger Regenbogen am Himmel.
Er sah hinauf zur Burg. Hier war er zuletzt mit seiner
Familie im Dezember gewesen, als hoch oben der
wunderschön idyllische Weihnachtsmarkt stattgefunden hatte. Seine Jungs hatten sogar mit Pfeil und
Bogen schießen dürfen, ihm an einer Bude zwei
Holzschwerter abgeschwatzt und waren - statt wie
Lisa von handgefertigtem Christbaumschmuck und
lustigen Räuchermännchen - vollkommen fasziniert
vom Verlies der Burg gewesen. Darin hatte sogar ein,
wie sie glaubten, echter Totenkopf gelegen.
Alex Stettenkamp dachte wehmütig an diesen Ausflug
mit seiner Familie zurück. Es sollte, im Nachhinein,
einer ihrer vorerst letzten harmonischen Tage
gewesen sein. Danach war einfach alles zwischen
ihnen schiefgelaufen - und das nur wegen diesem

unseligen Besuch Isabellas in der Eifel. Aus der längst verloschen geglaubten Eifersucht seiner Frau war, so sah er es jedenfalls, von heute auf morgen ein loderndes Feuer geworden.
Konzentriere dich auf den Fall!, sagte er sich energisch und bog in Richtung Schleiden ab.
Der beschriebene Bierdeckel mit der Handynummer darauf kam ihm wieder in den Sinn. Er wählte Peter Bongardts Durchwahl im Büro.
„Ich bin gerade zur Tür reingekommen", sagte der Kriminalassistent atemlos. „Manni hat sich um die *Telekom*-Kundencenter gekümmert und ich habe sämtliche Gaststätten, Cafés und Eisdielen zwischen Kall und Hellenthal abgeklappert und dort nach Natalie gefragt. Leider ohne Erfolg, Chef."
Stettenkamp hörte, wie Bongardt seinen Computer hochfuhr.
„Ich habe natürlich fast überall ihr Bild dagelassen, denn die Bedienungen wechseln ja häufig!", fuhr er fort. „Irgendjemand muss sich doch an das Mädchen erinnern können! Ich bleibe am Ball und rufe heute Abend die Inhaber noch einmal an. Vielleicht ergibt sich dann was."
Bongardt schien wieder voller Energie zu stecken.
„Ich hoffe, wenigstens Manni hat was rausgekriegt."
Im Hintergrund tippte er bereits auf der Tastatur herum.
„Ach, das hätte ich fast vergessen: Das Handy der alten Dame ließ sich bislang nicht orten. Ich bleibe dran und halte dich auf dem Laufenden!"
Stettenkamp atmete tief durch.
Sein Kriminalassistent hatte sich ganz offensichtlich

wieder gefangen. Das machte ihn auf eine fast väterliche Art unwahrscheinlich glücklich.
Vermutlich, weil er sich lange Zeit vorgeworfen hatte, die Spielsucht und Alkoholprobleme seines Mitarbeiters nicht erkannt zu haben. Stattdessen hatte er ihm angesichts seiner Unzuverlässigkeit in der Vergangenheit die Hölle heiß gemacht. Nach Peters Entlassung aus der Hürther Suchtklinik hatte er sich in Bonn dann aber für ihn stark gemacht und dafür gekämpft, dass der Kriminalassistent in ihr Team nach Euskirchen zurückkehren konnte. Wäre es nach Groß gegangen, hätte Peter die nächsten Jahre das Archiv aufräumen können, dachte er. Der Aufenthalt in der Entzugsklinik hatte Peter offenbar sehr gut getan. Er wirkte konzentriert, ausgeglichen und engagiert. Trotzdem war er nicht blauäugig und wusste, wie schwer es für ihn sein musste, innerlich stark zu bleiben.
Ich muss nach Dienstschluss unbedingt mal mit ihm in Ruhe quatschen, überlegte Stettenkamp. In kurzer Zeit sind mir zwei wertvolle Menschen vollkommen entglitten. Im vergangen Jahr Peter und nun meine eigene Frau...

Jochen Kuckelkorn empfing Ilka an dem dunkelgrün gestrichenen, Eingangstor, das in den großzügig angelegten Innenhof des Jugendheims führte. Das *Haus Franziskus* lag abgelegen mitten im Wald auf dem Wackerberg und war vor ein paar Jahren wunderschön restauriert worden. Bis zur nächsten Siedlung lagen einige Kilometer. Besucher gelangten nur über Waldwege zu den Schützlingen des Heims

und ihrem Leiter Jochen Kuckelkorn. Ilka schätzte den Mann mit der blonden Surferfrisur höchstens auf dreißig Jahre.
„Die meisten Jugendlichen, mit denen wir hier arbeiten, brauchen unbedingt einen geschützten Raum, abseits aller Außenreize und Verlockungen, denen sie sonst ausgesetzt sind", erklärte der Leiter bereitwillig. „Wir versuchen ihnen hier Halt und Orientierung in einem strukturierten Alltag zu geben. Fast alle Schüler werden im Haus von Sonderpädagogen unterrichtet. Am Anfang geht das häufig nur ein, zwei Stunden am Tag", berichtete er weiter. „Hier draußen rund ums Haus und im Wald gibt es auf jeden Fall Action und natürlich auch Arbeit; das heißt, die Jugendlichen können sich hier auspowern und überschüssige Energie sinnvoll loswerden. Einen Großteil des Tages nutzen wir natürlich auch für die Therapien."
Ilka nickte.
Sie schlenderten durch den schmucken, kreisförmigen Innenhof, in dem ein Gartentrampolin aufgebaut und ein Hochbeet angelegt war. Auf mehreren Holzbänken hatten sich Mädchen und Jungen in der Sonne niedergelassen; einige schauten neugierig zu Ilka herüber.
„Kommen Sie, setzten wir uns", schlug sie vor. „Sagen Sie, Herr Kuckelkorn, im *Haus Franziskus* leben doch auch junge Erwachsene, die schon volljährig sind, richtig?"
„Das stimmt."
Er deutete mit der ausgestreckten Hand hinüber auf ein Nebengebäude.

„Dort drüben gibt es sechs Appartements und zwei Wohnungen für Paare. Die jungen Frauen und Männer lernen dort, selbstständig zu leben und können bei Bedarf Tag und Nacht Hilfe aus dem Stammhaus in Anspruch nehmen. Warum fragen Sie?"
Ilka suchte nach einer Antwort.
„Lassen Sie uns das drinnen weiter besprechen", bat sie.
Kurz vor dem Hauseingang fiel ihr Blick mit einem Mal auf den angrenzenden kleinen Parkplatz. Dort parkten zwei Autos. Ein alter roter Renault Clio - und ein schwarzer BMW mit einem Kölner Kennzeichen! Allerdings handelte es sich, anders als Matthias Backes behauptet hatte, nicht um einen neuen, sondern eindeutig um einen in die Jahre gekommenen Wagen.
„Wem gehört denn der BMW dort drüben?", fragte Ilka harmlos und lächelte Kuckelkorn zu.
„Die alte Kiste?" Der Heimleiter lachte kurz auf. „Die gehört mir!"
„Darf ich sie mal ansehen? Ich habe ein Faible für ältere Autos", log sie.
„Na klar, aber mein BMW wird noch lange kein Oldtimer werden", sagte Kuckelkorn verwirrt.
„Ich dachte, Sie wollten etwas über unsere Einrichtung erfahren..."
In den Reifen seines BMW steckte der Matsch fest. Das schien ihr im Grunde nicht verwunderlich, schließlich fuhr Jochen Kuckelkorn täglich mit seinem Auto den Waldweg zum *Haus Franziskus* hinauf. Auf der Rückbank lagen verstreut

Sportklamotten und Zeitungen herum, auf und unter dem Beifahrersitz Verpackungen von Schokoriegeln.
„Fährt außer Ihnen noch jemand den Wagen?", wollte sie wissen.
Er hob die Augenbrauen.
„Frau Landwehr, Ihr Interesse an alten Autos in allen Ehren, aber ich wäre Ihnen dankbar, wenn Sie mich allmählich mal darüber aufklären würden, worum es hier eigentlich geht!"
Ilka rang nach einer plausiblen Antwort und entschied sich für die Wahrheit.
„Sie haben sicherlich von dem toten Mädchen in Wildbach gehört, nicht wahr?"
Er nickte.
„Ein Zeuge hat die Schülerin am Sonntagnachmittag ein paar Stunden vor ihrem Tod in Schleiden an der Olef beobachtet. Und zwar zusammen mit einem jungen Mann. Direkt am Straßenrand stand als einziges Auto ein schwarzer BMW."
Bedeutungsvoll fügte sie hinzu: „Mit einem Kölner Kennzeichen!"
„Und das soll ich jetzt gewesen sein?", fragte er spöttisch.
„Nein. Der Zeuge hat mir den Mann, den er mit Natalie Knips zusammen gesehen hat, beschrieben. Zwischen Ihnen und seiner Personenbeschreibung besteht keine Ähnlichkeit. Deshalb ist es so wichtig für mich zu wissen, ob sich jemand Ihren Wagen am Sonntag ausgeliehen hat. Eventuell einer ihrer Schützlinge?"
Ilka beobachtete, wie sich die eben noch gesunde Gesichtsfarbe des Heimleiters veränderte. Mit den

Fingerknöcheln trommelte er leise auf dem Autodach herum.
Der weiß doch was, dachte Ilka.
„Ich hatte ab Sonntagmittag Dienst und wollte endlich mal wieder meinen Bürokram erledigen", holte er aus. „Am frühen Nachmittag bin ich kurz zurück zum Parkplatz gegangen, weil ich im Auto eine Akte vergessen hatte. Und da habe ich festgestellt..."
Es war offensichtlich, dass es Kuckelkorn schwerfiel, die Wahrheit auszusprechen.
„Dass jemand versucht hat, meinen Wagen kurzzuschließen. Sowas funktioniert ja nur noch bei so alten Karren wie meiner", erklärte er schulterzuckend. „Ich habe natürlich versucht herauszufinden, wer es gewesen ist. Aber da sind die meisten hier wie Kinder. Natürlich wollte es niemand gewesen sein!"
Ilka sah ihn alarmiert an.
„Gegen wieviel Uhr war das?"
„Ich schätze, so gegen vierzehn Uhr dreißig. Später nicht."
„Sie sagten eben, jemand habe versucht, den BMW kurzzuschließen. Versucht heißt, es ist ihm nicht gelungen?"
Jochen Kuckelkorn lächelte gequält.
„Doch, das schon. Aber er hat das Auto nicht benutzt. Ich weiß das deshalb so genau, weil ich ein Fahrtenbuch führe und mir den Kilometerstand aufschreibe, auch zwischendurch. Ab und zu muss ich ja auch zu Außeneinsätzen", erklärte er. „Am Sonntagmorgen habe ich zum Beispiel ein Mädchen, das abgehauen war, in Euskirchen wieder abgeholt. Da stelle ich mir

den Tageszähler, damit ich am Abend weiß, wieviele Kilometer ich am Tag für den Laden hier gefahren bin."
Das klingt glaubwürdig, dachte Ilka.
Jochen Kuckelkorn würde wohl kaum die Polizei belügen und damit einen der Heimbewohner decken. Zumal er ja wusste, dass es um den Mord an Natalie Knips ging!
Ilka eilte schweigend mit Jochen Kuckelkorn durch den einsetzenden Regen über den Hof und ließ sich dann von ihm die gesamte Jugendhilfeeinrichtung zeigen. Sie wollte sich selbst ein Bild machen.
Kuckelkorn berichtete ihr stolz von den Erfolgen, die Pädagogen und Therapeuten mit den verhaltensauffälligen, teilweise auch straffällig gewordenen Teenagern im Laufe der Zeit im *Haus Franziskus* erzielten.
Aber was ist mit denjenigen, die auch hier schwierig bleiben?, überlegte sie.
Ilka dachte an das ausgerissene Mädchen, von dem Kuckelkorn erzählt hatte und den jungen Mann, der seinen BMW mal eben so kurzgeschlossen hatte.
Als sie das Jugendheim verließ, blieb ein schaler Beigeschmack, dessen sie sich einfach nicht erwehren konnte.

Samstag - 6. Tag

Bernd Schmitz und seine Mitarbeiter hatten gestern ganze Arbeit geleistet. Obschon das Gras in Schleiden an der Olef bereits recht hoch gewachsen war, hatten sie an der von Matthias Backes beschriebenen Stelle mit ihren Argusaugen, Spezial-Lupen sowie der Hilfe eines Spürhundes tatsächlich etwas entdeckt.
Stettenkamp setzte sich an seinen Schreibtisch, überflog noch einmal den bereits gelesenen Bericht, und rieb sich die Hände.
Die zusammengedrückte Dose mit der Aufschrift *Hugo to go* war nicht schwer zu finden gewesen. Keinen halben Meter entfernt von ihr hatten die Erkennungsdienstler jedoch noch etwas gefunden. Und zwar die abgebrannten Reste eines Joints! Der Bestatter hatte davon gesprochen, dass der Mann, der neben Natalie gesessen habe, an einer Haschzigarette gezogen habe. Zusammen mit der Dose ergab sich für ihn ein eindeutiges Bild. Schmitz hatte an ihr im Labor winzige Speichelpartikel entdeckt - und gerade festgestellt, dass Natalie zweifelsfrei aus ihr getrunken hatte! Nun wussten sie also mit Gewissheit, wo das Mädchen die letzten Stunden vor ihrem Tod verbracht hatte.
War ihr Begleiter der Mann gewesen, dessen Handynummer auf dem Bitburgerdeckel stand?
Peter Bongardt hatte das Mobiltelefon bislang immer noch nicht orten können. Selbst wenn es ausgeschaltet war, gab es Möglichkeiten und die hatte der Kriminalassistent mit seinem Segen auch genutzt.

Man musste einem Handy schon das Akku entnehmen, damit sein Standort nicht mehr festgestellt werden konnte. Aber wer tat so etwas, der nichts zu verbergen hatte?
In seine Gedanken hinein klingelte Ilkas Telefon. Er übernahm.

„Guten Morgen, Herr Kommissar! Hier spricht Matthias Backes. Die Frau Landwehr hätte ich gern gesprochen!"
„Tag Herr Backes! Meine Mitarbeiterin ist unterwegs. Ich bin ihr Chef und natürlich über Ihre Aussage im Bilde. Was gibt es?"
„Hm, ich hätte da noch was zu sagen", begann der Bestatter umständlich. „Wegen diesem schwarzen BMW, den ich gesehen habe. Mir hat die Sache keine Ruhe gelassen und ich habe mal hier in Wildbach so rumgefragt..."
„Wie herumgefragt?"
„Ja! Lautweins Erwin hat den BMW auch gesehen! Und zwar am Sonntagabend. Hier in Wildbach. Und zwar direkt vor der Bushaltestelle!"
Stettenkamp glaubte seinen Ohren nicht zu trauen! Was erzählte Matthias Backes da gerade? Das hieße ja, der Mann, mit dem Natalie an der Olef gesessen hatte, wäre ihr mit dem Auto bis Wildbach gefolgt! Warum war sie aber dann mit dem Bus zurückgefahren? Ergab das einen Sinn? Hatte sich das Pärchen vielleicht gestritten und er war ihr mit seinem BMW gefolgt?
„Wer ist Lautweins Erwin?", wollte er wissen.
„Ich glaube, mit seinem Sohn haben Sie schon mal

gesprochen. Mit dem Kai."
Der Kommissar erinnerte sich augenblicklich!
Kai war mit dem gleichen Bus wie Natalie von Schleiden nach Wildbach gefahren. So hatte es auch der Busfahrer bestätigt. Im Dorf angekommen hatten sich ihre Wege jedoch getrennt.
„Was machte Erwin Lautwein an der Bushaltestelle? Hat er das gesagt?"
„Er wollte nachsehen, ob sein Sohn im Bus war. Er hat wohl schon auf ihn gewartet, weil die Oma im Sterben lag." Der Bestatter lachte kurz auf. „Die alte Frau Lautwein hat an dem Abend aber nochmal die Kurve gekriegt. Gott sei Dank, sonst hätte ich erst am nächsten Tag in Urlaub fahren können."
Stettenkamp war irritiert.
Entgegen seiner sonstigen Gewohnheiten dachte er laut am Telefon.
„Aber dann hätte Kai den schwarzen BMW doch auch bemerken müssen!"
„Ja, das habe ich auch gedacht und den Jungen gefragt. Und er sagte mir: 'Na klar stand da ein schwarzer BMW. Den hab ich gesehen! Aber das war doch bisher gar nicht wichtig. Drum hab ich das der Polizei auch nicht gesagt.'"
Backes räusperte sich.
„Das waren Kais Worte. Irgendwie nachvollziehbar, oder?"
Stettenkamp ging nicht auf seine Frage ein.
Der Bestatter hatte jedoch nicht ganz unrecht, fand er.
Es war zu Beginn ihrer Ermittlungen nie um einen schwarzen BMW gegangen, sie hatten den Jungen lediglich nach Natalie Knips befragt. Er hatte es

wahrscheinlich einfach nicht wichtig gefunden, dass da ein Auto geparkt hatte.
Nach dem Telefonat legte sich Stettenkamps anfängliche Euphorie jedoch so rasch, wie sie gekommen war. Während des Gesprächs mit Matthias Backes hatte er das Gefühl gehabt, das Puzzle füge sich endlich zu einem Bild zusammen.
Was störte ihn nun?
Ilka kam und er besprach sich mit ihr.
Wie schon so häufig half sie ihm auch jetzt, seine noch ungeordneten Gedanken zu sortieren.
„Es könnte jetzt alles so einfach sein", begann sie. „Wir müssten nur noch ermitteln, wer der Fahrer des schwarzen BMW war und schon hätten wir den Fall quasi gelöst. Sein Motiv wäre ein außer Kontrolle geratener Streit mit Natalie. Er hat sie zu Boden geworfen, sie knallte mit dem Hinterkopf auf diesen Stein - und war tot!", konstruierte sie weiter. „Der Typ wollte sie natürlich loswerden und hat sie dann im Wald entsorgt."
Sie machte eine kurze Pause.
„Soweit die Theorie. Weißt du, was mir an ihr nicht gefällt?"
Stettenkamp nickte.
„Die Theorie ist zu glatt! Dass Matthias Backes uns erst fünf Tage später von seinen Beobachtungen am Sonntag erzählt hat, weil er zwischenzeitlich im Urlaub war und angeblich nichts vom Tod der Kleinen wusste, ist noch zu erklären..."
Ilka unterbrach ihn.
„Wobei mir selbst das schon ein bisschen komisch vorkommt! In der Stadt oder in einem größeren Dorf

wäre es normal. Aber nicht in Wildbach! Dort ist ein Mord geschehen! Und niemand soll Backes angerufen und ihm davon erzählt haben? Er hat doch einen Mitarbeiter, der ihn im Urlaub im Bestattungsinstitut vertreten hat. Mit dem stand er doch ganz sicher im Kontakt! Und sein Mitarbeiter soll Backes nichts von Natalies Tod erzählt haben?"
Stettenkamp sah sie an.
„Du hast recht. Und trotzdem sind seine Beobachtungen, die er an der Olef gemacht hat, ja korrekt. Sonst hätten Schmitz und seine Leute..."
Aufgewühlt wie sie war, unterbrach sie ihn erneut.
„Dass Matthias Backes Natalie zusammen mit einem Mann gesehen hat, will ich auch gar nicht bezweifeln. Aber die Sache mit dem BMW kommt mir komisch vor! Nach fast einer Woche will nun plötzlich ein Wildbacher Bürger das Auto ganz kurz vor der Tat im Dorf gesehen haben! Und dieser Erwin Lautwein war garantiert anschließend nicht im Urlaub, wo doch seine Mutter montags gerade gestorben war!", setzte er spöttisch hinzu.
Ilka blickte nachdenklich auf ihren Bildschirm.
„Matthias Backes glaubt ja, Natalies Begleiter vor ein paar Wochen schon einmal im *Haus Franziskus* in Kall gesehen zu haben. Jochen Kuckelkorn besitzt einen schwarzen BMW, passt aber optisch überhaupt nicht zu Backes Beschreibung. Um nichts auszuschließen, werde ich überprüfen, ob einer der Heimbewohner infrage kommen könnte. Schwarzes Haar, das zu einem Zopf gebunden ist, tragen in der Eifel schließlich nicht viele Männer."
„Schade, was?", ulkte Stettenkamp. „Stehst du nicht

insgeheim auf Latino-Typen?"
Sie streckte ihm albern die Zunge heraus.
„Haha!"

***

Meine Zuversicht ist komplett verflogen.
Nur zwei Tage nach der mündlichen Zusage der
Schreinerei liegt nun ein Brief im Postkasten, in dem
mir die Personalabteilung in zwei knappen Sätzen
mitteilt, dass sie ihr Arbeitsangebot zurückzieht, mir
für die Zukunft aber selbstverständlich alles Gute
wünscht.
Geschissen!
Doch damit nicht genug.
In der Nacht haben die Schweine mir schon wieder
die Hausfassade beschmiert.
'Kinderfi...!' prangt nun gleich neben 'Mörder raus!'
Dass ich einmal bei der Polizei anrufen würde, weil
ich mich bedroht fühle, hätte ich im Leben nicht
geglaubt. Allerdings erschien man mir dort nicht
sonderlich besorgt. Ich hatte diesen Stettenkamp am
Telefon verlangt. Der sei nicht zu sprechen, außerdem
sei ich kein Fall für die Kripo, schmetterte mich so
ein helles, arrogantes Stimmchen ab. Klar, ein Knacki
ist kein hochwohlgeborener Herr Herkenrath. Dem
hätten sie sicher schon längst Polizeischutz gewährt.
Ins Café 'Carpe diem' zieht mich nach meinem letzten
Besuch nichts mehr hin. Stattdessen nehme ich den
Weg durch das Wäldchen am Dorfrand - ein Umweg
zwar - aber ich hoffe, so ungesehen zur Bushaltestelle
zu kommen. In Schleiden werde ich mich dann

irgendwo ganz gepflegt volllaufen lassen.
Nicht nur meine Stimmung ist düster, der Himmel ist es auch - graue Regenwolken ballen sich immer dichter zusammen. Im Forst herrscht beinahe vollkommene Stille. Ich hänge meinen Gedanken nach... So höre ich viel zu spät die schweren Laufschritte hinter mir! Der weiche Waldboden hätte sie beinah komplett verschluckt, wäre da nicht das verräterische Knacken herumliegender Äste gewesen. Instinktiv drehe ich mich um.
Und erfasse binnen einer halben Sekunde, dass ich ein ziemlich großes Problem habe!
Sie tragen Sturmhauben auf ihren Köpfen, so wie man sie häufig bei Motorradfahrern sieht. In Zweien von ihnen - klein und gedrungen - glaube ich Horst und Franz zu erkennen. Der andere scheint mir deutlich jünger zu sein.
„Wir sollen dir was ausrichten!"
Ich erkenne Roman Schrothmüller, der sich drohend vor mir aufbaut, trotz seines lächerlichen Aufzugs sofort an der Stimme.
„Ha, du hast doch noch in die Windeln gekackt, als sie mich in den Bau geschickt haben. Du weißt gar nichts! Was willst Du überhaupt?"
Augenblicklich lässt er seine Faust in mein Gesicht krachen. Etwas warmes fließt aus meinem Mund. Es schmeckt metallisch.
„Verschwinde von hier, Wollscheid! Wir haben dich oft genug gewarnt!"
Der heftige Schmerz verstärkt meine Wut unendlich.
„Lasst mich endlich in Ruhe, ihr feigen Schweine! Traut euch ja nicht mal, eure Hackfressen zu zeigen!"

Sie sehen sich an, nur einen winzigen Augenblick.
Ich überlege kurz, ob es möglich ist, ihnen zu entkommen, verwerfe diesen Gedanken jedoch gleich wieder. Es würde mir nicht gelingen. Schrothmüller stellt sich neben mich, genau wie sein kompakter Kollege. Der Bullige schnappt nach meinem rechten Arm und reißt daran wie von Sinnen. Ich rutsche nach vorn - und habe verloren.
Er nimmt das Knie hoch und schlägt mit voller Wucht meinen Arm darauf. Ich weiß sofort, er hat ihn gebrochen.
Höllische Schmerzen dringen durch meinen Körper, ich kann nicht einmal schreien. Unbeholfen falle ich nach vorn. Es gelingt mir nicht, mich abzustützen. Mit dem Gesicht schlage ich auf den Waldboden auf. Ich spüre, wie sie noch einmal zutreten.
„Geh weg von hier, Mörder! Sonst kommen wir wieder. Immer wieder!", höre ich Schrothmüller noch schreien.
Ich kann mich dunkel an meinen letzten trüben Gedanken erinnern. Herkenrath, das Schwein, hat sie geschickt, schießt es mir in Zeitlupe durch den Kopf. Erschöpft schließe ich die Augen.
Filmriss.

***

Die kleine St. Antonius-Kirche in Kreuzberg fasste nicht annähernd die Trauergemeinde, die zur Beerdigung der vierzehnjährigen Natalie zusammengekommen war.

Bis zur Leichenhalle hinüber sah Ilka aus ihrem Golf zahlreiche Mitschüler, aber vor allem an die hundert Männer und Frauen aus Wildbach sowie den umliegenden Ortschaften. Sie alle wollten dem Mädchen an diesem Tag die letzte Ehre erweisen.
Ilka hörte die Kirchenglocken läuten und warf einen letzten Blick auf die Trauerkarte, die Sabine Knips ihr geschickt hatte. Sie zeigte Natalies Konterfei mit dem für sie typischen etwas scheuen Blick. Ilka klappte die Karte noch einmal auf.
Statt des üblichen Trauerspruchs stand über dem Namen ihrer Tochter nur ein großes WARUM?
Sie nickte gedankenverloren.
Genau diese Frage beschäftigte auch sie seit nunmehr fast sechs Tagen.
Obwohl der Gottesdienst in wenigen Minuten beginnen würde, eilte Ilka an der Kirche vorbei und warf einen Blick in die Leichenhalle. Hier hatten sie Natalies Leichnam in einem weißen Sarg, dessen Deckel ein üppiges Bouquet aus roten Rosen schmückte, aufgebahrt.
In meinem Herzen stirbst du nie, hatte ihre Mutter auf die grünen Bänder eines davor drapierten Blumenkranzes schreiben lassen. Sie drängte sich mit gesenktem Blick an den vielen Menschen vorbei in die schlichte, kleine Kirche hinein, die sie in Kindertagen sonntags so häufig mit ihren Eltern besucht hatte.
Auch Paul Landwehr war gekommen. Ilka stellte sich schweigend neben ihn und drückte ihm still die Hand. Für viele, vor allem ältere Ländchener, war es auch heutzutage noch selbstverständlich, zu erscheinen,

wenn jemand aus der Region in St. Antonius beerdigt wurde.
Sabine Knips saß in einen schwarzen Mantel gehüllt neben ihren engsten Verwandten - auch ihr Ex-Mann und dessen Eltern befanden sich unter ihnen - in der ersten Bank. Pfarrer Tümmler trat gerade an das schlichte Lesepult.
Ilka lächelte erfreut.
Sie mochte den alten Mann mit dem schlohweißen Haar wegen seines stets liebevollen, ruhigen Wesens und der sanften Stimme. Er hatte vor ein paar Jahren auch ihre Mutter beerdigt, nachdem diese innerhalb kurzer Zeit an unheilbarem Krebs verstorben war. Obwohl Ilka die Worte des Pfarrers berührten, ließ die Kommissarin in ihr den Blick über die Menschen in den Bänken schweifen. Sie beobachtete vor allem jene, die aus dem engsten Umfeld Natalies zu kommen schienen. Sie erkannte von der Gedenkfeier in der Schule her dutzende Kinder und Jugendliche sowie zwei Lehrer - unter ihnen auch Franz Weingarten - wieder. Er stand neben Kai Lautwein. Der Junge schnäuzte sich gerade ziemlich geräuschvoll in ein Papiertaschentuch und erntete einen missbilligenden Blick der aufgetakelten Frau neben ihm. Vielleicht seine Mutter, überlegte Ilka.
Die Freundinnen Elena, Janina und Lea saßen nebeneinander. Von Yannik, dem Wortführer der Mobber-Chatgruppe *'Wir, die 8b'* war hingegen nichts zu sehen.
Inzwischen begannen sich die Messbesucher in zwei Reihen aufzustellen und nach vorne in Richtung des Altars zu treten. Ilka grinste ihrem Vater zu und

wusste genau, dass der alte Landwehr gerade das gleiche dachte wie sie. Ein Ritual in St. Antonius brachte sie nämlich seit je her bei Begräbnissen zum Schmunzeln: In Kreuzberg war es noch Brauch, dass jeder Messbesucher nach vorne zum Altar ging, unter den Augen zweier Messdiener brav seine Kollekte in einen Korb legte und anschließend durch einen der beiden einen Totenzettel ausgehändigt bekam. Den 'Opfergang' nannten sie es.
„Wat en Schau!", fand der alte Landwehr gerade eine Spur zu laut.

Während der Beisetzung auf dem Friedhof, der unmittelbar an die Kirche angrenzte, hielt Ilka sich bewusst im Hintergrund. Zum einen war sie keine nahestehende Angehörige, zum anderen zerriss ihr der leidvolle Anblick ihrer ehemaligen Schulfreundin fast das Herz. Soeben trug sie ihre Tochter zu Grabe, die noch fast ihr ganzes Leben vor sich gehabt hatte. Warum?, fragte sie sich wieder und wieder.
Den Tod des Mädchens immer noch nicht aufgeklärt zu haben, tat ihr in der Seele regelrecht weh - einen Gefühlszustand, den sie so noch nie bei einem Mord verspürt hatte.
„Jon mer bei der Dejenhardt!", sagte ihr Vater neben ihr und hakte sich bei Ilka unter.
Sie lächelte ihm zu. Die Familie Degenhardt betrieb die gemütliche *Burgschänke* auf der Burg Wildenburg. Ihr Vater und sie gingen, seitdem ihre Mutter verstorben war, häufig an den Sonntagen zum Essen dorthin. Seit einiger Zeit bereicherten Daniel und Nele die Runde. Nach Begräbnissen in Kreuzberg

gaben die Angehörigen des Verstorbenen dort meistens einen Beerdigungskaffee. Ilka war kein Freund von diesem Brauch, ganz im Gegensatz zu ihrem Vater, der für ihn wie für sehr viele Ländchener untrennbar zu einem Begräbnis dazugehörte.
Als Ilka und Paul Landwehr in die urige Gaststätte einkehrten, schenkten Anneliese Jansen und Monika Hahn den Gästen gerade heißdampfenden Kaffee ein. Auf den dunklen Vierertischen standen Platten mit belegten Brötchenhälften und Hefegebäck. Ilka nahm sich höflich ein Stück Grießmehlkuchen und blickte angestrengt auf die kupferne Wanduhr, während ihr Vater sich über seine 'Appeltaat' freute. Er beteiligte sich gleich am Gespräch, das die beiden Männer ihnen gegenüber führten. Es ging dabei um die lange zurückliegende, sehr ergreifende Beerdigung des Wildenburger Originals Gottwald Schumacher, einem so lebenslustigen wie für die Eifel ungewöhnlichen Gastronomen. Nach dessen Tod hatten sich die Ländchener wie von Gottwald gewünscht nicht von ihm auf dem Friedhof, sondern im Innenhof seiner Kneipe von ihm verabschiedet. Günther Hochgürtel, Frontmann der Mundartgruppe *Wibbelstetz*, hatte ihm zu Ehren ein paar leise Lieder gesungen, Gottwalds Kinder hatten Luftballons in den Abendhimmel steigen lassen.
Ilka blieb noch in der *Burgschänke* und wartete geduldig, bis Sabine eine halbe Stunde später zu ihr an den Tisch trat. Sie hatte gehofft, ein paar Worte mit ihr wechseln zu können. Stattdessen bedachte ihre Schulfreundin sie mit einem kühlen Blick und sagte „Ilka, ich glaube, du gehst jetzt besser!"

Ihr wäre fast der Unterkiefer heruntergeklappt.
Was hatte Sabine da gesagt?
Stand die verwaiste Mutter aufgrund ihrer Trauer so neben sich? Ilka hatte bereits die Türklinke hinuntergedrückt, um aus der übervollen Gaststätte ins Freie zu gelangen, da fiel ihr Blick auf den Zweiertisch in einer fast uneinsehbaren Nische. An ihm schien eine hitzige Diskussion im Gange. Leider verstummte sie schlagartig, als jemand mit Getöse die Eingangstür aufriss.
Ilka sah am Tisch in zwei vertraute Wildbacher Gesichter. Sie hatte lediglich Wortfetzen wie *Erpressung* und *viel zu lange geschwiegen* aufschnappen können. Zu gern hätte Ilka gewusst, worum es in dem verbalen Gefecht zwischen Jürgen Rudolph und Hans-Josef Herkenrath genau gegangen war. Worüber hatten die Männer da gerade gestritten? Hatte es am Ende gar irgendetwas mit dem Tod Natalies zu tun?

Ilka warf einen Blick auf ihre Armbanduhr.
Sie musste dringend nach Hause.
In ein paar Stunden begann Daniels Geburtstagsparty und sie wollte ihm zumindest noch ein wenig bei den letzten Vorbereitungen helfen. Dennoch blieb sie im Innenhof der *Burgschänke* noch einen kurzen Moment an der Außenmauer stehen.
Gedankenverloren blickte sie über das Hellenthaler Ländchen, das von hier oben fast malerisch zu ihren Füßen lag.
Plötzlich vernahm sie Schritte hinter sich.
Ilka drehte sich um. Sie sah Sabine mit zwei Frauen

und einem Mann auf sich zusteuern. Die drei lebten in der unmittelbaren Nachbarschaft ihrer Schulfreundin, Ilka kannte sie alle seit Kindertagen.
„Die Frau Kommissarin! Mit dir wollten wir uns gern mal unterhalten. Oder dürfen wir dich nicht mehr duzen?"
Hermann Klinkhammers Tonfall troff nur so vor Geringschätzigkeit.
„Was ist los?", fragte Ilka und sah hinüber zu Sabine, die mit vor der Brust verschränkten Armen neben ihm stand.
„Das fragst du noch? Seit fast einer Woche ist Natalie tot und du hast den Täter bis heute nicht verhaftet!"
„Aber wir wissen doch überhaupt noch nicht, wer..."
Schroff unterbrach er sie.
„Du bist keine mehr von uns, Ilka Landwehr! Statt endlich Wollscheid und diesen BMW-Fahrer dingfest zu machen, schnüffelst du lieber bei uns im Dorf herum!"
„Wie bitte?"
„Du weißt doch ganz genau, dass Natalies Mörder aus dem Heim für missratene Jugendliche da in Kall stammt! Und Rainer Wollscheid steckt mit ihm unter einer Decke. Ein gescheites Alibi hatte er ja nicht, das wissen wir! Oder glaubst du, wir wären blöd?"
Sabines Nachbar redete sich immer mehr in Rage.
„Und was unternimmst du? Nichts. Gar nichts!"
„Das ist doch nicht wahr!"
Solche Anfeindungen hatte sie noch nicht erlebt.
Doch hier in Wildbach war alles anders. Sie suchte in ihrer alten Heimat nach einem Mörder. Und dabei konnten sie eben nicht nur nach dem großen

Unbekannten Ausschau halten. Sie mussten auch, wie Klinkhammer sich ausdrückte, in Wildbach herumschnüffeln. Das war in der Tat völlig anders als in Euskirchen oder Mechernich oder sonst wo zu ermitteln, wo sie es ausschließlich mit Fremden zu tun gehabt hatten.
Du bist keine mehr von uns, hatte Hermann eben gesagt.
Das tat verdammt weh.
Ilka fühlte sich seltsam verunsichert, wollte sich das aber unter keinen Umständen anmerken lassen. Sie hatte sich doch nichts vorzuwerfen!
„Wir ermitteln in alle Richtungen...", sagte sie stattdessen lahm.
„Du hast einen unbescholtenen Lehrer um seine Existenz gebracht! Wegen ein paar harmloser Fotos! Die Weiber wollten sich doch unbedingt fotografieren lassen. Und nun ist Jürgen Rudolph der Gelackmeierte. Es ist doch immer das Gleiche!", schimpfte er weiter.
Anneliese Lautwein stimmte ihm zu.
„Du hast dafür gesorgt, dass in der Schule alle total aufgewühlt sind, weil du unsere Kinder mit Vorwürfen überschüttet hast anstatt ihnen in ihrer Trauer zu helfen", schrie sie. „Ich weiß das von meinem Kai! Den hast du ja auch befragt, als ob er ein Verbrecher wäre!"
Jetzt wurde es Ilka aber zu bunt.
„Ihr spinnt doch!" entfuhr es ihr. Im gleichen Moment ärgerte sie sich maßlos über ihre eigene Unbeherrschtheit.
„Bitte entschuldigt, aber Kai saß am Sonntag mit

Natalie im gleichen Bus", sagte sie so ruhig wie möglich und ballte dabei eine Faust in ihrer Jackentasche. „Und es ist doch ganz normal, dass wir Natalies Schulkameraden befragen! Wie sollen wir denn sonst etwas über sie erfahren?"
Jetzt rechtfertigte sie sich schon für ihre Ermittlungen.
Ja, war sie noch zu retten?
„Reicht dir das, was ich über meine Tochter erzählt habe, nicht aus?", fragte Sabine Knips mit zittriger Stimme.
Bevor Ilka etwas erwidern konnte, brach Sabine in Tränen aus.
„Ilka, verstehst du denn nicht, wie schlimm es für mich ist, dass du Natalies Mörder immer noch nicht gefunden hast?", brach es aus ihr heraus. „Du kannst nicht ahnen, wie schrecklich es ist, sein eigenes Kind zu verlieren. Aber nicht zu wissen, was mit ihm geschehen ist und wer sie getötet hat, ist fast genauso unerträglich!"
Sie kam ein Stück näher.
„Ilka versteh mich doch! Ich bin fertig mit der Welt. Ich kann nicht mehr! Seit Sonntagabend ist für mich nichts mehr wie es war. Ich komme nach Hause und da ist niemand mehr! Mein Kind ist tot..."
Sabine sank zu Boden.
Sie atmete kurz und stoßweise, kraftlos schlug sie mit der Faust auf das Kopfsteinpflaster. Ilka kniete sich neben sie und versuchte, ihre Schulfreundin vorsichtig an sich zu ziehen.
Sie ließ es zu.
„Hermann, kann jemand von euch Sabine nach Hause

bringen?"
„Das übernehme ich! Und du..." Er bohrte ihr seinen rechten Zeigefinger fast in die Brust. „Du sorgst endlich dafür, dass Wollscheid und dieser Heimbruder hinter Schloss und Riegel kommen!"
Er starrte sie feindselig an.
„Was denkt dein Vater eigentlich über seine einzige Tochter? Paul war immer so stolz auf dich", sagte er leise. „Und heute kannst du nicht mehr Freund vom Feind unterscheiden! Was ist nur aus dir geworden, Ilka Landwehr?"

Peter Bongardt kickte mit dem Fuß einen herumliegenden Plastikbecher mit einem Strohhalm darin auf der regennassen Straße *An der Olef* fort. Der Deckel sprang auf und Kaffee spritzte auf seine neuen, gerade noch blütenweißen Sneakers.
Der Kriminalassistent seufzte.
„Chef, jetzt sind wir zwei Stunden hier herumgelaufen und haben mindestens an dreißig Haustüren geklingelt. Keiner will Natalie und diesen Typen gesehen haben. Die ganze Aktion war umsonst!"
„Einen schwarzen BMW hat auch niemand am Straßenrand bemerkt", fügte Stettenkamp hinzu.
„Gehen wir zurück zum Auto. Wir haben alle Anlieger befragt. Mehr können wir hier nicht tun."
Peter Bongardt blickte auf seine verschmutzten Schuhe und rollte die Augen hinauf zum Himmel, an dem sich zum ersten Mal an diesem Tag die Sonne zeigte.
„So wie es aussieht, könnte das Wetter heute Abend bei Daniels Gartenparty doch noch gut werden. Ich...

ähm... ich bringe übrigens jemanden mit!"
Mehr wollte Peter nicht verraten.
Sie beschlossen, von Schleiden aus einen Abstecher nach Wildbach zu Matthias Backes zu machen - und hatten Glück. Der Bestatter war soeben von Natalies Beerdigung zurückgekehrt. Er bat sie ins Wohnzimmer, wo seine Frau in einem gemütlichen Ohrensessel gerade an einem blau-weiß gestreiften Sommerpulli strickte.
Stettenkamp und Bongardt gingen mit Matthias Backes noch einmal detailliert dessen Beobachtungen durch. Er schilderte sämtliche Einzelheiten genau so, wie er das bereits am Telefon getan hatte. Der Bestatter ließ weder etwas weg noch fügte er etwas hinzu. Lediglich was den schwarzen BMW anging, schien er sich nicht mehr sicher zu sein, ob es sich tatsächlich um ein neues Modell gehandelt hatte. Es könne auch ein älterer Wagen gewesen sein; wie schon gesagt, er interessiere sich einfach nicht besonders für Autos.
Stettenkamp dachte an Jochen Kuckelkorn.
Einer Eingebung folgend bat er Matthias Backes, jetzt auf der Stelle mit ihnen zum *Haus Franziskus* nach Kall zu kommen. Die Sache ließ ihm einfach keine Ruhe!
Er musste endlich wissen, ob Backes dort den Mann wiedererkennen würde, von dem er glaubte, ihn zusammen mit Natalie an der Olef gesehen zu haben. Der Bestattungsunternehmer blieb dabei: Es sei ein sportlicher Typ mit dunklem Zopf gewesen!
Stettenkamp überlegte.
Wenn es im Heim jemanden gab, der diesem Äußeren

entsprach, vielleicht war er dann auch derjenige gewesen, der Kuckelkorns Wagen am Sonntagnachmittag kurzgeschlossen hatte. Und war anschließend mit dem BMW nach Schleiden gefahren, um sich an der Olef mit Natalie zu treffen. Obschon, der Heimleiter hatte diese Möglichkeit aufgrund seines überprüften Kilometerzählers vehement bestritten...
Man würde sehen.
Stettenkamp rief Jochen Kuckelkorn an und hatte Glück. Der Heimleiter war im Dienst und erklärte sich bereit, ihnen Fotos sämtlicher Bewohner der Jugendhilfe-Einrichtung zu zeigen.
Eine Dreiviertelstunde später saßen sie bei ihm im Büro. Und erlebten dort eine ziemliche Überraschung...

Der Duft von Grillwürstchen und Steaks durchzog den mit Lampions geschmückten Garten, als Ilka aus der Holztür des Fachwerkhauses trat. Sie hatte Nele zu Bett gebracht, die mit ein paar anderen Kindern an diesem unerwartet warmen Maiabend so lange fröhlich herumgetollt war, bis sie vor Müdigkeit auf einer Bank im Festzelt eingeschlafen war. Ilka lächelte und ließ ihren Blick über die Partygäste schweifen. Fast alle waren gekommen: Daniels Freunde, von denen sie die meisten inzwischen recht gut kannte, seine Kollegen von der Sportredaktion, die mit einem eigens gemieteten Bus aus Köln in die Eifel gekommen waren. Außerdem Meike, mit der sie seit Schultagen verbunden war und die Conrads aus der Hundepension nebenan. Und natürlich ihr Vater,

der sich gerade bei einem Kölsch angeregt mit
Daniels Eltern unterhielt. Gerade kamen Alex und
Lisa Stettenkamp zusammen mit Peter Bongardt und
seiner attraktiven Begleiterin, die um einiges älter als
er zu sein schien, durch das schmiedeeiserne
Gartentor.

Sie freute sich und begrüßte die vier.
„Ilka, zwei Sätze zu unserem Fall, dann verlegen wir
uns aufs Feiern!" sagte Alex schmunzelnd. „Stell dir
vor: Peter ist es vor einer Stunde gelungen, dieses
Handy, das auf Greta van Dreyke angemeldet ist, für
ein paar Minuten zu orten! Und zwar auf dem Autobahnring um Amsterdam! Dann wurde scheinbar
wieder der Akku herausgenommen", erzählte er. Und
fügte hinzu: „Ich hatte ja schon jede Hoffnung
aufgegeben!"
„Seltsam... was hatte Natalie nur mit einem Mann aus
den Niederlanden zu schaffen?", überlegte Ilka.
„Das frage ich mich auch. Woher kannte sie ihn?
Vielleicht aus dem Internet", vermutete er. „Wir
haben ja bei Charly im Keller gesehen, wie schnell
bei *Knuddels* oder *YouNow* zwischen ihr und irgendwelchen Typen Kontakte zustande kamen."
Ilka nickte.
„Wir kümmern uns morgen sofort drum!"
„Genau! Ich habe die Kollegen aus den Niederlanden
vorsorglich schon einmal informiert."
Er machte eine kleine Pause und sah zu Peter hinüber,
der seiner Freundin gerade grinsend etwas ins Ohr
flüsterte.
„Ich habe aber noch mehr Neuigkeiten! Peter und ich

waren heute Nachmittag mit Matthias Backes noch im *Haus Franziskus*. Es gibt dort einen einzigen Mann, auf den die Beschreibung des Bestatters passen würde."
„Das hätte ich nicht gedacht!", murmelte Ilka.
„Weil uns seine Aussage und auch die von Erwin Lautwein merkwürdig vorkommen! Und je mehr ich darüber nachdenke, desto stärker ist das der Fall. Ilka, der Mann, den der Bestatter angeblich wiedererkannt hat, ist Kuckelkorns Stellvertreter Jan Schabulzki. Und der war am Sonntag überhaupt nicht in der Eifel, sondern das ganze Wochenende bei einem Junggesellenabschied auf Mallorca! Die Truppe ist erst am Montagmorgen zurückgeflogen."
Peter nickte.
„Schabulzki hatte sogar noch sein Flugticket in der Jacke. Wir haben uns zusätzlich bei *Air Berlin* erkundigt. Er stand für den 9.55h-Flug Palma de Mallorca - Köln/Bonn auf der Passagierliste."
„Das sind ja Neuigkeiten!", rief Ilka. „Wie kommt Backes denn dann zu so einer Behauptung? Hat er sich geirrt oder steckt mehr dahinter?"
Ihre Gedanken wanderten zu ihrer Begegnung mit Sabine und ihren Nachbarn nach der Beerdigung im Innenhof der *Burgschänke* zurück.
Alex hob die Schultern.
„Wir werden es herausfinden. Aber wohl nicht mehr heute. Jetzt wird erst mal gefeiert!"

Der DJ legte '*I will survive*' von *Gloria Gaynor* auf. Ilka fühlte sich in ihre Jugend zurückversetzt, in der sie beinahe keine Fete ausgelassen hatte, ob im

Gemünder *Lenz*, im Pfarrhaus der Hundhausens in Schleiden oder in den Vereinsheimen der Schleidener Ortschaften.
Während Alex gerade zusammen mit Daniel über irgend etwas lachte, stand Lisa ein wenig verlegen herum.
Ilka ging auf sie zu. Die beiden hatten sich bislang nicht häufig gesehen, kamen aber gleich miteinander ins Gespräch.
„Du weißt, dass ich ein paar Monate mit den Jungs weg war, oder?"
Ilka nickte.
„Es ist ein seltsames Gefühl, wieder hier zu sein."
Ilka freute sich über Lisas unerwartete Offenheit.
„Alex hat sicherlich mit dir über alles geredet." Sie lachte kurz auf. „Schließlich verbringt er mit dir die meiste Zeit des Tages."
Die Frauen ließen sich etwas abseits in zwei gemütlichen Gartenstühlen nieder, tranken ein paar Gläser Sekt und unterhielten sich prächtig. Ilka spürte, dass es Lisa gut tat, über das, was sie bewegte, sprechen zu können. Dabei klang sie sehr beherrscht - sogar ihr eigener westfälisch-trockener Humor drang einige Male durch - doch Ilka spürte auch Lisas tiefe Ratlosigkeit.
„Spätestens ab Montag geht der Alltag wieder los. Alex hat Ben und Moritz schon im Kindergarten zurückgemeldet, die Jungs freuen sich schon. Und für mich hat er einen Termin mit meinem alten Chef in der Lokalredaktion ausgemacht", erzählte sie. „In Alex' Augen ist alles im Lot. So kommt es mir jedenfalls vor", fügte sie hinzu. „Aber das ist es eben

überhaupt nicht! Ich vertraue ihm nicht mehr. Im Grunde seit seiner Affäre schon nicht mehr. Und ich weiß nicht, ob ich tatsächlich wieder mit ihm zusammenleben kann..."
Alex warf unterdessen immer mal wieder einen neugierigen Blick zu den Frauen hinüber. Ganz sicher würde er zu gerne wissen, worüber wir hier gerade sprechen, dachte Ilka und schmunzelte.
„Ihr habt so schwierige Zeiten miteinander gemeistert. Holt euch Hilfe, damit dein Vertrauen in ihn wieder wachsen kann", riet sie. „Alex ist ein typischer Mann: Anstatt zu reden und den Ursachen auf den Grund zu gehen, packt er halt den Werkzeugkasten aus."
Sie lachten.
Ilka schrieb ihr Meikes Telefonnummer auf einen Bierdeckel.
„Meine Freundin ist eine sehr gute Psychologin. Redet doch einfach mal mit ihr. Vielleicht bringt so ein Gespräch euch weiter."
In diesem Moment kam Alex wie zufällig zu ihnen herübergeschlendert.
„Darf ich mich zu euch setzen?"
Er reichte ihnen zwei Caipirinhas.
„Frauengespräche!", sagten Ilka und Lisa wie aus einem Mund und grinsten ihn an.
„Aha, verstehe!" Alex schien keineswegs beleidigt, als er zum DJ hinüberschlenderte.
Ein paar Minuten später ertönte *Status Quo's* Oldie *'Rockin all over the world'* im Garten und ein paar Gäste begannen, gutgelaunt auf dem Rasen zu tanzen.
„Das ist eins meiner Lieblingslieder...", murmelte

Lisa und sah zu ihm hinüber.
Ilka wollte gerade etwas erwidern. Doch stattdessen drang nur ein Krächzen aus ihrer Kehle.
Ihr Blick haftete starr an einer ihr unbekannten Frau im grauen Hosenanzug und kurzem Bobhaarschnitt, die sich selbstbewusst ihren Weg durch die Partygäste bahnte. Schließlich blieb sie am Grill stehen, um dem verdutzt dreinschauenden Geburtstagskind um den Hals zu fallen.
Das konnte nur Martina sein!
Daniels Ex-Freundin und Neles Mutter.
Ihr Herz raste.
Daniel hatte Martina zwar höflich eine Einladung an ihre neue Berliner Adresse geschickt, allerdings nicht damit gerechnet, dass sie erscheinen würde.
Schließlich glaubte er sie doch bei ihrem Einsatz als Auslandskorrespondentin für diesen Privatsender.
Daniel hatte ihr versichert, schon seit langem nichts mehr für Martina zu empfinden. An einem oberflächlichen Kontakt zu ihr wollte er jedoch festhalten - Nele wegen.
Seit Weihnachten hatte Martina allerdings nichts von sich hören lassen. Zu Jahresbeginn, als Daniel mit seiner Tochter bei Ilka eingezogen war, hatte Nele häufig den Wunsch geäußert, ihre Mama anzurufen. Doch egal zu welcher Tageszeit sie versucht hatten, Martina auf dem Handy zu erreichen, es meldete sich lediglich ihre Mailbox.
Mit dem stets leeren Versprechen, umgehend zurückzurufen. Nele war maßlos enttäuscht gewesen.
Von Martinas Eltern hatte Daniel erfahren, dass sie nach einem Streit jeden Kontakt zu ihnen

abgebrochen hatte. Die kurze Beziehung zu ihrem Münchener Freund, den er ratlos angerufen hatte, war schon nach ein paar Wochen in die Brüche gegangen. Daniel hatte um seiner Tochter willen begonnen, sich Sorgen um seine Ex-Freundin zu machen.
Bis er dann von Martinas Arbeitgeber erfahren musste, das Neles Mutter mit den Fernsehleuten über Handy und Skype täglich in reger Verbindung stand! Einige Wochen lang hatte Daniel seiner Tochter erklärt, die Mama sei in dem fremden Land sehr beschäftigt und müsse immerzu arbeiten. Doch schon bald fragte Nele nicht mehr nach Martina. Was allerdings in ihrer Seele vorging, wussten sie nicht recht. Das Mädchen zeigte sich im Kindergarten wie zu Hause fröhlich und unbeschwert, als habe sie sich zumindest nach außen hin ganz an die neuen Umstände angepasst. Und nun stand Martina nach fast einem halben Jahr in ihrem Garten, ließ sich an einem Stehtisch ein Steak servieren und plauderte dort mit Daniels Kollegen!
Er kam auf sie zu.
„Ich habe mit Martina genauso wenig gerechnet wie du", sagte er ruhig und zog sie an sich. „Aber du wirst sehen, so plötzlich wie sie um diese Zeit noch hier hereingeschneit ist, genauso schnell wird sie auch wieder verschwunden sein. Ich verstehe sowieso nicht, was sie hier sucht. Es muss ihr ja klar sein, dass sie Nele um Mitternacht hier nicht mehr antrifft."
Ilka stimmte ihm zu.
„Ich muss mich eben um das Bier kümmern, Schatz. Die Jungs kriegen das neue Fass allein nicht angeschlossen. Dann reden wir weiter."

Sie überlegte kurz und ging zu ihr herüber.
„Grüß dich! Martina?"
Die Frau nickte.
Sie tauschten ein paar Freundlichkeiten über das Fest aus. Nach einer Weile erkundigte sich Martina nach Nele.
„Ich bin ab morgen für zwei Wochen in Berlin. Dann muss ich zu meinem nächsten Auslandseinsatz. Ich würde meine Tochter gerne ein paar Tage bei mir haben."
Ilka war sprachlos.
Nicht wegen ihres Wunsches an sich, sondern weil sie damit einfach nicht gerechnet hatte.
„Das besprichst du am besten gleich mit Daniel", sagte sie schließlich.
Er stand bereits hinter ihnen.
„Da bin ich völlig dagegen! Martina, du meldest dich monatelang nicht, ich erfinde Ausrede um Ausrede, damit Nele nicht komplett aus der Spur gerät und nun tauchst du hier - mir nichts dir nichts - auf und willst sie quasi ausleihen, wie ein paar Schuhe!"
Er wurde immer lauter.
„Und wenn sie dir dann wieder lästig wird, bringst du sie zurück und wir können zusehen, dass sie wieder in den Takt findet. Das kommt überhaupt nicht infrage!"
Ilka nahm seine Hand in ihre und drückte sie besänftigend.
„Du hast nicht das alleinige Sorgerecht für Nele", zischte Martina. „Ich habe also die gleichen Rechte wie du!"
„Ich höre hier immer nur was von Rechten! Wer sorgt denn im Alltag für Nele? Wer sitzt denn abends an

ihrem Bett, wenn sie nicht schlafen kann? Wer tröstet sie, wenn sie sich wehgetan hat? Du etwa? Dir ist es doch noch zu viel, mit ihr zu te-le-fo-nieren!"
Einige Gäste, darunter Daniels Eltern, schauten bereits zu ihnen herüber.
Martina schwieg.
„Es ist vielleicht nicht der richtige Anlass und die richtige Zeit, um gerade jetzt darüber zu sprechen", meinte Ilka. „Martina, lass uns doch morgen in aller Ruhe darüber reden. Ich bin sicher, wir finden eine Lösung, die gut für Nele und auch für dich ist."
Sie schüttelte den Kopf.
„Ich übernachte heute bei einem Freund in Köln, der mit mir beim Sender arbeitet. Morgen Früh fahre ich zurück nach Berlin. Auf dem Weg würde ich Nele gern mitnehmen und eine Woche später zu euch zurückbringen."
Sie sah Daniel bittend an.
„Gib mir die Gelegenheit, diese Zeit mit meiner Tochter zu verbringen. Du weißt, dass ich anschließend wieder für Monate im Ausland bin."
Martina wirkte nun weicher, angreifbarer.
„Daniel, ich weiß, dass mir das typische Muttergefühl fehlt", sagte sie leise. „Aber glaube mir, für mich selbst ist das auch sehr schlimm. Ich habe lange gebraucht, um mir einzugestehen, dass ich nicht der Ort bin, an dem Nele am besten aufgehoben ist."
Ihre Stimme zitterte leicht.
„Und das tut verdammt weh."
Wortlos hob Martina zum Abschied die Hand und ging dann langsam hinüber zum Gartentor.

Alex hatte den Abend trotz der angespannten Stimmung zwischen Lisa und ihm sehr genossen. Gegen zwei Uhr brachen sie schließlich auf. Er setzte sich ans Steuer - Alkohol trank er so gut wie keinen im Bereitschaftsdienst - und steuerte den Wagen über die Wallenthaler Höhe in Richtung Eicks. Lisa legte während der Fahrt sogar kurz ihre Hand auf seinen Oberschenkel. Sie schien sich während Daniels Party entspannt zu haben.
Wir müssen das alles irgendwie wieder auf die Reihe kriegen, dachte Alex. Seine Gedanken wanderten zu Ben und Moritz, die jetzt hoffentlich sorglos in ihren Betten schliefen und darauf vertrauten, dass ihre Eltern sich nicht wieder trennten. Die unterkühlte Atmosphäre zwischen Lisa und ihm spürten sie genau, dessen war er sich sicher. Und das konnte für die Jungs ganz und gar nicht gut sein. Er selbst empfand diese Stimmung ebenfalls unerträglich.
Wir müssen morgen nochmal in Ruhe miteinander reden...
In die nächtliche Stille hinein klingelte sein Diensthandy.
„Alex, entschuldige bitte, dass ich dich störe! Ich hätte bis morgen früh gewartet. Aber einer meiner Leute meinte, du seiest auf einer Party und sicher noch wach."
Der Kollege hatte seinen Namen noch gar nicht genannt, aber Stettenkamp erkannte Meier von der Vermisstenstelle sofort.
„Markus, ich habe eh Bereitschaft. Was ist los?"
„Ich hoffe, es wird keine Sache für euch daraus", begann er, „ein fünfzehnjähriges Mädchen ist

verschwunden. Sie scheint von Zuhause ausgerissen zu sein."
Ein ausgebüxter Teenie, dachte Stettenkamp. Schlimm...
Allerdings wusste Meier doch am besten, dass die meisten Jugendlichen nach kurzer Zeit entweder gefunden wurden oder aber freiwillig nach Hause zurückkehrten.
In der Bevölkerung entstand durch die Medien häufig der Eindruck, die Zahl nicht aufgeklärter Vermisstenfälle sei dramatisch hoch. Tatsächlich aber betrug die Aufklärungsquote deutschlandweit annähernd neunundneunzig Prozent.
Für die Eltern, deren eigenes Kind verschwunden war, war das Ganze selbstverständlich eine unerträgliche Situation.
Aber wieso unkte Meier, der doch die Statistik kannte, es könne sich ein Fall für das KK11 daraus entwickeln?
„Woher stammt das Mädchen?", fragte Stettenkamp stattdessen.
„Aus Wildbach!"

Sonntag - 7. Tag

Mit ernsten Gesichtern saß die soeben von Polizeidirektor Groß aufgestellte Sonderkommission *Wildbach* um kurz nach acht um den langen Besprechungstisch herum.
Nicht nur Stettenkamp, Bongardt und Habig, sondern auch zwei Kolleginnen aus der Vermisstenstelle sowie Markus Meier, der noch in der vergangen Nacht die Eltern des Mädchens aufgesucht hatte, waren mit von der Partie. Ilka würde etwas später ebenfalls zu ihrem neuen Team hinzustoßen, obwohl sie eigentlich heute ihren dienstfreien Sonntag gehabt hätte.
„Die Suche nach Carlotta Blumenthal hat nun oberste Priorität", erklärte Groß, als sei das nicht ohnehin jedem im Raum längst klar. „Was trotzdem bedeutet", fuhr er fort, „dass Sie nun endlich den Mörder der kleinen Knips dingfest machen müssen! Die Öffentlichkeit zeigt immer weniger Verständnis. Und ich verstehe die Leute! Es gibt Verdächtige, aber keine Festnahmen."
Er klopfte unentwegt mit der flachen Hand auf der Tischplatte herum. „Ich habe nun aus gutem Grund eine SoKo aufgestellt. Auf den ersten Blick hat der Mord an Natalie Knips zwar nichts mit der ausgerissenen Carlotta Blumenthal zu tun. Aber unser Münsteraner aus der Provinz hat mich dann doch überzeugt", sagte er an Stettenkamp gewandt.
„Wir reden hier schließlich nicht über zwei Fälle, die sich in der Großstadt zugetragen haben, sondern in einem Kaff in der Eifel. In Wildbach ist außer dem

Mord an Karin Herkenrath vor fast sechzehn Jahren niemals ein Verbrechen geschehen. Finden Sie heraus, ob die Mädchen miteinander befreundet waren, ob es da Gemeinsamkeiten gab!"
Stettenkamp rollte innerlich die Augen zur Decke. Als ob sie das nicht ohnehin heute Morgen vorhatten! Vor den fünf Männern und zwei Frauen lag ein aktuelles Foto des verschwundenen Mädchens aus Wildbach. Die fünfzehnjährige Carlotta lachte auf dem Bild fröhlich in die Kamera. Das langhaarige, blonde Mädchen trug ein enges weißes Top, unter dem sich deutlich ihre schmale und dennoch bereits sehr weibliche Figur abzeichnete.
Ihre Eltern, so berichtete Markus Meier, hatten ihre Tochter auf einer zweitägigen Chorfahrt geglaubt, die die *Konrad-Adenauer-Schule* für dreiundzwanzig Jungen und Mädchen nach Altenkirchen ins Bergische Land organisiert hatte.
Das Ehepaar Blumenthal, das gemeinsam eine Hausarztpraxis in Hellenthal betrieb, habe Carlotta am Samstagabend gegen zwanzig Uhr zurückerwartet und in Schleiden vom Bus abholen wollen. Als sich jedoch außer ihnen beiden keine weiteren Eltern an der Schule eingefunden hatten, habe sie ein seltsames Gefühl beschlichen, so die Mutter. Ein Telefonanruf bei Carlottas Klassenlehrer hatte dieses noch erheblich verstärkt: Die Chorfahrt habe nämlich gar nicht dieses Wochenende stattgefunden, sondern sei erst für das kommende geplant, so der Pädagoge.
Meier erzählte weiter, Frau Blumenthal habe ihm beschämt eine Einverständniserklärung für den Ausflug am kommenden Freitag gezeigt, die sie selbst

vor ein paar Wochen unterschrieben hatte. Sie habe das korrekte Datum vor lauter Arbeit nicht mehr im Kopf gehabt, hatte sie sich mehrmals entschuldigt. Carlotta habe ganz selbstverständlich vor ein paar Tagen von der angeblichen Fahrt an diesem Wochenende gesprochen und sich von den Eltern am Freitagmorgen mit ihrer Sporttasche in der Hand bis zum Samstagabend verabschiedet.
„Als ich in der Nacht bei den Blumenthals war, schwante der Mutter natürlich längst, dass ihre Tochter sie belogen hatte", schloss Meier seinen Bericht.
Seit den frühen Morgenstunden war eine Bonner Hundertschaft mit Spürhunden im Einsatz und auch die örtliche Feuerwehr sowie zahlreiche Mitglieder des Deutschen Roten Kreuz sowie des Technischen Hilfswerks beteiligten sich an der Suche nach Carlotta.
„Ich schlage vor", sagte Stettenkamp an Polizeidirektor Groß gewandt, „Herr Meier und ich fahren jetzt gleich zu den Blumenthals. Je mehr wir über Carlotta und ihr Umfeld wissen, umso erfolgversprechender ist es, sie möglichst bald zu finden."
Er überlegte.
Vielleicht hatte die Fünfzehnjährige Streit mit ihren Eltern gehabt. Jugendliche rissen aus den unterschiedlichsten Motiven von zu Hause aus, aber Stress mit den Eltern hatten sie fast alle.
Sie mussten unbedingt wissen, bei wem das Mädchen hatte Unterschlupf finden können. Das Ärzteehepaar hatte, so berichtete Meier auf dem Weg zum Parkplatz, vor ihrem Anruf bei der Polizei natürlich bereits

den Freundeskreis ihrer Tochter abtelefoniert; in der Hoffnung, dass diese etwas wussten.
Vergeblich.

Ilka fühlte sich vollkommen zerschlagen, als sie gegen zehn Uhr endlich nach Euskirchen ins Kreishaus fuhr. Eigentlich hatte sie sich auf einen freien Sonntag gefreut, aber nun war alles anders.
Das ist kein Zufall!, hatte sie spontan gedacht, als sie von der vermissten Carlotta aus Wildbach erfahren hatte.
Nicht in so einem kleinen Dorf...
Ilka fühlte sich an den bleischweren Kopf.
Zwar hatte sie den ganzen Abend über eher wenig getrunken, doch bis sich die letzten Partygäste verabschiedet hatten, war es bereits vier Uhr morgens gewesen. Daniel und sie hatten noch das Nötigste aufgeräumt, anschließend jedoch kaum in den Schlaf gefunden.
Martinas Plan, Nele quasi aus heiterem Himmel für eine Woche mit nach Berlin zu nehmen, hatte sie aufgewühlt. Schweren Herzens hatte Daniel sich am Morgen dazu durchgerungen, ihrem Vorhaben zuzustimmen.
Sie platzt in unser Leben und will, dass wir nach ihrer Pfeife tanzen, hatte er sich aufgeregt.
Nele war bei dem unerwarteten Anblick ihrer Mutter kurz überrascht gewesen, dann hatte sie sich gleich wieder dem Ankleiden und Frisieren ihrer Puppen zugewandt. Auf Martinas Ansinnen, sie mitzunehmen, hatte Nele zunächst verhalten reagiert und verunsichert zwischen ihrer Mutter, Daniel und Ilka hin-

und hergeschaut.
„Ich will lieber hierbleiben..."
Daniel hatte sie auf den Arm genommen und ihr versichert, sie könne ruhig mitfahren; sieben Mal schlafen und sie sei ja wieder zurück. Ilka hatte gespürt, dass das, was er ihr sagte, nicht dem entsprach, was er wirklich dachte. Nele hielt ihren Vater weiterhin fest umklammert. Doch Martina malte Nele Berlin in den schillerndsten Farben aus: Sie würden Spielplätze besuchen, in einem Schwimmbad mit Riesenrutsche planschen, Eis essen und ein neues, tolles Spielzeuge gäbe es sicher auch in der Stadt.
„Gut, dann komme ich doch mit", hatte Nele daraufhin entschieden und mit Ilka zusammen eine Tasche sowie ihren rosafarbenen Trolley gepackt. Becks war die ganze Zeit über nicht von ihrer Seite gewichen und hatte immerzu versucht, Neles Hand zu lecken.
Ilka konzentrierte sich auf die Straße.
Gestern Abend hatte Martina ihr beinahe leid getan. Sicherlich wollte sie eine gute Mutter sein, hatte aber vielleicht, wie Daniel vermutete, nie in diese Rolle hineingefunden.
Sie fuhr in Kommern am Restaurant *I Sassi* vorbei. Einige Leute standen am Seeufer und schienen die wärmende Mittagssonne zu genießen.
Daniel hatte ihr einmal erzählt, dass Nele damals nicht geplant gewesen sei. Martina habe sich durch das Kind immerzu gebunden und unfrei gefühlt. Sie sei seit der Geburt der Kleinen noch rastloser geworden und habe keine innere Ruhe mehr finden

können. Er hatte gehofft, so Daniel, dass diese Gefühle sich durch das Leben mit dem Kind irgendwann legen würden. Doch das Gegenteil sei der Fall gewesen. Vor einem guten Jahr hatte er sich von Martina getrennt und das Sorgerecht für Nele mit ihr geteilt. Seine Ex-Freundin habe in den letzten Jahren oft depressiv gewirkt, hatte er erzählt - bis zu ihrem Entschluss kurz vor Weihnachten, für ihren Arbeitgeber ins Ausland zu gehen. Da sei sie regelrecht aufgelebt.
Daniels Schilderungen hatten in Ilka Mitgefühl geweckt, auch wenn es ihr schwer fiel, sich in Martina hineinzuversetzen - schließlich hatte sie kein Kind. Sicher ist es für beide gut, miteinander Zeit zu verbringen, dachte Ilka. Sie ließ das Fenster an ihrer Seite herunter und hoffte, dass der Fahrtwind bald für einen klaren Kopf sorgen würde.
Den würde sie heute nämlich dringend brauchen.

***

Ich hätte weiterhin mit dir geschwiegen, Herkenrath. Mein Leben lang.
Meine Entdeckung vergraben oder verbrannt und deine Lebenslüge weiterhin mit dir aufrechterhalten. Wegen Anna.
Und weil die Wahrheit keinem mehr nutzen würde, oder?
Doch ausgerechnet du lässt keine Gelegenheit aus, mich fertigzumachen. Schickst feige einen Schlägertrupp vor, der für dich die Drecksarbeit macht, während du dich im Dorf als Edelmann

*präsentierst. Der Herr Vorsitzende im Arbeitskreis
'Stolpersteine', gedenkt ehrbar den Opfern der
Massenmörder von Auschwitz und Birkenau.
Wildbach ist dir da nicht so nah.
Was ich von dir will?
Du sollst deine Schuld von damals sühnen!
Wider besseren Wissens hast du als angeblicher
Tatzeuge dafür gesorgt, dass ich wegen Mordes an
deiner Schwester in den Bau gekommen bin.
Ahnst du überhaupt, was es für mich bedeutet hat,
fünftausendvierhundertfünfundsiebzig Tage
unschuldig hinter Gittern zu verbringen?
Kennt deine Anna die Wahrheit?
Sei es drum.
Ich denke an Luisa.
Nach allem, was du mir angetan hast, will ich, dass
deine Tochter die Wahrheit erfährt!
Auf dem Weg ins 'Carpe diem' lasse ich die Nacht, in
der sich die Katastrophe meines Lebens
zusammenbraute, Revue passieren.*

*Ich brauchte damals dringend Geld, um an Drogen
zu kommen. Ohne war mein Leben einfach nicht
auszuhalten gewesen. Zumindest hatte ich es damals
so empfunden.
Das Haus der Herkenraths liegt am Waldrand, kein
direkter Nachbar rechts und links. Die Rollladen
waren nicht herabgelassen. Es hatte keine Minute
gedauert, bis ich fast lautlos die Terrassentür aufge-
hebelt hatte und ins Wohnzimmer geschlüpft war.
Doch dann erschrak ich mich beinahe zu Tode:
Auf dem weißen Teppichboden lag reglos Hans-Josefs*

ältere Schwester Karin, die Augen vor Schreck noch weit aufgerissen!
Instinktiv beugte ich mich über sie.
Ich versuchte, ihren Pulsschlag zu fühlen. Doch in Karins noch warmem Körper war kein Leben mehr.
Was nun?
Die tote Frau hatte mich zwar schockiert, doch nichtsdestotrotz dachte ich weiter fieberhaft an Geld, damit mein Dealer ein paar Gramm Marihuana herausrücken würde.
Wahllos riss ich die Schubladen des schweren Eichenschranks auf, fand tatsächlich einen Hundert-Mark-Schein darin und wollte mich nun schleunigst damit aus dem Staub machen.
Nervös stieß ich gegen den Esstisch.
Ein dicker Stapel zusammengehefteter Blätter knallte mir vor die Füße. Ich hob ihn hektisch auf und warf neugierig einen sekundenschnellen Blick auf die oberste Seite.
Der Inhalt verschlug mir den Atem!
So sehr, dass ich trotz der längst fälligen Flucht noch hastig das Manuskript aufschlug. Ich konnte einfach nicht anders.
Was war mir da in die Hände gefallen?
Das Ganze dauerte keine drei Wimpernschläge. Just in diesem Moment tauchte Hans-Josef im Wohnzimmer auf; trotz der nachtschlafenden Uhrzeit wirkte er hellwach und irgendwie verschwitzt.
Wutschnaubend stürzte er sich auf mich. Doch dann hielt er abrupt inne und sein eben noch finsterer Blick hellte sich auf - als habe er einen wertvollen Geistesblitz gehabt!

Das dem damals tatsächlich so gewesen war, wurde mir endgültig nach seinem Meineid bei Gericht klar. Durch die offene Terrassentür floh ich hinaus in den Garten und rannte die düstere Kirchstraße hinauf.
Ein Versteck, schoss es mir durch den Kopf, ich brauche ganz dringend ein Versteck für Karins Manuskript!
Die Polizei würde mir gleich auf den Fersen sein.
Zu meiner Linken lag der alte Friedhof.
Genau, das war die Lösung! Ich eilte die Stufen zum Eingang hinauf hinüber zu Mutters schlichtem Grab, hob die billige, lockere Platte ein wenig an und schob den Papierstapel sorgsam darunter.
Wie oft habe ich im Knast an das Versteck gedacht! Würde das Grab meiner Mutter überhaupt noch existieren?
Ich hatte keine Ahnung, wann es von der Gemeinde eingeebnet werden würde. Während des Schützenfestes vor zwei Wochen habe ich die Gelegenheit zu später Stunde genutzt. Das ganze Dorf war auf den Beinen und sogar die selbsternannte Bürgerwehr zog es an jenem Abend vor, Bier und Schnaps zu frönen statt sich schon wieder an meine Fersen zu heften. Ich konnte mein Glück kaum fassen: Niemand hatte sich in den letzten fünfzehn Jahren um die letzte Ruhestätte Elisabeth Wollscheids gekümmert. Der Blätterstapel lag tatsächlich noch unversehrt in seinem Versteck!

Im Internetcafé angekommen, atme ich erleichtert auf.
Hubertine ist wieder im Dienst und lächelt mir sogar

*aufmunternd zu. Es ist angenehm leer und ich setze mich auf meinen angestammten Platz in der Ecke.
Zwei Klicks und ich bin im Netz!
Ein paar pickelige Jugendliche aus dem Junggesellenverein beäugen mich misstrauisch, doch der Blick auf den Bildschirm bleibt ihnen dank der resoluten Hubertine verwehrt.
Ich habe Glück. Luisa ist bei Facebook angemeldet! Ich kann ihr also schreiben.
Den Anfang zu finden ist das Schwierigste. Ich tippe und lösche im Wechsel. Doch nach einer halben Stunde schicke ich die Nachricht endlich ab.
„Liebe Luisa, bitte lies meine Nachricht an dich und versuche, das, was du über mich zu wissen glaubst, für ein paar Minuten beiseite zu schieben. Ich habe dir so vieles zu sagen. Und hoffe so sehr, dass es dazu kommt. Doch das Wichtigste vorweg: Ich habe deine Tante Karin nicht ermordet, ihr nicht mal ein Haar gekrümmt. Sie war schon tot, als ich damals den Fehler meines Lebens begangen habe, bei euch einzubrechen. Das schwöre ich dir bei allem, was mir heilig ist. Bei meinem Einbruch habe ich etwas entdeckt, Luisa, was ich dir anvertrauen möchte: Ein Buchmanuskript deiner Tante Karin, das sie offensichtlich ganz kurz vor ihrem Tod erst fertiggestellt hat und veröffentlichen wollte. Sie hat dir das Buch gewidmet - und deshalb ist es mir so wichtig, dass es dir nicht vorenthalten bleibt!
'Heinrich Herkenrath - Dem Schweigen ein Ende!', so lautet der Titel.
'Für Luisa - Möge die nächste Generation frei von der überlieferten Schuld, der Scham und der Last der*

*Rätsel nazibrauner Vergangenheit aufwachsen.'
Du warst in Israel, engagierst dich in Wildbach
gegen das Vergessen. Vielleicht siehst du die Dinge ja
genauso wie deine Tante sie sah. Eine Kopie des
Manuskripts liegt für dich unter dem kleinen Findling
in meinem Vorgarten versteckt.
Wie du damit umgehst, sollst nur du entscheiden!"*

***

Petra Blumenthal riss nach dem ersten Klingeln der
Kommissare die Haustür des großzügigen, aber nicht
protzigen Einfamilienhauses auf. Ihr ungeschminktes
Gesicht war bleich und um ihre Augen lagen tiefe
Schatten. Ihr Mann Walter sprang von seinem
Küchenstuhl auf, als Stettenkamp und Meier ins
Zimmer traten. Auf dem Tisch lagen ein
Festnetztelefon sowie zwei Handys.
„Wir haben Ihre Tochter noch nicht gefunden", sagte
Markus Meier vorsichtig. „Aber unsere Hundertschaft
sucht mit Hochdruck, das können wir Ihnen
versichern. Wir tun alles, damit Carlotta bald wieder
zu Hause ist."
Das schien vor allem die Mutter nicht sehr zu
beruhigen. Sie verschüttete den Kaffee, den sie
eigentlich den Polizeibeamten hatte einschenken
wollen. Ihr Mann ging ihr schweigend zur Hand und
streichelte ihr mit einer hilflosen Geste kurz über den
Rücken.
Stettenkamp befragte Petra und Walter Blumenthal
nach möglichen Problemen in der Schule.
Carlotta sei über Jahre eine Einser-Schülerin

gewesen, der alles zugefallen sei. Seit zwei Monaten allerdings habe sie die Schule völlig links liegenlassen und nur noch schlechte Noten geschrieben. Mehrmals, so die Eltern, hätten sie das Gespräch mit ihrer Tochter gesucht, jedoch nur patzige Antworten erhalten. Auch der Klassenlehrer habe sich ihre Wandlung nicht erklären können und diese ratlos einer pubertären Phase zugeschrieben.
„Hat es einen größeren Streit zwischen ihnen gegeben?"
Die Mutter seufzte und warf ihrem Mann einen flüchtigen Blick zu, der dem Kommissar nicht entging. Walter nickte ihr zu.
„Ja, den hat es in der Tat gegeben!"
Sie berichtete freimütig von Carlottas Tête-à-tête mit einem ihnen unbekannten - in ihren Augen auch viel zu alten - Freund vor ein paar Tagen in ihrem Zimmer. Er habe ihrer Tochter zu allem Überfluss auch noch, so drückte die Mutter sich aus, nuttige Unterwäsche geschenkt, die sich inzwischen allerdings im Hausmüll befinde. In Carlottas Bett hätten sie zusammen Sekt getrunken!
„Wir wissen nicht mal, wie der Typ heißt, wie alt er ist und wo er herkommt!", erklärte sie. „Und Carlotta ist gerade einmal fünfzehn Jahre alt!", schloss sie.
„Wir waren so sauer, dass wir ihr bis auf Weiteres Hausarrest erteilt haben. Ich meine, wir können doch nicht alles zulassen!"
Stettenkamp nickte.
Er konnte Petra Blumenthal verstehen.
„Halten Sie es für möglich, dass Carlotta bei diesem Mann ist?"

„Nein, das glaube ich nicht", sagte sie schwach.
Sie hofft es nicht, dachte der Kommissar.
„Ich habe heute Morgen noch einmal mit ihren Freundinnen telefoniert", berichtete die Mutter.
„Niemand von ihnen weiß angeblich etwas über diesen Typen. Nicht mal seinen Namen! Mädchen reden doch über so etwas! Ich finde das sehr seltsam."
„Hm... erzählen Sie mir etwas über ihre Tochter", bat er die Eltern.
Wieder sprach die Mutter.
Walter Blumenthal starrte mit zittrigen Händen vor sich hin.
„Wo fange ich am besten an? Wir hatten noch eine zweite Tochter, Carlottas Zwillingsschwester Sophia", sagte sie langsam. „Sie ist vor sechs Jahren an Leukämie gestorben. Im Grunde sind wir immer noch nicht über ihren Tod hinweg. Nicht wahr, Walter?"
Ihr Mann nickte.
„Carlotta und Sophia waren so etwas wie seelenverwandt. Man hört das ja häufiger bei eineiigen Zwillingen und bei den beiden war es tatsächlich so. Die eine wusste, was die andere dachte. Noch heute spricht Carlotta abends mit ihrer toten Schwester und erzählt ihr, was sie am Tag so erlebt hat, das bewegt mich jedes Mal, wenn ich es zufällig höre." Sie sah nachdenklich aus dem Fenster. „Vom Wesen her waren die Mädchen allerdings recht verschieden. Sophia haben wir immer als ruhig und zurückhaltend erlebt. Carlotta hingegen war damals, als Sophia starb, schon anders. Und heute ist sie das krasse Gegenteil!"
„Was meinen Sie damit genau?"

Zum ersten Mal schaltete sich der Vater ins Gespräch ein.
„Carlotta steckt mitten in der Pubertät und legt ein dementsprechendes Verhalten an den Tag", sagte der Mediziner ruhig. „Ständig sprengte sie alle Grenzen, die wir ihr setzten. Hätten wir unsere Tochter gelassen, wäre sie nur noch mit ihrer Clique herumgezogen und hätte mit ihnen Partys gefeiert. Freitags und samstags ist sie ja ohnehin dauernd auf irgendwelchen Feten. Und da wird kein Kamillentee getrunken, das kann ich Ihnen versichern. Die Mädchen stehen den Jungen in puncto Alkohol heute nichts mehr nach. Im Gegenteil!"
Seine Frau legte ihm die Hand auf den Unterarm.
„Wir haben früher auch gern gefeiert, Walter. Und Carlotta war doch bis vor ein paar Monaten wirklich eine sehr gute Schülerin. Wir mussten uns lange Zeit überhaupt keine Sorgen um sie machen. Sie singt außerdem im Schulchor und gibt ab und zu Nachhilfeunterricht", fügte sie hinzu.
„Das stimmt", sagte Walter Blumenthal. „Aber in letzter Zeit hat sie das doch alles schleifen lassen! Die Neuntklässlerinnen interessieren sich heutzutage mehr für Schminke, Klamotten und Jungs als für eine sinnvolle Freizeitgestaltung."
„Hat Carlotta weitere Hobbys oder ist sie in einem Verein?"
Stettenkamp wollte unbedingt mehr über ihr Umfeld außerhalb der Schule erfahren.
„Nein", antwortete ihr Vater. „Unsere Tochter surft lieber stundenlang im Internet herum. Natürlich behauptet sie immer, das sei alles für die Schule. Wer

es glaubt, wird selig! Als ich ihr mal erzählt habe, dass es in unserer Jugend weder Mobiltelefone noch Internet gab, bin ich in ihren Augen endgültig zum Alien mutiert."
Das klingt alles nach einem ganz normalen Teenager, dachte Stettenkamp.
„Wir würden gern den Computer ihrer Tochter mitnehmen", bat Markus Meier, „vielleicht liefert er uns wichtige Anhaltspunkte!"
„Selbstverständlich. Ich hole das Ding!"
„Ich komme mit." Stettenkamp erhob sich. „Denn ich möchte mir noch ihr Zimmer ansehen."
Walter Blumenthal zuckte mit den Achseln.
„Tun Sie das. Uns ist alles recht, Hauptsache es trägt dazu bei, dass unsere Tochter möglichst bald wieder zurück ist."
Seine Frau nickte und stand ebenfalls auf.
„Ich mache mir solche Vorwürfe", sagte sie auf dem Weg ins Obergeschoss. „Hätte ich das Datum der Chorfahrt im Kopf gehabt, wäre das alles nicht passiert. Walter und ich waren letzte Woche auf einem Ärztekongress in Köln und in den Tagen danach war in der Praxis die Hölle los. Mein Kopf war voll mit tausend Dingen, nur nicht mit dem Termin dieser Fahrt!"
„Frau Blumenthal", sagte Markus Meier sanft. „Eine Fünfzehnjährige, die von zu Hause ausreißen will, findet immer einen Weg. Es sei denn, sie wäre an Ketten gelegt."
„Da haben Sie sicher recht", meinte die Hausärztin. „Aber ich mache mir keine Illusionen. Würden wir nicht ständig mit Carlotta aneinandergeraten, wäre sie

nicht abgehauen. Mein Gefühl als Mutter sagt mir, sie wollte endlich frei sein von den ewigen Diskussionen in der letzten Zeit um falschen Freunde, um die Ausgehzeiten am Wochenende, um die Surferei im Internet und tausend Sachen mehr." Sie fuhr fort.
„Wenn Carlotta im kürzesten Rock zur Schule wollte und sich geschminkt hatte, als sei sie in den Malkasten gefallen, haben wir uns schon morgens um sechs gestritten. Erst in der letzten Woche habe ich in ihrem Kleiderschrank dermaßen aufreizende Klamotten gefunden, die ich noch nie an ihr gesehen habe und die wir auch nicht bezahlt haben!"
Sie drehte sich oben auf der Treppe um.
„Carlotta hat sich in der letzten Zeit so stark verändert, ich verstehe das alles nicht. Und mein Mann schon dreimal nicht", sagte sie leise. „Ich bin in größter Sorge und möchte daher offen zu Ihnen sein. Wie sollen Sie sonst auch einen Anhaltspunkt für Ihre Suche haben?"
Stettenkamp lächelte ihr zu.
„Frau Blumenthal, das, was Sie mir erzählen, behandeln wir absolut vertraulich. Sagen Sie, gibt es abgesehen von Carlottas Klassenkameraden irgendwo Verwandte oder Bekannte, wo sie untergekommen sein könnte?"
Sie schüttelte den Kopf.
„Ich habe jeden, der uns im Entferntesten eingefallen ist, angerufen. Das können Sie mir glauben!"
Sie sahen sich sorgfältig in Carlottas Zimmer um, suchten in Schubladen und Schränken nach einem Hinweis - vielleicht auf diesen älteren Freund - fanden jedoch nichts.

„Carlotta hat ihre Spardose geplündert!", fiel ihrer Mutter allerdings auf. „Um die dreihundert Euro müssten darin gewesen sein..."
Ihr blasses Gesicht hellte sich für einen Moment auf.
„Sie hat doch ihr Handy mitgenommen, aber die Mailbox ist leider nicht mehr aktiviert. Könnten Sie über das Ding nicht feststellen, wo sie steckt? Ich meine, die Polizei müsste da doch Möglichkeiten haben!"
Markus Meier seufzte.
„Das versuchen wir seit letzter Nacht. Bisher aber leider vergeblich!"
Es ist schon sehr seltsam, überlegte Stettenkamp. Weder Natalies Handy noch das von Carlotta ist zu orten.
„Sagen Sie, wie gut kannte Ihre Tochter eigentlich Natalie Knips?", wollte Meier wissen.
„Sie kannten sich schon recht gut, aber miteinander befreundet waren die Mädchen eigentlich nicht", erzählte die Mutter. „So genau habe ich das zwar nicht mitbekommen, aber Natalie rief häufiger hier an oder klingelte nachmittags schon mal bei uns. Jedenfalls suchte sie Carlottas Nähe. Beim Feuerwehrfest vor ein paar Wochen zum Beispiel, da ging die Initiative immer wieder von Natalie aus, mit Carlotta ins Gespräch zu kommen. Ich dachte noch, sie habe vielleicht einen guten Einfluss auf unsere Tochter, denn sie wirkte immer so ruhig und interessierte sich wohl mehr für Pferde als für Jungs. Aber es ist leider nie eine richtige Freundschaft zwischen ihnen entstanden. Natalie ist ja auch ein Jahr jünger", fügte sie hinzu.

Markus Meier räusperte sich.
„Wussten Sie beide eigentlich, dass Jürgen Rudolph Fotos Ihrer Tochter gemacht hat?"
Die Blumenthals verneinten.
Carlottas Vater ließ sich blass auf das Bett seiner Tochter fallen und rieb sich die Schläfen.
Stettenkamp zog die Aufnahme aus der Tasche, die Natalie und Carlotta zusammen in Badebekleidung am Manscheider Bach zeigte.
Die Mutter fand als Erste die Sprache wieder.
„Warum macht ein Lehrer solche Bilder?", fragte sie verwirrt.
„Ich frage mich eher, warum Carlotta sich derart ablichten ließ!", sagte Blumenthal wütend.
Stettenkamp nickte.
„Wir sind gerade dabei, diese Fragen zu klären. Hat Carlotta Ihnen jemals etwas über Jürgen Rudolph erzählt?"
„Nein. Soweit ich weiß, hat er die 9c gar nicht unterrichtet."
Bevor sie das Haus verließen, nahmen sie noch eine Personenbeschreibung des Mannes auf, mit dem Petra Blumenthal ihre Tochter in ihrem Zimmer erwischt hatten. Doch die erwies sich als recht vage.
Ungefähr fünfundzwanzig Jahre alt, ein Meter achtzig groß, schlank, braunes, welliges Haar - das konnte die Suche nach der berühmten Nadel im Heuhaufen werden!

„Charly wird Carlottas Laptop heute Nachmittag unter die Lupe nehmen, er kommt gleich extra dafür ins Haus!"

Stettenkamp schob sich hastig ein Stück seiner Pizza Quattro Staggioni in den Mund. Seit langem nutzten er und seine Mannschaft an diesem Sonntag ein Arbeitsessen im *Fontana di Trevi*, um sich zu besprechen.

„Carlotta hatte ihren Computer durch ein Passwort geschützt, das ihre Eltern natürlich nicht kannten", fügte er mit fast leerem Mund hinzu. „Ich wette, Charly wird in ihrem Browserverlauf einiges finden, sofern sie ihn nicht gelöscht hat. Walter Blumenthal deutete ja schon an, dass seine Tochter sehr internet-affin gewesen sei."

Ilka seufzte leise.

„Wie fast alle Jugendlichen heutzutage. Ich glaube, da bilden Natalie und Carlotta überhaupt keine Ausnahmen", meinte sie. „Sie wachsen damit auf, soziale Kontakte in Netzwerken wie *Knuddels* oder *Facebook* genauso zu pflegen wie auf dem Schulhof oder im Sportverein. Ich bin gespannt, ob Carlotta auch Videos von sich bei *YouNow* eingestellt und dort wie Natalie alles von sich preisgegeben hat..."

Stettenkamp winkte den jungen Kellner herbei, bestellte für alle noch einen Espresso und orderte die Rechnung.

„Das wird uns Charly bald sagen können", meinte Peter Bongardt optimistisch. „Selbst wenn Carlotta den Browserverlauf gelöscht hat wird er im Cache nachsehen, welche Seiten sie besucht hat. Dort ist in den Dateien schließlich der Internetverlauf abgespeichert."

„Für mich ist das alles chinesisch!", stöhnte Habig.

Sie lachten.

„Carlotta scheint ein völlig anderer Typ Mädchen zu sein als Natalie", sagte Ilka nachdenklich. „Ich habe eben mit ihrer Klassenlehrerin telefoniert. Sie beschrieb Carlotta als sehr beliebte Schülerin mit vielen Freundinnen und Freunden. Ihr Vater sieht in ihr das aufmüpfige Partygirl, das etwas erleben will. Da haben wir doch von Natalie Knips ein ganz anderes Bild!"
„Die Blumenthals machen auf mich einen überaus fürsorglichen Eindruck", sagte Stettenkamp. „Ich glaube, Carlotta wächst bei ihnen sehr behütet in gut situierten Verhältnissen auf. Vielleicht fühlt sie sich aber mit ihren fünfzehn Jahren allmählich eingeengt und sucht gerade deshalb nun die große Freiheit - wo und mit wem müssen wir dringend herausfinden!"
„Das könnte gut sein", meinte Ilka. „Wisst ihr, was mich stutzig macht? Einerseits sehen wir erst einmal keine Parallelen zwischen den beiden Schülerinnen. Die Mädchen waren nicht wirklich miteinander befreundet, auch wenn Natalie Carlotta vielleicht bewundert hat. Aber andererseits..." Sie schwieg einen Augenblick. „Waren offenbar beide mit Männern befreundet, die deutlich älter waren als sie. Das halte ich nicht für einen Zufall! Ich meine, mit vierzehn oder fünfzehn orientiert man sich doch eher an Jungen, die vielleicht zwei, drei Jahre älter sind. Aber doch nicht unbedingt an Mitte Zwanzigjährigen! Sowohl Matthias Backes als auch Carlottas Mutter sprachen aber von erwachsenen Männern diesen Alters. Die zudem weder deren Freundinnen noch deren Eltern bekannt waren. Das ist doch komisch!"

Zurück im Kreishaus telefonierte Stettenkamp zunächst mit dem Einsatzleiter der Hundertschaft, die weiterhin mit Spürhunden, die Carlottas Geruch durch getragene Kleidung aufgenommen hatten, fieberhaft nach der Vermissten suchten.
Unterdessen rief Ilka fünf Schulkameraden an, die im gleichen Bus wie Carlotta von Wildbach nach Schleiden zur Schule fuhren. Unabhängig voneinander bestätigten sie, dass Carlotta am Freitagmorgen - anders als sonst - nicht in den Schulbus eingestiegen sei.
Ihrer besten Freundin Laura hatte Carlotta allerdings am Donnerstagabend eine *Whatsapp*-Nachricht geschickt. Sie habe Fieber und werde am nächsten Tag nicht zur Schule kommen. Laura möge die Klassenlehrerin informieren, eine Entschuldigung der Eltern reiche sie am Montag nach.
„Mein Gefühl sagt mir, dass Carlotta zusammen mit diesem Typen abgehauen ist", sagte sie, als sie sich erneut mit Markus Meier und seinen beiden Kolleginnen aus der Vermisstenstelle beriet. „Ihre Mutter hat die beiden in flagranti erwischt, ist ausgerastet und hat ihrer fünfzehnjährigen Tochter Hausarrest erteilt. Das wird Carlotta so wütend gemacht haben, dass sie zu diesem Mann geflüchtet ist. So könnte es doch gewesen sein!"
Stettenkamp nickte.
„Das glaube ich auch. Ich hoffe ja, dass wir etwas über ihn herauskriegen, wenn Charly den Laptop geknackt hat. Ich hab ihn gerade angerufen. Der Meister ist gerade dabei, sämtliche Passwörter zu knacken. Anders als Natalie ist Carlotta nämlich

deutlich cleverer vorgegangen, ihre Daten zu verschlüsseln."
Peter Bongardt sah von seinem Bildschirm auf.
„Carlottas Freundin Laura hat auf *Facebook* einen Suchaufruf nach ihr mit einem Foto gestartet. Er ist deutschlandweit schon zigmal geteilt worden, habe ich gerade gesehen! Das könnte uns weiterbringen..."

***

Liebe Sophia, etwas ganz Schlimmes ist passiert.
Ich bin vollkommen durch den Wind.
Endlich bin ich allein und kann dir mein Herz ausschütten.
Jack habe ich seit gestern nicht mehr gesehen. Ich kapiere das nicht. Ich hoffe, ihm ist nichts passiert!
Falls doch, wäre es allein meine Schuld.
Tief durchatmen und der Reihe nach...
Also:
Heute Morgen sind zwei seiner angeblichen Freunde in unser Zimmer gekommen. Du erinnerst dich, diese Typen, die mich in seiner Wohnung in Euskirchen so doof befummelt hatten, obwohl ich das nicht wollte. Aber das ist noch längst nicht alles.
„Du willst Jack aus der Patsche helfen, Kleine?", fragte der eine mit ganz ekelhaftem Grinsen. Ruud heißt er.
„Dann fang mal gleich an, seine Schulden abzuarbeiten."
Er packte mich ganz grob an den Schultern und befahl mir: „Los, zieh dich aus!"
Vorher nahm er mir mein Handy weg. Ich war

sprachlos, habe mich aber natürlich gewehrt! Er zerrte so heftig an meinem Shirt, dass es zerriss. In diesem Augenblick klopfte es an der Tür und ich hoffte noch auf Jack. Er würde all das niemals zulassen und mich beschützen, das weiß ich genau. Aber statt Jack kam ein erwachsener Mann im Anzug und einer Aktentasche herein. Sophia, er war bestimmt so alt wie Papa, mindestens!
„Heinz, mein lieber Freund", sagte Ruud zu ihm, „wir haben Frischfleisch aus der Eifel für dich! Blutjung und zu allem bereit, was dir Spaß macht!"
Ich starrte die beiden völlig entsetzt an.
Der Mann grinste ihm ganz komisch zu, warf sein Jackett über einen Stuhl und zog aus seinem Portemonnaie einen Fünfhundert-Euro-Schein.
„Ich hoffe, die Kleine ist die Kohle wert!", sagte er mürrisch und wedelte mit dem Geldschein vor Ruuds Gesicht.
In seiner Geldbörse sah ich das Stück eines Fotos. Neben ihm standen eine Frau und drei Teenie-Mädchen. Sophia, es war ganz sicher seine Familie! Und nun wollte er mit mir gekauften Sex haben, dabei hätte ich seine Tochter sein können!
Er warf sich auf mich und fing an, meinen Busen und die Innenseiten meiner Oberschenkel zu streicheln. Ich machte mich ganz steif. In meinem Kopf rauschte es wie wild und ich konnte nicht mehr denken. Er steckte seinen Penis in meine Scheide und brüllte: „Los, nun mach's mir, du dämliche Nutte!"
Ich habe dabei Schmerzen erlebt wie noch nie in meinem Leben, Sophia!
Ich dachte, er zerfetzt mir den Unterleib.

Gleich ist es vorbei, gleich ist es vorbei, sagte ich mir immer wieder, doch es half mir nicht. Irgendwann fühlte ich gar nichts mehr.
Als nächstes spürte ich die schallende Ohrfeige in meinem Gesicht. Meine rechte Wange brannte.
Der Mann rief nach Ruud, der offenbar vor der Tür gewartet hatte. Jedenfalls kam er gleich ins Zimmer geschossen. Der Typ verlangte sein Geld zurück und schrie: "Nochmal so 'ne Nummer und ich suche mir einen anderen Laden! Die blöde Schnalle bringt es ja überhaupt nicht."
Als er seinen Schein wiederhatte, stürmte er hinaus. Ruud stürzte sich mit knallrotem Gesicht auf mich. Er schlug mir mit der geballten Faust gegen Arme und Beine und trat mir in den Bauch. Sophia, wäre doch nur Jack dagewesen!
Er hätte das alles doch niemals zugelassen und mich beschützt. Das hat er mir doch versprochen!
Stattdessen ging es weiter.
"Du kriegst jetzt eine letzte Chance, Jack zu helfen", schrie Ruud mich an. "Wenn du dich allerdings wieder so blöd anstellst, machen wir deinen Freund kalt und du wirst ihn höchstens tot noch einmal wiedersehen!"
Sophia, ich bin fast gestorben vor Angst!
"Trink das", befahl er mir und zwang mich, ein Glas mit einer klaren Flüssigkeit zu trinken.
Es schmeckte widerlich.
Kurze Zeit später platzte ein noch älterer Mann mit fettigem Haar und riesigen Pranken ins Zimmer.
Ruud nannte ihn Claas, sie schienen sich ebenfalls zu kennen. Ohne ein Wort zu sagen zog auch Claas

einen Fünfhundert-Euro-Schein hervor.
Ich lag stocksteif auf dem Bett, während Ruud mich mit seinen glasig-grauen Augen eisig fixierte. Ich fühlte mich noch erbärmlicher, weil ich nun genau wusste, was in ein paar Minuten mit mir passieren würde. Claas zog sich wortlos aus und starrte mich an.
Dann rief er nach Ruud.
„Die Kleine ist mir zu alt!", schrie der Mann. „Die ist doch mindestens vierzehn!"
Ich schwankte zwischen Entsetzen über das, was er da gesagt hatte - aber auch der Hoffnung, ich käme diesmal davon.
„So ein Quatsch, Claas, sieh dir doch ihre winzigen Titten an, die ist noch ein Kind! Jack hat sie quasi im Konfirmationsunterricht aufgegabelt!"
Er lachte schäbig.
„Jetzt versuch es schon mit ihr! Wenn sie dich enttäuscht, gibt es die Hälfte der Kohle zurück, so wie immer. Aber das wird nicht passieren. Nicht wahr, Carlotta?", fragte Ruud mit drohendem Unterton in der Stimme.
Er wollte schon hinausgehen.
„Nein, Ruud, bleib!", sagte Claas und wandte sich an mich.
„Du treibst es doch am liebsten mit zwei Typen gleichzeitig!"
Ich schüttelte voller Angst den Kopf.
„Ich habe es doch selbst im Internet gesehen!", rief Claas hämisch. „Da ist doch das Video von dir drin!"
In meinem Kopf drehte sich alles.

Ruud zwang mich noch einmal, von diesem ekelhaften Zeug zu trinken. Diesmal hatte er zuvor aus einem Fläschchen noch Tropfen in das Glas hineingegeben. Ich weiß noch, dass mir mit einem Mal ganz warm wurde und ich das Gefühl hatte, wie betrunken ganz schnell in ein Traumland hineinzugleiten. Ich hatte überhaupt keine Kontrolle mehr über mich. So ähnlich wie letztes Jahr vor der Blinddarm-Operation im Krankenhaus.
Irgendwann wachte ich auf und spürte, wie weh mir unten alles tat. Als ich die Augen öffnete, saß Jack an meinem Bett und streichelte meine Hand. Er hatte eine Decke über mich gelegt.
„Jetzt bin ich ja wieder da, Prinzessin, und beschütze dich", flüsterte er mir ins Ohr. Er überredete mich wieder, zwei der rote Pillen zu schlucken. „Danach wird es dir besser gehen, versprochen", sagte er ganz lieb. „Wir gehen später in der Stadt shoppen, wenn du dich wieder gut fühlst, ich schenke dir ein paar ganz schicke Klamotten, Süße!"
Doch warum ist er dann gleich wieder gegangen? Mir wäre es sowieso viel lieber gewesen, mit Jack zu kuscheln und zu reden. Aber nicht hier an diesem schrecklichen Ort.
Sophia, wenigstens kann ich dir alles anvertrauen. Wenn Jack später wiederkommt, wird alles gut, das weiß ich. Ich werde ihm sagen, dass ich fort möchte von hier.
Bestimmt fahren wir dann endlich ans Meer.

***

Montag - 8. Tag

Ilka hatte ihren kurzen, schwarzen Sommermantel noch nicht über den Garderobenständer gehängt, da griff sie auch schon zum Telefon auf dem Schreibtisch. Während der Fahrt ins Kreishaus war ihr eine Idee gekommen.
„Guten Morgen Stefan! Gut, dass ich dich erreiche..."
„Was gibt's Neues bei euch in der Nordeifel?", fragte der Oberkommissar aus Trier.
„Stefan, ich habe ein paar Fragen zu Vivien Schreiner. Du hast mir vor ein paar Tagen von ihr erzählt. Nun haben wir es hier ebenfalls mit einem vermissten Mädchen zu tun. Vielleicht gibt es Parallelen..."
Sie hörte, wie ihr Kollege für ein paar Sekunden in einer Akte blätterte.
„Das ist eine ziemlich traurige Geschichte", begann er. „Vivien ist immer noch im Krankenhaus. Die Kleine wiegt keine fünfundvierzig Kilo mehr. Außerdem haben die Ärzte festgestellt, dass sie unter einer Psychose leidet. Sie redet vollkommen wirr und spricht ständig von einem Piet. Den Eltern sagt der Name gar nichts. Aber das ist noch nicht alles. Vivien befindet sich inzwischen in einer medikamentenunterstützten Entgiftung; ich hatte dir doch erzählt, dass sie auf Heroin gewesen ist, nicht wahr?"
„Ja, genau!"
„Viviens Eltern schwören Stein und Bein, dass ihre Tochter niemals Heroin gespritzt habe. Sie sei auch in keiner Clique gewesen, in der Drogen genommen worden seien."

„Entweder haben sie es nicht mitbekommen", meinte Ilka, „oder aber Vivien hat sich das Heroin gar nicht selbst gespritzt!"
„Ich habe mich mit den Eltern mehrmals getroffen", berichtete Lautwein. „Demnach tippe ich eher auf deine letzte Vermutung. Frau Schreiner hat mir erzählt, Vivien habe sich in den letzten Wochen vor ihrem Verschwinden manchmal mehrmals am Tag geduscht, was ihr im Nachhinein komisch vorgekommen sei. Während ihres Verschwindens hat die Mutter außerdem Kleidung in Viviens Schrank gefunden, die sie überhaupt nicht kannte und für die sie ihrer Tochter auch kein Geld gegeben hatte."
„Weißt du, was für Klamotten das waren?"
Der Oberkommissar räusperte sich.
„Spitzenunterwäsche und ein paar knallenge, kurze Kleider."
„Das kommt mir doch sehr bekannt vor... hat die Mutter dir sonst noch etwas über Vivien erzählt?"
„Nur, dass ihre Tochter vor ihrem Verschwinden nachmittags angeblich ständig bei Freundinnen, in Schul-AG's oder beim Tanzen gewesen sein wollte. Im Nachhinein hat Frau Schreiner aber herausgefunden, dass sie dort überhaupt nicht gewesen ist und diese Aktivitäten nur als Vorwand genutzt hat, nach der Schule unbemerkt von zu Hause fortzukommen."
Ilka lief mit dem Telefonhörer in der Hand auf und ab.
„Und wo Vivien tatsächlich gewesen ist, hat sie vermutlich auch nicht herausgekriegt, oder?"
„Nicht wirklich. Ihre beste Freundin hat der Mutter

erst nach Wochen erzählt, dass ein Mann Vivien öfter in einem roten Audi A6 von der Schule abgeholt habe. Der Typ sei aber nie ausgestiegen, sodass die Freundin ihn nicht beschreiben konnte. Vivien selbst habe nur mal erwähnt, dass er Piet heiße und ansonsten sehr geheimnisvoll getan."
Stefan Lünebach seufzte.
„Jedenfalls haben wir weder einen roten Audi A6 noch einen Piet ausfindig gemacht. Was mit diesen spärlichen Angaben allerdings auch mehr als ein Zufall gewesen wäre. Na ja und nun ist das Mädchen wieder aufgetaucht und in einer derart schlechten Verfassung, dass nichts aus ihr herauszukriegen ist. Es ist zum Verzweifeln!"

„Gleich wird Dr. Grunwald zu uns stoßen", eröffnete Stettenkamp die Morgenbesprechung. „Es geht um den Obduktionsbericht Karin Herkenraths. Grunwald sagte mir, er müsse dringend mal seine heiligen Hallen in Bonn verlassen. Er wird uns gleich erklären, was sein Vorgänger seinerzeit bei der Autopsie herausgefunden hat."
Bongardt sah seinen Chef verwundert an.
„Wozu ist das überhaupt wichtig? Wir haben doch ganz andere Sorgen! Von Carlotta haben wir immer noch keine Spur. Und im Fall Natalie stochern wir nach wie vor im Nebel!"
Stettenkamp ging hinüber zu dem silberglänzenden Kaffee-Vollautomaten.
„Dein Einwand ist vollkommen berechtigt, Peter. Ich möchte es euch erklären. Hans-Josef Herkenrath hetzt nach wie vor diese *Bürgerwehr* auf Rainer

Wollscheid. Sowohl im Fall Natalie als auch im Fall Vivien hat er ihn schwer belastet. Und das mit ziemlicher Sicherheit zu Unrecht. Zuerst habe ich gedacht, sein Motiv sei ausschließlich Rache wegen Wollscheids Mord an seiner Schwester. Aber mein Gefühl sagt mir inzwischen, dass mehr hinter seinem Verhalten stecken muss."
Ilka nickte.
Sie dachte an ihr Gespräch mit Anna Herkenrath. Wie hatte sie gesagt? 'Mein Mann verliert mehr und mehr den Blick für die Realität. Nicht nur in dieser Sache...'
„Gestern Abend habe ich mit Armin Groß telefoniert und er sagte mir, damals sei im Fall Karin Herkenrath in seinen Augen ziemlich nachlässig ermittelt worden", berichtete Stettenkamp und schmunzelte. „Selbstverständlich war Groß seinerzeit noch nicht Polizeidirektor, ansonsten wäre so etwas natürlich nicht passiert."
Bongardt rollte die Augen zur Decke und griff nach seinem Zeichenstift.
Stettenkamp grinste.
Der Kriminalassistent hatte die Gabe, binnen weniger Minuten äußerst treffsichere Karikaturen seiner Mitmenschen zu Papier zu bringen, die schon häufig für Lachsalven im Büro gesorgt hatten. Armin Groß war zweifelsohne das häufigste Opfer seiner Künste.
„Ich habe mir also gestern Abend im Archiv die Akte Herkenrath besorgt", fuhr Stettenkamp fort. „Ihr wisst ja selbst, dass das auf dem offiziellen Dienstweg mindestens bis heute Mittag gedauert hätte. Seinerzeit sind tatsächlich Spuren von Wollscheid am Tatort

gefunden worden, was bei einem Einbruch aber auch nicht verwunderlich ist. Allerdings hat die Spusi damals auch welche am Pullover des Opfers gefunden, die zweifelsfrei von ihm stammten. Hinzu kommt, dass Hans-Josef Herkenrath ausgesagt hat, er habe ihn in flagranti dabei erwischt, wie er seiner am Boden liegenden Schwester mit aller Kraft den Hals zugedrückt habe."
Ilka sah nachdenklich zu ihm herüber.
„Auf den ersten Blick sprach also alles gegen ihn", sagte sie langsam. „Ich stelle mir die Situation, wie sie sich abgespielt haben soll, gerade vor. Wie konnte Wollscheid überhaupt die Flucht gelingen, wo Herkenrath doch angeblich hinter ihm stand, als er neben dem Opfer am Boden kniete? Ich finde das seltsam!"
Stettenkamp nickte.
„Herkenrath hat es damit erklärt, dass Wollscheid ihm körperlich überlegen gewesen sei. Und außer ihm, seiner Frau und der damals sechsjährigen Luisa war ja auch niemand im Haus."
Er trank einen Schluck Kaffee.
„Aber dein Gefühl, Ilka, das dir sagt, da stimmt etwas nicht, ist auch meins. Daher habe ich..."
Es klopfte energisch.

Der Pathologe Dr. Martin Grunwald trat ein und grüßte in die ihm vertraute Runde. Bis auf Manfred Habig waren sie alle regelmäßig bei Obduktionen, die für die Aufklärung ihrer Kriminalfälle von Bedeutung waren, dabei.
Dr. Grunwald hielt eine CD in die Höhe.

„Unsere Altfälle sind inzwischen allesamt digitalisiert. Davon könnt ihr hier nur träumen, was?", frotzelte er.
Er legte den Datenträger in Stettenkamps Laptop ein. Kurz darauf erschienen sechs gleichformatige Fotos, die während der Autopsie entstanden waren.
„Herr Stettenkamp, Sie haben mir gestern gesagt, dieser Wollscheid sei mit der Begründung verurteilt worden, er habe sein Opfer erwürgt, nicht wahr?"
Der Pathologe deutete auf Karin Herkenraths Gesicht. „Sehen Sie die kleinen Blutungen an Wangen, Augenlidern, Stirn und in den Augen? Sie sind nicht größer als Stecknadelköpfe."
Stettenkamp musste genau hinsehen, konnte aber trotzdem nur mit Mühe ein paar rote Punkte erkennen. Ilka und Bongardt erging es ebenso.
„Sie sind äußerst schwach ausgeprägt und genau das hat mich stutzig gemacht", bestätigte Grunwald. „Um jemanden zu erwürgen, bedarf es einiger Kraft und vor allem Ausdauer", sagte er. „Mit bloßen Händen muss der Täter die Stimmritze im Kehlkopf des Opfers zudrücken. Bei einem erwachsenen Menschen dauert so etwas bis zu zehn Minuten. Und die Gegenwehr ist anfangs heftig", fuhr er fort. „Der Täter hatte also mit ziemlicher Sicherheit Kratzverletzungen im Gesicht und an den Händen."
Stettenkamp kräuselte die Stirn.
„In der Akte habe ich nichts darüber gefunden, dass Rainer Wollscheid überhaupt auf solche Wunden hin untersucht worden wäre. Ich meine, im Gesicht wären sie ja offensichtlich gewesen!"
„Auf jeden Fall!"

Dr. Grunwald fuhr sich durch das graumelierte Haar. Der Mittfünfziger bestach seit Jahren im rechtsmedizinischen Institut durch seine Kompetenz, aber auch durch sein natürlich wirkendes charismatisches Auftreten.
„In Karin Herkenraths Blut wurden stark dosierte Medikamente gegen Bluthochdruck nachgewiesen. Mein Vorgänger ist damals - unter Berücksichtigung der minimal ausgeprägten Blutungen in ihrem Gesicht - schlussendlich von einem reflektorischen Herzstillstand ausgegangen. Und zwar durch gezielten Druck einer dritten Person auf die Halsschlagader der Frau. Heute wissen wir, dass man einen Menschen auf diese Weise aber nur sehr theoretisch töten kann. Man muss schon genau die Nervenpunkte treffen, die zu einem Reflextod führen können."
Er lächelte.
„Ich will es Ihnen gern medizinisch erklären: An der Gabelung der Arteria carotis, die bei jedem Menschen unterschiedlich verläuft, befindet sich der Karotissinus. Das sind druckempfindliche Messpunkte des Vagusnervs, die in der Halsschlagader den Blutdruck messen. Drückt man darauf, meldet der Karotissinus ans Hirn einen zu hohen Blutdruck."
Dr. Grunwald trommelte mit den Fingern leicht auf die weiße Tischplatte.
„Das Hirn startet sofort eine Gegenmaßnahme und senkt den Herzschlag - wenn es dumm läuft bis zum Stillstand."
Stettenkamp stand auf und lief nachdenklich hinüber zum Fenster.
„Verstehe ich Sie richtig, Herr Dr. Grunwald?

Theoretisch ist es möglich, dass Karin Herkenrath tatsächlich erwürgt worden ist. Voraussetzung für diese Theorie wäre jedoch, dass der Täter genau diese Gabelung der - wie hieß sie noch? - Arteria carotis getroffen haben müsste?"
Der Pathologe trank einen Schluck Wasser.
„Richtig! Genauso wahrscheinlich ist aber, dass unser Opfer den Reflextod aufgrund eines großen verschluckten Brezelstücks gestorben ist, das mein Vorgänger entdeckt hat. Er hat dem aber keine so große Bedeutung beigemessen, da er eben auch leichte Blutungen im Gesicht festgestellt hatte. Diese Stecknadelpünktchen."
Stettenkamp sah den Rechtsmediziner erstaunt an.
„Noch etwas: Mir ist aufgefallen, dass mein Kollege im Obduktionsbericht festgehalten hat, dass der Vagusnerv der Frau gereizt war. Dieser Nerv verläuft zwischen Halsvene und Halsarterie, also nah an der Speiseröhre. Vielleicht hat sie ein zu großes Stück der Brezel heruntergeschluckt, das ihr quasi dann im Hals steckenblieb, und letztlich zum Tod geführt hat. Wir Mediziner nennen es den Bolustod. Es gibt allerdings nur wenige Menschen, denen das so passieren könnte. Zum Beispiel Bluthochdruckpatienten!"
„Wie Karin Herkenrath", sagte Bongardt nachdenklich.
Dr. Grunwald nickte.
„Fassen wir also zusammen: Vermutlich ist unserem Opfer tatsächlich jemand an den Hals gegangen, hat sie aber de facto gar nicht erwürgt! Das ist verrückt, oder?"
Rainer Wollscheid, der möglicherweise fünfzehn

Jahre seines Lebens unschuldig hinter Gittern verbracht hatte, ging Alex Stettenkamp an diesem Tag nicht mehr aus dem Kopf.

Unterdessen waren zwei Techniker in das Büro gekommen, um Bericht zu erstatten. Sie hatten den schwarzen BMW auf Faserspuren, Haare, Blut, Speichel und sogar Sperma hin untersucht.
Deren Ergebnis klang ebenso eindeutig wie ernüchternd.
Auf Natalie Knips Anwesenheit in Jochen Kuckelkorns Wagen deutete nicht das Geringste hin.
„Wir können also mit Gewissheit ausschließen, dass jemand aus dem *Haus Franziskus* etwas mit Natalies Tod zu tun hat", meinte Ilka.
„Ich verstehe diesen Bestatter einfach nicht...", begann Stettenkamp.
„Ich schon!", sagte Ilka. „Für mich fügt sich nämlich so langsam ein Bild zusammen. Ich glaube Matthias Backes, dass er einen schwarzen BMW an der Olef gesehen hat. Aber dann hat er den Verdacht bewusst auf das Kaller Jugendheim gelenkt, obwohl er tatsächlich niemanden aus dem *Haus Franziskus* mit Natalie zusammen gesehen hat."
Sie sah ihn an.
„Und dann Egon Lautwein: Ich halte es für glaubwürdig, dass er am Sonntagabend an der Bushaltestelle auf seinen Sohn Kai gewartet hat, weil die Oma des Jungen im Sterben lag. Aber dass er dort plötzlich den schwarzen BMW gesehen haben will, nehme ich ihm nicht ab. Ich halte es für viel wahrscheinlicher, dass er sich mit Matthias Backes abgesprochen hat!"

Stettenkamp kniff die Augen zusammen.
„Ich verstehe immer noch nicht, worauf du hinaus willst, Ilka."
Sie schilderte ihm ihre Begegnung mit Hermann Klinkhammer und Lautweins Frau Anneliese nach dem Beerdigungskaffee im Innenhof der Wildenburg. Deren Vorwurf, sie sei keine mehr von ihnen, weil sie seit Natalies Tod im Dorf herumschnüffele, um dort angeblich den Mörder zu suchen, war ihr nähergegangen, als sie sich anfangs hatte eingestehen wollen.
„Für mich passt das inzwischen alles zusammen: Die Wildbacher wollen mit aller Macht, dass wir nach einem Unbekannten, nach einem Fremden suchen. Und dafür sind Backes und Lautwein nicht einmal vor einer Falschaussage zurückgeschreckt. Natürlich kann ich ihnen das nicht beweisen."
„Rainer Wollscheid werden sie nicht schützen wollen, wobei wir ihn nicht einmal ernsthaft verdächtigen. Aber Jürgen Rudolph vielleicht! Ob er irgendetwas mit dem Tod Natalies oder mit dem Verschwinden Carlottas zu tun hat?", überlegte Stettenkamp. „Ich rufe Charly mal an. Mit etwas Glück hat er dessen Laptop und PC ja schon vollständig ausgewertet."

Das hatte der Computerforensiker in der Tat. Unter dem Nickname *Adonis27* hatte der fünfundfünfzigjährige Geschichtslehrer sowohl im sozialen Netzwerk *Knuddels* als auch auf der Videoplattform *YouNow* Kontakt zu Natalie Knips und Carlotta Blumenthal aufgenommen und ihnen dort wiederholt zweideutige Komplimente gemacht.
„Das ist leider noch nicht alles!", sagte Charly ernst.

„Stellt euch vor, meine Leute haben auf Jürgen Rudolphs Rechner über fünfhundertfünfzig Dateien mit kinderpornografischen Bildern entdeckt, die er sich heruntergeladen hat!"
Er schluckte.
„Ein kleiner Junge war auf mehreren Filmen zu sehen, der höchstens... ach, lassen wir das! Ich glaube, Näheres wollt ihr gar nicht wissen. Geschweige denn sehen!"
Ilka und Stettenkamp starrten ihn an.
„Ich spreche mit Dr. Rettig! Er soll bei Gericht sofort einen Antrag stellen, damit wir diesen pädophilen Satan noch heute in Untersuchungshaft bringen können!"
Der Kommissar sprang auf.
Hoffentlich kommt dieses Schwein nicht wie Edathy mit ein paar läppischen Euros davon, dachte Ilka erschüttert. Sie sah den Geschichtslehrer vor sich, der nicht zuletzt wegen seiner geplanten Dorfchronik in Wildbach ein recht hohes Ansehen genoss.

Charly hatte auch den Laptop Carlotta Blumenthals bereits unter die Lupe genommen.
Als es dem IT-Spezialisten erst einmal gelungen war, die Passwörter der Fünfzehnjährigen zu knacken, hatte sich der Rest für ihn als ein Kinderspiel erwiesen.
Obwohl Charly seine Arbeit noch nicht abgeschlossen hatte, konnte er Ilka, Bongardt und Habig bereits ein Zwischenergebnis präsentieren, das diese von den Stühlen riss...

***

Mein Herz rast.
Luisa muss meine Nachricht heute gelesen haben.
Um kurz vor Mitternacht erspähe ich sie durch mein Küchenfenster!
Der winzige Lichtkegel in meinem Garten hatte mich misstrauisch gemacht. Mit einer kleinen Taschenlampe bewaffnet sehe ich sie neben dem schmalen Findling knien. Einen Augenblick später zieht sie mit der rechten Hand die wertvolle Plastiktüte darunter hervor, um dann, so rasch wie sie gekommen ist, wieder in der Dunkelheit zu verschwinden.

Rastlos lasse ich mich in Mutters zerschlissenen Sessel fallen, stehe wieder auf und drehe ein paar Runden durch das heruntergekommene Wohnzimmer. Ich stelle mir vor, wie Luisa genau in diesem Moment in ihrem Zimmer sitzt, das Manuskript ihrer Tante Karin aus der Tasche zieht und es zu lesen beginnt.
Wie mag es ihr ergehen, wenn sie die Wahrheit über ihre Familie erfährt?
Ich will die Bande zwischen ihr und Hans-Josef nicht zerstören, dazu habe ich kein Recht. Aber Luisa ist alt genug, jene Wahrheit zu erfahren, die ihre Tante Karin Herkenrath vor mehr als fünfzehn Jahren ans Licht gezerrt hatte. Um die Veröffentlichung zu verhindern, hatte sie sterben müssen.
Aber es ist noch nicht zu spät...
Ich hebe zwei lose Dielenbretter an und ziehe den Originaltext, dem das Veröffentlichungsangebot eines namhaften Berliner Verlags beiliegt, hervor. Und

beginne erneut zu lesen, obwohl ich den Text inzwischen fast auswendig kenne:
„Es war eine alte, verstaubte Holzkiste auf dem Dachboden meines Bruders Hans-Josef...", mit diesen Worten hatte Karin ihr erstes Kapitel begonnen. „Einmal angefangen in ihr zu graben, konnte ich sie nicht wieder schließen und so tun, als habe ich sie nicht gesehen: Die Hakenkreuze, Ehrendolche, Abzeichen und Dokumente meines Großvaters Heinrich Herkenrath aus Wildbach. Er war Hitlers Gesandter und ist 1946 als Kriegsverbrecher für die von ihm veranlassten Morde an zehntausenden Juden verurteilt und am Galgen gehenkt worden. In seinen Anfängen hat er dafür gesorgt, dass aus seinem Heimatdorf Wildbach und den umliegenden Ortschaften zwölf Widerstandskämpfer, fünf jüdische Geschäftsleute samt Familien sowie acht vermeintlich Homosexuelle nach Auschwitz abtransportiert wurden, um dort vergast zu werden.
Warum lasse ich die Vergangenheit nicht ruhen? Warum schweige ich nicht, so wie meine Großmutter und meine Eltern geschwiegen haben, ja, meine engsten Verwandten heute noch schweigen?
Weil wir es den unzähligen Menschen, die durch das Tun unseres Großvaters gestorben sind, schuldig sind!
Wir müssen den Mut haben, die damaligen Täter beim Namen zu nennen, ihre Schuld anzuerkennen statt sie als Opfer ihrer Zeit darzustellen - auch wenn es weh tut.
Nur dann ist unser Andenken an die Opfer

wahrhaftig.
Wir können in Wildbach keine Stolpersteine verlegen und gleichzeitig die Gräueltaten unseres eigenen Großvaters verschweigen.
Leider bin ich die Einzige, die unsere Familiengeschichte aufarbeiten will. Obschon ich in den Gesprächen mit meinem Bruder Hans-Josef, meinen Onkeln und Tanten bemerke, wie sehr die Schuld unseres Großvaters in uns Nachkommen weiterwirkt. Aber wer will schon einen Nazi zum Opa haben? Heinrich Herkenrath aus Wildbach ist jedoch einer gewesen. Und zwar einer, der sich aktiv schuldig gemacht hat.
Nein, Schuld ist nicht vererbbar. Doch sind wir nicht Heuchler, wenn wir wider besseren Wissens schweigen, verdrängen und uns stattdessen für das Errichten goldener Gedenktafeln ehren lassen?",
hatte Karin geschrieben.

***

Charly Wegner hatte ganze Arbeit geleistet. Mit ein paar Computerausdrucken in der Hand setzte er sich zur SoKo *Wildbach* an den Besprechungstisch.
„Carlotta Blumenthal hat in einem Flirtportal im Internet einen Mann kennengelernt, der sich Jack nennt", berichtete er und legte die Blätter vor die Kollegen hin. „Mit ihm zusammen hat sie von einem Leben am Meer geträumt. Der Typ hat ihr das Blaue vom Himmel versprochen. Er schrieb im ersten Kontakt, er sei siebzehn. Aber schaut euch mal das Foto an, das er Carlotta später gemailt hat."

Ilka runzelte die Stirn.
Der dunkelhaarige Typ mit den verträumten, braunen Augen und den feingeschwungenen Brauen war doch mindestens Anfang zwanzig! Lässig stand er gegen ein roten Mercedes SL gelehnt.
Ein Mädchenschwarm, gar keine Frage!
„Carlotta hat diesem Jack auch Bilder von sich geschickt, es sind die Profifotos von Jürgen Rudolph alias *Mario Testino* alias *Adonis27*"
Charly rollte mit den Augen.
„Außerdem hat sie diesem Typen schon im Chat ihr Alter, ihre Handynummer und ihre Adresse genannt."
„Ich habe es befürchtet!", rief Ilka. „Charly, du musst unbedingt rauskriegen, wer dieser Jack ist und wo er wohnt. Ich meine, das kann man doch anhand der IP-Adresse seines Computers feststellen, oder?"
Der IT-Spezialist sah in die Runde.
„Das habe ich natürlich längst versucht. Die Mails wurden aber aus einem Internetcafé abgeschickt."
„Das darf doch nicht wahr sein! Hast du denn herausgefunden, wo sich das Café befindet?"
„In Haarlem!"
„Wie bitte?", fragten die Kommissare wie aus einem Mund.
„Ja. Haarlem in der Provinz Nordholland. Die Stadt liegt zwanzig Kilometer nordwestlich von Amsterdam entfernt!"
Charly versprach, Carlottas Laptop bis zum Abend vollständig auszuwerten.
Wer wusste, welche Überraschungen noch auf sie warteten!

Ilka schaute auf den Parkplatz des Kreishauses hinaus, der sich allmählich leerte und ließ ihren Blick zum Himmel wandern. Wie so oft, wenn sie nachdenken musste.
Die Kommissarin sah die vierzehnjährige Tochter ihrer Schulfreundin Sabine vor Augen, deren Freizeit sich bis vor kurzem in einem Pferdestall abgespielt hatte. Kurz vor ihrem Tod hatte sie einen Joint geraucht und Sekt getrunken - zusammen mit einem wesentlich älteren Mann. Ilka dachte an Carlotta. Die ehemalige Einser-Schülerin hatte sich noch massiver verändert, sich aufreizende Unterwäsche und Kleider schenken lassen, sich stark geschminkt und überhaupt kein Interesse mehr am Unterricht gezeigt.
Womit haben wir es hier nur zu tun?, fragte sich Ilka ratlos. Mit einem Pädophilenring?

Alex schaute zu seiner Frau herüber, die in Gedanken versunken neben ihm auf dem Beifahrersitz saß.
Sie fuhren gerade den Schleidener Ruppenberg hinunter und mussten sich beeilen, wenn sie es noch rechtzeitig in Meike Dellings Praxis schaffen wollten. Er hatte das Verdeck der in die Jahre gekommenen Familienkutsche geöffnet und ein lauer Frühlingswind wehte zu ihnen hinein. Die Maisonne gewann immer mehr an Kraft.
Alex dachte kurz an seine Zwillinge, die mit Annika vermutlich noch im Garten spielten und später von ihr ins Bett gebracht werden würden.
Er lächelte Lisa zu.
„Ich bin gespannt, was uns gleich erwartet. Es ist irgendwie ein komisches Gefühl, oder? Ich meine, wir

beide auf der Couch!"
Er grinste leicht verlegen.
„Es ist ja erst einmal nur ein Gespräch", erwiderte Lisa, „ich finde es nett, dass Ilkas Freundin uns so spontan einen Termin für heute Abend gegeben hat. Vielleicht müssen wir einfach mal neue Wege gehen."
Die Nervosität in ihrer Stimme entging ihm nicht.
„Am Telefon sagte mir Frau Delling, dass auch ihr Mann mit dabei sein wird", erzählte Alex.
„Hoffentlich leuchten sie nicht jeden Winkel unserer schwarzen Seelen aus!"
Lisa sah scharf zu ihm herüber.
„Wieso, hast du noch mehr zu verbergen?"
Warum konnte sie diese ewigen Andeutungen nicht einfach mal lassen?
„Natürlich nicht! Aber du kennst mich doch, was wäre ich alter Westfale ohne meine Vorurteile?"
Er lachte schief.
„Wer weiß, was sie mit uns vorhaben?"
Er rollte theatralisch mit den Augen.
Nun grinste auch Lisa.
„Sie werden uns sicher sofort in Hypnose versetzen!", meinte sie belustigt. „Unter fünfzig Sitzungen werden wir sowieso nicht davonkommen. In den ersten dreißig wird es ausschließlich um unsere Kindheit gehen. Dich werden sie ganz sicher noch jede Menge Bilder malen lassen, die sie dann tiefenpsychologisch deuten werden!"
Er liebte ihren Humor.
„Zur Not verbünden wir uns gegen die Therapeuten", sagte er mit ernster Miene. „Du weißt ja, ein gemeinsamer Feind schweißt zusammen!"

Lisa knuffte ihn in den Arm.
„Du bist und bleibst ein Spinner!"
Nach langer Zeit lachten sie wieder einmal miteinander, als sie in der Einfahrt des Architektenhauses parkten, das Meikes inzwischen verstorbene Eltern seinerzeit einen Steinwurf vom Krankenhaus entfernt gebaut hatten.
Kurze Zeit später fanden Alex und Lisa Stettenkamp sich tatsächlich auf einer Couch wieder. Die Einrichtung des Zimmers erinnerte an ein gemütliches Wohnzimmer. Sie tranken mit Meike und Sven Delling, die ihnen in legerer Freizeitkleidung entspannt gegenüber saßen, einen Kaffee und tauschten zunächst Belanglosigkeiten aus.
„So, wo drückt nun der Schuh?", fragte Ilkas Freundin mit einem aufmunternden Lächeln.
Das würde ich auch gern wissen, dachte Alex, und sah zu der Modellautosammlung an der Wand hinüber.
„Wir finden nicht mehr zueinander", hörte er Lisa sagen. „Die Affäre meines Mannes vor vier Jahren hat mich sehr verletzt. Damals und heute im Grunde immer noch." Sie schwieg einen Moment. „Das bedingungslose Vertrauen, das ich einmal zu ihm hatte, ist verloren! Wir streiten eigentlich nur noch", fügte sie hinzu.
Lisa berichtete mit brüchiger Stimme von ihrem Auszug vor Weihnachten und ihrer Rückkehr in der vergangenen Woche.
„Warum sind Sie zurückgekommen?", wollte Meike wissen.
Alex starrte seine Frau an.

Was würde sie wohl antworten?
„Hauptsächlich der Kinder wegen", sagte Lisa zögernd. „Ben und Moritz waren tieftraurig ohne ihren Vater und darüber, aus ihrer gewohnten Umgebung herausgerissen zu sein. In der WG in Münster hätten wir ohnehin nicht bleiben können."
Ihre Antwort versetzte ihm einen Stich.
Die Dellings schlugen vor, sich eine Weile getrennt zu besprechen: Meike mit Lisa und ihr Mann mit Alex.
„Wenn ich meine Frau so höre, sind wir anscheinend am Ende unserer Ehe angelangt..."
Der Psychologe wiegte den Kopf.
„Sie kennen Ihre Frau am besten. Wäre sie zu dieser Einsicht gelangt, würden wir dann überhaupt noch hier sitzen?"
Nach einer knappen Stunde - die Dellings hatten sich nach den Gesprächen mit ihnen kurz untereinander ausgetauscht - saßen sie abermals auf der gemütlichen Couch.
„Na, ist uns überhaupt noch zu helfen?"
Alex räusperte sich und nahm einen großen Schluck des inzwischen kalt gewordenen Kaffees. Brrr!
„Solange die Liebe zwischen Ihnen nicht endgültig verlorengegangen ist und Sie den Willen - und die Fähigkeit - haben, sich einander emotional wieder zuzuwenden, auf jeden Fall!"
Sven Delling beugte sich vor.
„Ich sage Ihnen etwas, das wir in all den Jahren, in denen wir mit Paaren wie Ihnen arbeiten, festgestellt haben: Die meisten Probleme in Beziehungen entstehen nicht, weil der Partner zu spät nach Hause kommt, die Zahnpastatube nicht zudreht oder das

Geschirr nicht abwäscht. Die Streitereien gehen in Wirklichkeit um einen Mangel an Aufmerksamkeit, Vertrauen und Wertschätzung."
Er lächelte ihnen zu.
„Unser Vorschlag: Fahren Sie jetzt nach Hause, setzen Sie sich auf die Terrasse und trinken Sie ein Glas Wein miteinander. Und dann schreiben Sie - jeder für sich - einmal ihre persönliche Antwort auf die folgende Frage auf: Warum bist du mir eigentlich wichtig?"
Meike nickte.
„Möglicherweise klingt diese Aufgabe für Sie sehr banal oder sie erscheint Ihnen vollkommen überflüssig. Unserer Erfahrung nach ist die Antwort jedoch sehr oft der Schlüssel dazu, dass Paare wieder aus der Krise herausfinden."
Sven Delling lächelte.
„Sie schaffen das! Vereinbaren Sie einen neuen Termin, wenn Sie das Gefühl haben, der Karren bleibt weiterhin verfahren und Sie finden selbst nicht heraus."
Er schüttelte ihnen fast freundschaftlich die Hand, als sie die Praxis verließen.
„Ach eins noch, Herr Stettenkamp! Geben Sie es zu: Wir sind doch gar keine so verschrobenen Seelenklempner, wie Sie es von uns dachten, als sie vorhin zur Tür hereinkamen, oder?"
Sie lachten alle vier.

Ilka rieb sich die müden Augen und starrte ins dämmrige Nichts. Trotz der Tatsache, dass sich Jürgen Rudolph seit einer halben Stunde tatsächlich in der Euskirchener Justizvollzugsanstalt in Untersuchungshaft befand, fand sie keine innere Ruhe.

Der Lehrer musste sich seine karge Zelle mit drei weiteren Häftlingen teilen. Sie wusste ganz genau, wie schnell es unter den Gefangenen die Runde machen würde, weswegen Rudolph einsaß. Von diesem Moment an würde er sich in der niedersten Rangordnung unter den Mithäftlingen wiederfinden. Und das würden sie ihn auf eine Weise spüren lassen, die er sich in seinen schlimmsten Alpträumen nicht ausgemalt haben konnte.

Obschon die Beweise gegen ihn erdrückend waren, hatte sich Jürgen Rudolph bislang nur sehr nebulös zu den hunderten von kinderpornografischen Videos und Bildern, die sich auf seinem PC befanden, geäußert.

„Mitgehangen - mitgefangen! Gilt diese Volksweisheit eigentlich auch für den ehrbaren Herrn Kirchenmusiker?", hatte er Peter Bongardt wütend gefragt, bevor er in seine Zelle abgeführt worden war.

Was hatte Hans-Josef Herkenrath damit zu tun? Dieser Frage mussten sie morgen unbedingt nachgehen!

„Der feine Edelmann wird Ihnen natürlich nichts sagen", hatte der Geschichtslehrer hämisch gemeint. „Aber der alte Schreiber aus Wildbach - der kann Ihnen alles erzählen!"

Dann hatte Jürgen Rudolph sich in seinen Handschellen umgedreht und jede weitere Aussage verweigert.

So froh Ilka darüber war, dass der Heimatforscher sich nun in Untersuchungshaft befand, so wenig

glaubte sie in ihrem tiefsten Inneren, dass er tatsächlich etwas mit dem Tod Natalies und dem Verschwinden Carlottas zu tun hatte.
Nervös trippelte sie vor dem Fenster auf und ab.

In ihre Gedanken hinein klingelte das Telefon.
Sie erkannte an der Ländervorwahl 0031, dass der Anruf aus den Niederlanden kam.
Nanu?!
Das auf die alte Greta van Dreyke angemeldete Handy ist doch kurz vor Amsterdam geortet worden, schoss es ihr durch den Kopf. Darüber hatten sie ihre holländischen Kollegen im Zuge ihrer Ermittlungen selbstverständlich längst informiert.
Hatten die Niederländer vielleicht etwas herausgefunden?
Sie legte die Hand auf den Telefonhörer.
Piet!
Hatte Oberkommissar Lautwein nicht erwähnt, die traumatisierte Vivien rede wirr von einem Mann diesen Namens?
Aufgeregt hob sie den Hörer ab.
„Mieke Jong spricht hier. Goedenavond, Frau Kollegin..."
Die Polizeibeamtin redete nicht lange um den heißen Brei herum.
„Dein Chef hat mir erzählt, was ihr über Natalie und Carlotta so herausgefunden haben. Ilka, ich glaube, ihr habt es in eurer schönen Eifel mit Loverboys zu tun!"
„Wie bitte?"
„Hier in den Niederlanden haben wir es schon länger

mit diesen Verbrechern zu tun", erklärte Mieke Jong. „Aber ich weiß, dass das Problem auch bei euch in Deutschland angekommen ist!"
Sie räusperte sich.
„Die Bezeichnung Loverboys ist vollkommen verharmlosend", fuhr sie fort. „In Wirklichkeit handelt es sich um eiskalte Zuhälter! Loverboys erscheinen nach außen als ganz normale Männer. Meistens sind sie so zwischen achtzehn und fünfundzwanzig Jahre alt. Sie gaukeln jungen Mädchen die große Liebe vor, machen ihnen Geschenke und fahren mit ihnen mit dem Auto durch die Gegend."
Ilka dachte sofort an den schwarzen BMW. Und an das Foto, das dieser angebliche Jack an Carlotta geschickt hatte, das ihn vor einem roten Mercedes SL zeigte!
„Loverboys binden ihre Opfer zunächst emotional an sich", fuhr Mieke Jong fort. „Sie zeigen sich einfühlsam und verständnisvoll, hören den Mädchen zu. Zuerst ist ein Loverboy ein fürsorglicher Liebhaber. Nach kurzer Zeit aber beginnt er, die verliebten Mädchen von ihren Eltern und Freunden zu isolieren. Schnell spricht er von einer gemeinsamen Zukunft und einer heilen, kleinen Familie. Das Mädchen lernt, ein Parallelleben zu führen. Irgendwann geht sie mit ihrem Loverboy. Doch dann zeigt er sein wahres Gesicht."
Petra Blumenthal hatte ihnen erzählt, dass sie Carlotta mit einem erwachsenen Mann im Bett erwischt habe. War ihre Tochter tatsächlich mit einem Loverboy abgehauen?

„Der Zuhälter bringt das Mädchen in die Großstadt und zwingt sie dort zur Prostitution", hörte sie ihre niederländische Kollegin sagen. „Er nimmt die gesamten Einnahmen an sich. Setzt sich das Opfer zur Wehr, erfährt es vom Loverboy Gewalt und Psychoterror. Er setzt das Mädchen unter Drogen, damit es von skrupellosen Pädophilen missbraucht werden kann."
Ilka dachte an Sabine.
Wenn Mieke Jong tatsächlich richtig lag - wie würde ihre verzweifelte Schulfreundin das verkraften? Andererseits war Natalie ja vor ihrem Tod nicht verschwunden gewesen. Aber vielleicht hatte sie trotzdem einen Loverboy kennengelernt? Für diese Überlegung sprach einiges...
„Ich kenne etliche Fälle, da haben Loverboys das Mädchen gemeinsam vergewaltigt. Sie haben Fotos davon gemacht und sie dann damit erpresst, die Bilder in der Schule und ihrer Familie zu zeigen..."
Ilka schluckte.
Carlotta war doch erst fünfzehn Jahre alt, Natalie sogar erst vierzehn gewesen!
Als habe Mieke ihre Gedanken geahnt, sagte sie: „Die Loverboys nutzen die Unerfahrenheit der Mädchen aus! Und ihre jungen, begehrten Körper. Was glaubst du, was pädophile Männer für Sex mit einem so jungen Mädchen, das vielleicht auch noch Jungfrau ist, bezahlen? Fünfhundert bis tausend Euro!"
Ilka war sprachlos.
„Es trifft übrigens Mädchen aus jeder sozialen Schicht", berichtete Mieke Jong. „Besonders gefährdet sind Jugendliche, die in einer Lebenskrise

stecken, wie sie die Pubertät nun eben manchmal mit sich bringt. Es können aber auch Schulprobleme, Streit mit den Eltern oder auch mangelndes Selbstwertgefühl sein, die sie anfällig für solche Typen machen."
Natalie ist über Monate von ihren Mitschülern gemobbt worden und hat sich immer mehr in ihre virtuelle Parallelwelt im Internet geflüchtet, dachte Ilka. Was mochte es da für die Vierzehnjährige für ein Gefühl gewesen sein, als sich plötzlich ein erwachsener, vermutlich attraktiver Mann für sie interessierte?
Vielleicht lag Mieke Jong tatsächlich richtig mit ihrer Vermutung!
Und Carlotta?
Ihre Eltern hatten Alex erzählt, dass ihre behütete Tochter mit ihren fünfzehn Jahren etwas erleben wollte, Partys liebte und sich für Jungs interessierte. Aus Sorge um Carlotta hatten sie ihrer Tochter angesichts ihres heimlichen Techtelmechtels die Grenzen aufgezeigt und sie mit Hausarrest bestraft. Stieß da nicht ein großzügiger Loverboy aus der Stadt mit einem schicken Auto bei einem jungen Mädchen auf offene Türen?

Mieke Jong riet Ilka, gleich morgen Kontakt zu Ingrid Schimkus aufzunehmen.
Die pensionierte Kommissarin aus Frankfurt habe sich den Opfern aus Deutschland mit Herzblut verschrieben und versuche ihnen mit Rat und Tat zur Seite zu stehen. Außerdem organisiere sie Informationsveranstaltungen an Schulen, kläre die deutsche

Polizei sowie die Jugendämter auf und habe kürzlich eine Elterninitiative gegründet.
„Frau Schimkus weiß ganz sicher, ob es das Loverboy-Phänomen bereits bei euch in der Eifel gibt", schloss sie.
„Das müssten wir als Kriminalbeamte doch eigentlich auch wissen!", erwiderte Ilka betroffen. „Aber ich muss zugeben, ich höre gerade zum ersten Mal davon!"
„Liebe Ilka, glaube mir: Für die Polizei ist es sehr schwer, gegen Loverboys zu ermitteln, weil die Mädchen aus Scham und Angst nur ganz selten Anzeige erstatten! Das kann ich dir aus eigener Erfahrung versichern. Und selbst wenn sie sich nach einer Therapie dazu entschließen: Häufig ist es dann kaum noch möglich, den Zuhältern etwas zu beweisen. Aussage steht dann gegen Aussage!"

Nach dem Telefonat mit der Niederländerin ließ Ilka sich aufgewühlt auf ihren Schreibtischstuhl fallen.
Sie gestand sich ein, dass etliche Indizien dafür sprachen, dass die vermisste Carlotta und auch Vivien Schreiner auf einen Loverboy hereingefallen waren.
Sie musste unbedingt versuchen, Stefan Lünebach noch im Präsidium in Trier zu erreichen!
Doch wie lagen die Dinge bei Natalie?
Einerseits passte vieles, was sie von Mieke Jong erfahren hatte, auch auf Sabines Tochter.
Doch warum hatte sie sterben müssen?
Diese Zuhälter wollten doch Geld mit ihren Opfern verdienen. Das konnten sie schließlich nur mit lebendigen Mädchen...

Es klopfte zweimal an ihrer Bürotür.
Charly trug einen Laptop in der Hand.
Schweigend klappte der IT-Spezialist ihn auf, drehte ihn zu ihr herüber und stellte ein Video an.
Ilka stockte der Atem.
Der kurze Film zeigte Carlotta, wie sie inmitten roter Laken grob von zwei Männern befummelt wurde. Die Fünfzehnjährige wirkte dabei stocksteif, ihr Blick war starr auf die verspiegelte Wand gerichtet.
„Wo hast du dieses Video her?", krächzte Ilka.
„Aus dem Internet. Um genauer zu sein, habe ich das Filmchen auf einer Prostituierten-Plattform gefunden! Es steht auch eine Anzeige dabei, warte..."
Sie las.
„Blutjunges Luder, wild und unersättlich, liebt alle Spielarten der Liebe, gern auch SM und Gruppensex..."
„Das darf doch nicht wahr sein!", entfuhr es Ilka.
Aufgeregt berichtete sie Charly von ihrem Telefonat mit Mieke Jong.
Der Computerforensiker nickte vielsagend.
Er rief im Internet eine einschlägige Erotikseite auf.
Mit der Hand wies er auf ein kleines Foto in schlechter Auflösung, vermutlich mit einem älteren Handy gemacht.
Das Mädchen, das auf dem Rücken und nur in Unterwäsche bekleidet auf der lederbezogenen Rückbank eines Autos lag, war für sie trotzdem sofort zu erkennen: Natalie Knips!

Dienstag - 9. Tag

Jürgen Rudolphs seltsame Anspielungen hatten Ilka und Stettenkamp keine Ruhe gelassen.
Nach dem ergebnislosen Anruf bei einem verstockten Hans-Josef Herkenrath hatten sie sich für acht Uhr dreißig bei den Schreibers angekündigt. Es würde ein langer Arbeitstag werden, so viel stand jetzt bereits fest, und sie hatten keine Zeit zu verlieren.

„Hier muss es sein!", rief Ilka und fuhr in die langgezogene Einfahrt des schlichten, aber gepflegten Einfamilienhauses in der Römerstraße.
„Ich bin wirklich gespannt, was uns der alte Schreiber über Herkenrath berichten wird!"
Alex nickte.
„Ob Rudolph und er tatsächlich unter einer Decke stecken? Nach dessen Andeutungen zu urteilen, weiß Herkenrath von den Kinderpornos, hat aber bis heute dazu geschwiegen! Stell dir das mal vor! Seine Tochter Luisa hat die *Konrad-Adenauer-Schule* besucht, ist womöglich selbst einmal Rudolphs Schülerin gewesen - und ihr Vater soll von diesen Ungeheuerlichkeiten gewusst, aber nichts dagegen unternommen haben? Wenn das stimmt, gäbe es doch eigentlich nur eine Erklärung..."
Ilka sah ihn mit ernster Miene an. „Genau genommen zwei! Entweder ist Herkenrath ebenfalls kein unbeschriebenes Blatt und steht auf junge Mädchen. Oder aber er hat eine ganz andere Leiche im Keller, von der wiederum Rudolph weiß. Und schweigt!"

„Das klingt plausibel", meinte Stettenkamp nachdenklich. „Ich frage mich nur: Wo ist dann die Verbindung zwischen diesem Heimatforscher und Hans-Josef Herkenrath?"
Er drückte auf die Klinke der unverschlossenen Haustür, nachdem er vergeblich nach einer Klingel gesucht hatte.
Das Ehepaar erwartete die Kommissare bereits in einer kleinen, gemütlichen Küche. Der sechsundachtzigjährige Franz Schreiber saß in seinem Rollstuhl am gedeckten Frühstückstisch. Seine Frau Lisbeth schnitt gerade mit leicht zittriger Hand frische Brötchen auf.
„Selbst gebacken", lächelte sie. „Greifen Sie zu! Wir haben so selten Besuch."
Die Freude über einen Plausch war den beiden anzumerken. Sie wirkten trotz ihres Alters geistig klar.
„Warum sind Sie gekommen?", fragte Franz Schreiber nach einer Weile.
Als Stettenkamp den Namen Hans-Josef Herkenrath erwähnte, veränderte sich schlagartig die Miene des alten Mannes. Er räusperte sich mehrmals, nahm einen Schluck Kaffee und rieb die faltigen Hände über die Räder seines Rollstuhls.
„Hat er sich etwas zu Schulden kommen lassen?", fragte er schließlich.
Ilka hob die Schultern.
„Das versuchen wir herauszufinden", sagte sie vage. „Der Heimatforscher Jürgen Rudolph hat uns zu Ihnen geschickt mit der Bemerkung, dass Sie uns etwas von Bedeutung über Hans-Josef Herkenrath berichten könnten. Leider hat er es bei dieser

Andeutung belassen, ohne konkret zu werden."
Sie seufzte.
„Wir müssen diesem Hinweis nachgehen, er könnte uns im Mordfall Natalie Knips weiterbringen."
Lisbeth und Franz Schreiber sahen sich an.
Sie nickte ihm aufmunternd zu.
„Jürgen Rudolph schreibt seit Jahren an einer Chronik über Wildbach", begann der Sechsundachtzigjährige mit fester Stimme. „Er will die Verstrickungen ehemaliger Dorfbewohner in die beiden Weltkriege aufarbeiten. Die meisten Betroffenen leben ja nicht mehr", fügte er lächelnd hinzu. „Er hat uns einmal besucht und wollte uns für seine Chronik als Zeitzeugen über die Familie Herkenrath befragen. Ich habe ihm aber nicht weitergeholfen, obwohl ich eine Menge zu sagen gehabt hätte." Er lächelte schmal.
„Aber ich mag diesen Lehrer nicht. Und außerdem ist das Vergangenheit. Wem nützt es, wenn das alles wieder aufgerollt wird?"
Lisbeth Schreiber nickte.
„Aber die Herrschaften sind ja von der Polizei, Ihnen müssen wir sagen, was wir wissen, Franz."
Ihr Mann nahm tief Luft.
„Hans-Josef Herkenraths Großvater Heinrich war ein ganz widerwärtiger Nazi. Kein Mitläufer, wie so viele. Als Obersturmbannführer bei der Waffen-SS prahlte Herkenrath, wenn er in Wildbach war, mit seinen Rangabzeichen auf seiner Uniform und seiner Blutgruppentätowierung am linken Arm. So erzählte es mir mein Vater, ich selbst war ja noch ein Kind. Schließlich ging Heinrich Herkenrath sogar als KZ-Kommandeur nach Auschwitz; 1946 wurde er

gehenkt. Dieser Sadist hatte tausende Juden auf dem Gewissen. Dann und wann kam er auf Kurzurlaub nach Wildbach zurück. Da erzählte er dann seinen Parteigenossen ganz stolz, wie er morgens nach dem Frühstück auf Häftlinge geschossen und sie danach von seiner Dogge habe zerfleischen lassen."
Der Sechsundachtzigjährige machte eine kurze Pause.
„Wer weiß davon im Ort?", fragte Stettenkamp nachdenklich.
Franz Schreiber sah ihn an. „Außer mir erinnern sich vielleicht noch zwei, drei weitere Alte an Heinrich Herkenrath."
„Jürgen Rudolph hat davon gewusst, nicht wahr?", fragte Ilka.
Der alte Mann nickte.
„Das auf jeden Fall! Er hatte sich wahrscheinlich erhofft, von mir noch mehr Einzelheiten zu erfahren."
Stettenkamp stand auf und lief im Wohnzimmer der Schreibers auf und ab.
„Halten Sie es für möglich, dass Rudolph Hans-Josef Herkenrath mit der Veröffentlichung dieses Wissens in seiner Chronik erpresst haben könnte?"
Franz Schreiber sah aus dem Fenster hinüber zu den Apfelbäumen in seinem Garten.
„Ja, das ist möglich. Ich meine, der Hans-Josef kann ja nichts für die Gräueltaten seines Großvaters. Aber ganz sicher ist ihm nicht daran gelegen, dass seine Familie nach sechzig Jahren in den Schmutz gezogen wird. Vergangen ist vergangen und was passiert ist, ist schlimm genug. Aber was bringt es, den Enkel für etwas leiden zu lassen, was der Großvater verbrochen hat?"

Herkenrath versucht mit aller Macht, die Vergangenheit nicht öffentlich werden zu lassen. Dafür lässt er sich sogar erpressen und schweigt über Rudolphs hunderte Kinderpornos und die Fotos halbnackter Schülerinnen! Er leidet doch längst, dachte Stettenkamp.
Schreiber fuhr fort: „Seine Schwester, die Karin, sah das allerdings anders, das weiß ich von Jürgen Rudolph. Als er mich aufgesucht hat, erzählte er mir, sie habe vor sechzehn Jahren an einem Buch geschrieben, um die Familiengeschichte der Herkenraths aufzuarbeiten. Angeblich hatte Karin sogar schon einen Verlag für ihr Werk gefunden!"
Stettenkamp verschlug es die Sprache.
„Vor sechzehn Jahren, sagen Sie?"
Schreiber nickte.
„So behauptete es jedenfalls Rudolph, als er bei mir war. Aber das Buch ist ja nicht mehr fertig geworden..."
Der Kommissar dachte an die Akte Karin Herkenrath. Ihr Bruder hatte damals vor Gericht bezeugt, er habe Wollscheid bei seinem Einbruch genau in jenem Moment ertappt, in dem er Karin mit beiden Händen den Hals zugedrückt habe.
„Franz, du solltest den Kommissaren von August erzählen", meinte Lisbeth in die Stille hinein.
„Sicherlich verstehen sie dann besser, warum Hans-Josef Herkenrath so große Sorge um sein Ansehen hier im Dorf hat."
Der alte Mann seufzte.
„Ich will darüber eigentlich nicht mehr sprechen. Die heutige Generation sagt zwar über uns Alte, wir

verdrängten die Geschichte. Aber wissen Sie was? Es ist eben unsere Art und Weise, einigermaßen unbeschadet weiterleben zu können. Heutzutage rennen die jungen Leute ja wegen jedem Furz zum Psychologen!"
Er nahm tief Luft.
„Mein Bruder August ist mit achtzehn Jahren von Heinrich Herkenrath hier in Wildbach erschossen worden. August und ich waren kurz vor Kriegsende beim Militär im Siegerland stationiert und sollten uns in Hessen noch zum Kriegsdienst stellen. Heute würde man uns Kindersoldaten nennen. August und mir war klar: Wenn wir das machen, schicken sie uns nach Russland - und das hätte den sicheren Tod für uns bedeutet!"
Franz lächelte schmal.
„Wir hauen ab!, sagte mein Bruder zu mir. In der Nacht begingen wir Fahnenflucht und schlugen uns also vom Siegerland bis in die Eifel durch. Das war verdammt gefährlich, aber wir haben es tatsächlich bis nach Wildbach geschafft!"
Dem alten Mann rannen Tränen über die Wangen und er schnäuzte sich in ein weißes Stofftaschentuch. Seine Frau ergriff seine Hand und strich darüber.
„Zu Hause hat mein Vater meine Militäruniform in unserem Brunnen versenkt und mich im Gewölbekeller versteckt, bis die Amerikaner kamen. Ich habe unheimliches Glück gehabt", setzte er leise hinzu.
Er musste es einfach wissen.
„Was ist mit Ihrem Bruder passiert?"
Franz schluckte angestrengt.
„August und ich liefen in der Morgendämmerung

geduckt zu unserem Elternhaus, hundert Meter noch und wir hätten es beide geschafft. Plötzlich hörten wir Schritte hinter uns. An Heinrich Herkenrath hatten wir während unserer gesamten Flucht nicht gedacht. 'Vaterlandsverräter!', schrie er hinter uns her. Zwei Minuten später lag mein Bruder August tot neben mir. Erschossen. Auf den allerletzten Metern. Ich selbst hatte es gerade noch geschafft, mich hinter einem Busch zu ducken. Warum das Schwein mich danach nicht auch noch abgeknallt hat, ich kann es Ihnen nicht sagen..."
Der Sechsundachtzigjährige sah in seinem Rollstuhl auf.
„Verstehen Sie, warum wir den Krieg irgendwann verdrängen wollten?"
Er griff nach der Hand seiner Frau.
„Weil wir sonst das Leben nicht ausgehalten hätten."

Stettenkamp zog seinen Dienstwagen auf die linke Spur, doch besser voran kam er angesichts der zahlreichen Autobahnbaustellen auch hier nicht. Ilka und er kämpften sich auf dem Weg nach Trier durch den zähen Verkehr.
Noch eine ganze Weile sprachen sie über das, was ihnen Franz Schreiber eben erzählt hatte. Der Heimatchronist Rudolph schien Hans-Josef Herkenrath mit seinem Wissen um das grausame Familiengeheimnis erpresst zu haben!
Hatte der Kirchenmusiker seine eigene Schwester vor fast sechzehn Jahren gewürgt, um zu verhindern, dass sie die Gräueltaten ihres Großvaters in einem Buch an die Öffentlichkeit brachte?

Ob Karin tatsächlich erwürgt worden war, ließ sich im Nachhinein, so Dr. Grunwald, nicht mehr ermitteln. Alles sah jedoch danach aus, dass ihr Bruder Rainer Wollscheid ans Messer geliefert hatte, weil er seiner Schwester im Streit an den Hals gegangen war und von seiner eigenen - vermeintlichen - Schuld an ihrem Tod ablenken wollte.

Ilka und Stettenkamp konzentrierten sich auf das bevorstehende Gespräch im Trierer Präsidium. Von ihm erhofften sie sich, dass es endlich Licht ins Dunkel um das Verschwinden Carlotta Blumenthals bringen würde.
In der Römerstadt wollten sie sich um zehn Uhr mit Ingrid Schimkus treffen. Die pensionierte Kripobeamtin aus Frankfurt würde ihnen sicherlich etwas über die hiesige Loverboy-Szene - wenn es denn eine solche überhaupt gab - berichten können.
Oberkommissar Stefan Lünebach wollte angesichts seiner Ermittlungen im Fall Vivien Schreiner unbedingt mit von der Partie sein und so hatten sie sich auf dessen Polizeidienststelle als Besprechungsort verständigt.

Kurz bevor sie in die Kürenzer Straße einbogen, klingelte Ilkas Handy.
Erwin Lenzen meldete sich.
Der Wildbacher schien ziemlich außer Atem zu sein. Mit ihm hatte sie jetzt gar nicht gerechnet...
Aufgeregt berichtete der Förster ihr von seiner Entdeckung:
Er habe ein paar Jutesäcke voller Mais, die noch vom

Winter im Schuppen gestanden hätten und für das Anlegen von Wildschweinkirrungen gedacht seien, beiseite räumen wollen. Einer der Säcke habe halb offengestanden - was ihn irritiert habe.
„Ich sehe also nach und greife in ein Stück Stoff!", erzählte der Förster immer noch fassungslos. „Jemand hat ein T-Shirt in dem Sack verborgen! Das Ding ist voller Blut. Da stimmt doch was nicht!"
Ilka runzelte die Stirn.
Seltsam!
Sie bat Erwin Lenzen, das Kleidungsstück sauber abzulegen. Spätestens in einer halben Stunde, so versprach sie ihm, werde Kriminalassistent Bongardt bei ihm eintreffen und das Shirt ins Labor der Spurensicherung mitnehmen.
Ob sich Natalies Blut auf dem T-Shirt befand?
Und falls ja - von wem stammte es?

Ingrid Schimkus eröffnete das Gespräch mit den drei Kommissaren ohne große Umschweife.
„Die Dinge, die sie mir über Natalie Knips und Carlotta Blumenthal erzählt haben, deuten stark darauf hin, dass sie Opfer eines Loverboys geworden sind!", begann sie. „Ihre Treffen mit einem erwachsenen Mann, der sie mit einem teuren Auto von der Schule abholt. Die Lügen, die sie ihren Eltern aufgetischt haben. Aber vor allem die Veränderungen der Mädchen, die Sie mir beschrieben haben. Natürlich kommen diese Anzeichen auch bei vielen anderen Jugendlichen in der Pubertät vor. Nur passt im Fall von Natalie und Carlotta meiner Erfahrung nach zu vieles zusammen!"

Sie schlug ihre Mappe auf, in der sich ein dicker Papierstapel befand.
„Das Loverboy-Phänomen gibt es in der Eifel inzwischen fast genauso häufig wie in Frankfurt, Berlin oder Köln", behauptete Ingrid Schimkus. „In den letzten sechs Monaten haben sich über zwanzig Mädchen aus dem Kreis Euskirchen entweder direkt bei mir oder über die Homepage unserer Vereinsinitiative gemeldet. Darüber hinaus müssen wir von einer hohen Dunkelziffer ausgehen, das weiß ich aus den Niederlanden. Nach meiner Pensionierung habe ich ein Jahr lang mit betroffenen Mädchen in Rotterdam zusammengelebt und viele Gespräche mit Eltern und den Hilfsorganisationen geführt, um mich gut auf meine Arbeit in Deutschland vorzubereiten."
Sie fuhr sich durch das kurzgeschnittene blonde Haar und blätterte in ihren Unterlagen.
„Zurück zur Eifel: Ich kann Ihnen versichern, die Opfer aus Ihrer Region kommen aus Euskirchen, Mechernich und Schleiden. Aber genauso zahlreich aus den kleinen Dörfern!"
Wie zum Beispiel Wildbach, dachte Ilka sofort.
„Das fällt Ihnen schwer zu glauben, oder?", fragte sie an Stettenkamp gewandt.
„Allerdings!"
Die pensionierte Kripobeamtin deutete auf den PC in Lünebachs Büro.
„Als wichtigste Kontaktbörse nutzen Loverboys mittlerweile das Internet, explizit die sozialen Netzwerke. Hier finden sie am leichtesten neue Opfer. Und die kommen genauso aus der Großstadt wie vom Lande!"

Sie blickte in die Runde.

„Im Internet glauben viele Mädchen anonym und damit sicher zu sein. Dabei geben sie trotzdem alles von sich preis; auch Dinge, die der Täter für sich nutzen kann. Er schaut sich das jeweilige Nutzerprofil an und gaukelt dem Mädchen dann vermeintliche Gemeinsamkeiten vor."

„Nennen Sie uns ein paar Beispiele", bat Stefan Lünebach.

„Nehmen wir an, so ein Mädchen schreibt, dass es gern einen Hund hätte, so erscheint der Loverboy vielleicht zum ersten Date direkt mit einem Hundewelpen! Perfide, aber sehr wirksam..."

Der Trierer Polizeibeamte verdrehte die Augen.

„Wie naiv muss man sein!"

„Vergessen Sie nicht", fuhr Ingrid Schimkus fort, „Mädchen suchen bei *Knuddels* und Co. immer nach Anerkennung und Bestätigung. Deshalb stellen sie häufig bewusst Fotos von sich ins Netz, für die sie gewiss Komplimente erhalten." Sie seufzte. „Was glauben Sie, was viele von sich zeigen, wenn ein attraktiver, junger Mann sie auffordert: 'Du hast so ein schönes Gesicht, ich möchte gern mehr von dir sehen!'? Solche Bilder oder auch Videos landen nach kurzer Zeit auf einschlägigen Seiten im Internet, wo die Mädchen dann wie Ware angeboten werden. Die Loverboys fahren sie häufig von Stadt zu Stadt, je nachdem, woher die Nachfrage gerade kommt. Das lohnt sich, wenn Sie bedenken, dass die Zuhälter für eine einzige Nummer bis zu tausend Euro erhalten und diese Einnahmen komplett für sich behalten! Mit K.-o.-Tropfen werden die Opfer für den Transport

wehrlos gemacht, wenn sie es nicht längst schon sind."
Sie sah in die angespannten Mienen.
„Pädophile Freier treffen ihre Opfer meist in Hinterzimmern von Bordellen oder privaten Clubs. Sie wollen natürlich anonym und unerkannt bleiben - genau wie die Zuhälter. An die Hintermänner kommt die Polizei bei Razzien so gut wie nie heran!"
Alles scheint wie die Faust aufs Auge zu Natalie und Carlotta zu passen, dachte Ilka.
„Ich bin schockiert über das, was Sie uns gerade erzählt haben!", gab Ilka zu. „Mir war bis heute überhaupt nicht bewusst, dass bei uns im Kreis Euskirchen schon so viele Jugendliche Opfer von Loverboys geworden sind. Ich frage mich: Warum kommen diese Mädchen, wenn sie merken, dass ihr Freund in Wirklichkeit ein Zuhälter ist, nicht mit ihren Eltern zur Polizei?"
„Die wenigsten Opfer zeigen ihre Peiniger an. Sie schämen sich!", sagte Ingrid Schimkus eindringlich. Und sie haben Sorge vor einem Prozess, in dem diese Verbrecher nicht selten aus Mangel an Beweisen freigesprochen werden. Solche Fälle hatten wir in der Vergangenheit leider häufig. Und das schreckt die Mädchen verständlicherweise ab. Hinzu kommt noch etwas: Ich weiß aus vielen Gesprächen, dass die Opfer große Angst vor späterer Rache ihres Loverboys haben."
Sie blickte in die Runde.
„Aber bis ein Mädchen soweit ist, überhaupt nur daran zu denken, Anzeige zu erstatten, muss es erst einmal emotional soweit sein, von seinem Loverboy

loszukommen..."
„Das verstehe ich nicht!", meinte Stettenkamp. „Wie kann es denn ein Problem sein, von so einem Schwein loszukommen? Die Mädchen müssten doch heilfroh sein, diesen Typen entronnen zu sein!"
Die Frankfurterin lächelte kurz und nickte.
„Ich verstehe genau, was Sie meinen. Aber ich versichere Ihnen: Loverboys manipulieren ihre Opfer - die ja immer sehr jung und unerfahren sind - emotional unglaublich stark. Manche glauben, sie seien an ihrer Misere mitschuldig und fühlen sich dem Loverboy selbst nach ihrem Ausstieg aus der Prostitution noch stark verbunden. Und vergessen Sie nicht, dass etliche Mädchen komplett mit ihren Familien gebrochen haben. Nämlich weil sie ihr Heil bei ihrem vermeintlichen Liebhaber gesehen haben, der ihnen einmal das Blaue vom Himmel versprochen hat. Für einige ist eine Rückkehr zu Vater und Mutter trotz allem, was ihnen passiert ist, undenkbar."
Ilka atmete tief durch.
In welchen Fängen steckte Carlotta Blumenthal da bloß?
„Wie helfen Sie den Opfern konkret?", wollte sie wissen.
„Der erste Schritt ist, die Mädchen zu unterstützen, aus der Szene auszusteigen und ein neues Leben zu beginnen", sagte sie. „Manchmal besorge ich ihnen sogar eine Schutzwohnung abseits ihres alten Zuhauses. Die Männer versuchen in der Regel, ihre Opfer zurückzugewinnen, um weiter Geld mit ihnen zu verdienen. Manche Opfer brauchen erst einmal ein ganz anderes Umfeld, wo sie betreut werden und eine

Therapie machen können. Auch das Äußere der jungen Frauen muss oft geändert werden wie die Frisur und die Kleidung." Sie schwieg einen Augenblick. „Fast alle wollen ihre Tattoos entfernt haben..."
„Tattoos?"
Stettenkamp runzelte die Stirn.
„Genau. Die Täter brandmarken die Mädchen häufig mit ihren Initialien als Prostituierte und tätowieren oder ritzen sie ihnen in die Haut!"
Ilka fehlten die Worte.
„Was sind das für Eltern, die nicht bemerken, dass ihr Kind in die Fänge eines Loverboys geraten ist?", fragte Oberkommissar Lünebach ratlos.
„Eins muss ich klarstellen", betonte Ingrid Schimkus. „Die Mädchen kommen aus allen sozialen Schichten. Für Eltern sind die Anzeichen selten so deutlich, dass sie sofort erkennen, dass ihre Tochter sich in Gefahr befindet. Häufig bekommen sie ja gar nicht genau mit, was ihr Kind zwischen Schule und Abendbrot so macht. Loverboys achten in der Regel penibel darauf, dass die Mädchen möglichst ihrem gewöhnlichen Tagesablauf nachgehen. Sie besuchen weiterhin die Schule. In den Freistunden und am Nachmittag müssen sie dann anschaffen! Und die Mädchen lernen, ein Parallelleben zu führen, das irgendwann nur noch aus Lügen besteht. Vergessen Sie nicht, sie sind zu diesem Zeitpunkt emotional schon vollkommen abhängig von ihrem Loverboy!"
Oberkommissar Lünebach brachte das Gespräch auf die traumatisierte Vivien Schreiner als Dalsfeld.
„Das Mädchen leidet im Krankenhaus gerade heftig

unter den Folgen eines Heroinentzugs", berichtete er.
„Wieso setzen Loverboys ihre Opfer unter Drogen? Ich meine, die Mädchen sind doch dann überhaupt nicht mehr... einsatzfähig!"
Ingrid Schimkus nickte.
„Mädchenhändler beschränken sich häufig nicht auf Prostitution, sondern sind in nahezu alle Bereiche des Organisierten Verbrechens involviert", erklärte sie. „Drogen spielen leider eine große Rolle. Die Opfer werden als Kuriere eingesetzt - und als Testpersonen!"
„Wie bitte?", platzte Ilka heraus.
„Wenn eine Lieferung Heroin eintrifft, muss der Stoff auf seine Reinheit überprüft werden. Die Dealer wollen vermeiden, dass ihre Kunden an zu gutem Stoff sterben. Also testen sie ihre Ware an den Mädchen - und nehmen deren Tod dabei natürlich billigend in Kauf!"
Der Oberkommissar räusperte sich.
„Wird ein Opfer wie Vivien so etwas jemals verarbeiten können?"
Die pensionierte Kripobeamtin zuckte mit den Schultern.
„Das ist sehr schwer zu sagen. Sie wird eine lange Therapie brauchen - und Eltern, die ganz fest zu ihr stehen!"
Nachdenklich verabschieden sich die Kommissare von Ingrid Schimkus und Stefan Lünebach. Nach allem, was sie erfahren hatten, musste es ihnen noch dringender als vermutet gelingen, Carlotta endlich aufzuspüren. Im Gegensatz zu Natalie war ihr Leben hoffentlich noch zu retten.

Als Ilka und Stettenkamp über die Autobahn zurück nach Euskirchen fuhren, hing eine ganze Weile lang jeder seinen Gedanken nach. Die Tatsache, dass Loverboys im Netz längst auch in der Eifel ihre Opfer gefunden hatten und sie äußerst brutal für ihre Zwecke missbrauchten, musste jeder für sich erst einmal sacken lassen.
Alles sieht danach aus, als sei Natalie in die Fänge eines Loverboys geraten, dachte Ilka. Andererseits fragte sie sich, ob die Art und Weise, wie sie ums Leben gekommen war, tatsächlich zu einem Loverboy passte. Es brannte ihr um Sabine willen auf der Seele, endlich herauszufinden, was am Sonntagabend im Wildbacher Forst geschehen war. Vielleicht würde es ihrer Schulfreundin ja helfen, etwas besser mit dem Tod ihrer Tochter fertig zu werden, wenn der Täter gefasst war.
Vielleicht.

Bernd Schmitz hatte sich bereits gemeldet, als sie die Kriminaldirektion in Trier gerade verlassen hatten. Bei dem Blut auf dem ehemals weißen T-Shirt, so hatte er im Labor bei einer molekulargenetischen Untersuchung festgestellt, handelte es sich zweifelsfrei um das von Natalie Knips!
Der Leiter des Erkennungsdienstes hatte mit seinen Leuten auf dem Kleidungsstück zudem Schweißflecken extrahieren können. Schmitz war es überdies gelungen, die so entschlüsselte DNA des T-Shirt-Trägers im Computer mit der DNA-Analyse-Datei des Bundeskriminalamtes abzugleichen. Doch ein Mensch mit der DNA des T-Shirt-Trägers war dort

nicht erfasst! Würde es ihnen nicht gelingen, zumindest einen Verdächtigen ausfindig zu machen, nutzte ihnen das T-Shirt nicht das Geringste!
Es ist zum Verrücktwerden! dachte Ilka.

Sie waren gerade von der Autobahn abgefahren, da fand Stettenkamp zu einem Schluss: „Ich spreche jetzt gleich im Büro mit Dr. Rettig. Der Staatsanwalt soll für heute Abend wegen besonderer Dringlichkeit eine Großrazzia in sämtlichen Bordellen und privaten Clubs in NRW anordnen. Zeitgleich natürlich! Wir beschränken uns auf Etablissements, die schon einmal wegen illegaler Beschäftigung minderjähriger Prostituierter aktenkundig geworden sind", überlegte Stettenkamp.
„Du hast doch einen guten Draht zu Mieke Jong!", sagte er aufgeregt. Vielleicht kriegen wir es auf dem kurzen Dienstweg hin, dass sie heute Abend auch in Amsterdam für eine Großrazzia sorgt. Gerade dort halte ich die Aktion für vielversprechend - denk an das georgete Handy!"
Er sah zu ihr herüber.
„Du weißt selbst, so was läuft nur auf dem informellen Weg. Alles andere dauert viel zu lange!"
Ilka wusste, ihr Chef hatte recht. Hoffentlich bekam Groß keinen Wind davon!
„Ich kümmere mich im Büro sofort darum!", versprach sie. „Aber lass uns nichts vormachen, Alex. Ingrid Schimkus hat uns doch eben erzählt, wie es läuft: Typen, die Sex mit Fünfzehnjährigen haben wollen, kontaktieren irgendwelche Strohmänner und werden dann ganz diskret in die Hinterzimmer der

Clubs gelotst!"
Stettenkamp nickte grimmig.
„Eben genau da müssen wir auch hin. Ich rede gleich mit Peter. Er soll den Lockvogel machen und über die Internetseite, auf der wir das Video von Carlotta gesehen haben, an sie herankommen! Natürlich nicht als Kriminalassistent Bongardt. Sondern als interessierter Freier, der Sex mit einem Mädchen haben will, das aussehen soll wie Carlotta Blumenthal. So könnten wir eine echte Chance haben!"

Endlich!
Polizeidirektor Groß und Dr. Rettich hatten sich am späten Nachmittag zurück auf den Weg nach Bonn gemacht.
Ilka versuchte ihre Gedanken im Büro zu ordnen. Sie hasste Armin Groß' Besserwisserei und seine Art, sich ständig in ihre Ermittlungen einzumischen. Hatten sie nicht bereits etliche Fälle erfolgreich in Euskirchen gelöst?
Zumindest hatte Stettenkamp ihn davon überzeugen können, heute Abend eine großangelegte Razzia in den Bordellen Nordrhein-Westfalens anzuordnen. Sie würden in jenen Sexclubs beginnen, die bereits in der Vergangenheit dadurch aufgefallen waren, dass sie die Nachfrage von Freiern nach sehr jungen Mädchen bedient hatten. Der Leiter des Sittendezernats hatte berichtet, dass selbst harte Geldstrafen häufig nichts änderten. Die Bordellbetreiber stellten es lediglich geschickter an, sich nicht erwischen zu lassen.
Und die Mädchen schweigen meist aus Angst und Scham.

Ilka seufzte.
Würden sie Carlotta heute Abend endlich finden? Wo hatten diese Typen das Mädchen nur hinverschleppt? Statt in NRW konnte sie natürlich auch längst ganz woanders sein...
Loverboys, das wusste sie von Ingrid Schimkus, waren eher selten Einzelkämpfer. Viel häufiger steckten gut vernetzte Zuhälterbanden dahinter, die ihre Opfer quer durch Deutschland und das benachbarte Ausland verschoben; je nachdem, wo ihnen die Sexgeschäfte gerade finanziell am einträglichsten erschienen.
Immerhin hatte sie Mieke Jong dafür gewinnen können, in Amsterdam heute Abend ebenfalls für eine Razzia zu sorgen, ohne den offiziellen Dienstweg zu beschreiten.
Frau Jong berichtete am Telefon, gestern Abend einen anonymen Hinweis auf ein Haus in der Amsterdamer Kerkstraat erhalten zu haben, in dem sich angeblich Zuhälter mit minderjährigen Mädchen aufhielten. Sie vermutete eine Prostituierte hinter der Anruferin, der es gelungen war, zu fliehen. Und die dann aus Angst vor Rache in der Stadt untergetaucht war.
Beim Eintreffen der niederländischen Kollegen in dem besagten Haus waren die Vögel allerdings ausgeflogen. Niemand hatte auf ihr Klingeln oder Klopfen reagiert, an den Fenstern hatte sich nichts bewegt. Mieke Jong und zwei Polizeibeamte hatten das Haus während der gesamten Nacht beschattet, doch nichts hatte sich dort geregt. Waren die Männer eventuell gewarnt worden?
Vielleicht hatten sie heute Abend mehr Glück!

Ilka war immer noch erstaunt darüber, wie unkompliziert Mieke Jong sich angesichts ihres Anliegens gezeigt hatte.
„Wir Niederländer sind da nicht solche Bürokraten wie ihr!", hatte sie gelacht und sofort ihre Unterstützung zugesagt.

In ihre Gedanken hinein klopfte es energisch an der Tür.
Bevor sie ein 'Herein' rufen konnte, drückte auch schon jemand die Klinke herunter und öffnete sie zögerlich.
Auf der Bildfläche erschien Martina mit Nele im Schlepptau!
Ilka starrte sie verblüfft an, stand auf und war einen Augenblick lang sprachlos.
„Was... was macht ihr denn hier?", fragte sie schließlich.
„Ich dachte, ihr seit in Berlin!"
Martina ließ sich auf Stettenkamps Bürostuhl fallen, während Nele, ihr weißes Stoff-Einhorn fest an sich gedrückt, im Türrahmen stehen blieb.
„Es hat einfach nicht funktioniert mit uns", sagte sie erschöpft. „Ich dachte, es ist das Beste, wir fliegen zurück nach Köln und ich bringe Nele zu euch zurück."
Ilka verstand kein Wort.
„Ich habe unterwegs versucht, Daniel zu erreichen, doch er ging einfach nicht ans Handy", sprach sie hektisch weiter.
„Er ist in Köln in der Redaktion! Je nachdem, was dort los ist, kann er natürlich nicht telefonieren",

antwortete Ilka verwirrt. Sie schaute hinüber zu Nele. In diesem Augenblick tat ihr die Kleine unendlich leid.
Ilka ging auf sie zu und kniete sich vor das Kind.
„Hallo Nele, hallo Filly!"
Sie nahm das Mädchen in den Arm und spürte, wie sie sich ganz steif machte.
„Schön, dass ihr beiden wieder da seid! Wie geht es euch?"
Nele wand sich aus ihrer Umarmung.
„Alles ist doof! Ich will zu meinem Papa."
Sie stampfte mit dem Fuß auf und schleuderte das Stofftier auf den Boden.
Ilka spürte, wie Ärger und Zorn in ihr aufstiegen. Nicht auf Nele, sondern auf deren Mutter. Sie kramte in ihrer Schreibtischschublade nach einer Tafel Kinderschokolade, drückte sie Nele in die Hand und trug die Kleine dann hilflos zu Habigs Platz.
„Martina, ich habe mich, was Nele betrifft, bisher so gut es ging aus allem herausgehalten", sagte sie so leise wie möglich.
„Aber diese Ad-hoc-Aktionen können nicht gut für sie sein! Du tauchst nach Monaten plötzlich bei uns auf, nimmst Nele mit nach Berlin und machst ihr Hoffnungen, eine Woche lang Zeit mit dir zu verbringen."
Ungewollt wurde sie immer lauter.
„Dann fliegst du mit ihr am übernächsten Tag genauso plötzlich wieder nach Köln zurück und bringst sie uns wieder wie ein Paar Schu..."
Sie hielt inne.
Wie unpassend, solche Dinge vor dem Kind zu

besprechen! Aber es musste doch einmal gesagt werden.
Ilka warf einen Blick zu Nele, die gerade mit Habigs Kugelschreiber auf der Papierakte Karin Herkenrath herumkritzelte. Sie fühlte sich in diesem Moment so kraftlos, dass sie das Kind einfach gewähren ließ.
„Du hast recht", antwortete Martina. „Aber was sollte ich denn machen? Ich habe versucht, in Berlin alles richtig zu machen und mir solche Mühe mit ihr gegeben. Aber ich bin einfach nicht mehr an sie herangekommen. Wir sind uns so fremd geworden..."
Martina rutschte tief in ihren Stuhl.
„Nele hatte seit Sonntag furchtbares Heimweh nach euch, sie hat nur geweint und herumgesessen. Sie wollte nicht spielen, kein Eis mir mir essen, nicht in der Stadt bummeln, gar nichts."
Ilka fühlte sich hin- und hergerissen zwischen dem Wunsch, das Gespräch mit Martina fortzusetzen und ihrem Gefühl, Nele das Ganze besser zu ersparen.
„Ich denke, du darfst in so kurzer Zeit nicht so viel erwarten", sagte sie vorsichtig. „Du wirst sehen..."
Daniels Ex-Freundin schüttelte energisch den Kopf und stand auf.
„Nein, Ilka. Ich weiß nicht, wo ich morgen bin. Oder wie ich nächstes Jahr überhaupt leben werde, was ich von der Zukunft will... ich kann niemals so bodenständig leben wie ihr. Ein Haus in der Eifel, ein Hund, ein Kind..."
Sie knöpfte langsam ihren roten Sommermantel zu.
„Das, was für euch Idylle bedeutet, nimmt mir die Luft zum Atmen. Verstehst du das?"
Ohne Ilkas Antwort abzuwarten, ging sie zu Nele

hinüber, streichelte ihr kurz über das dunkle Haar und ging dann hinüber zur Tür.
Martina drehte sich noch einmal um.
„Ich kann keine Verantwortung für Nele übernehmen, das ist mir in den letzten Tagen klar geworden." Leise fügte sie hinzu: „Ich will es, aber ich kann es einfach nicht! Ilka, ich bin sehr dankbar dafür, dass ihr für Nele sorgt. Macht es gut..."
Aufgewühlt, wie lange nicht mehr, starrte Ilka ihr aus dem Bürofenster hinterher, wie sie in ihr Taxi stieg.
Der Fahrer hatte offenbar die Anweisung gehabt, auf sie zu warten.
Der Gedanke, heute Abend angesichts der geplanten Razzia nicht bei Nele sein zu können, versetzte ihr aufgrund der Geschehnisse einen Stich ins Herz.
Seufzend griff zum Telefon und wählte die Nummer ihres Vaters.

Peter Bongardt lief im Büro herum wie ein rastloser Hund.
Die Aufregung war dem Kriminalassistenten deutlich anzumerken.
Der Achtundzwanzigjährige hatte sich über das Internet auf der Prostituierten-Plattform als *Frank* angemeldet und dort seine Wünsche kundgetan.
Eine höchstens fünfzehn Jahre alte Blondine mit langem Haar sollte es sein, sehr schlank, aber mit prallen Brüsten. Sie sollte möglichst noch Jungfrau sein, auf jeden Fall aber noch recht unerfahren. Mit dieser Beschreibung hoffte er, auf Carlotta zu treffen.
Doch natürlich passte diese auf zig junge Mädchen, da machten sie sich alle keine Illusionen.

Schon zehn Minuten nach seiner Anmeldung im Netz erhielt Bongardt einen Anruf mit unterdrückter Nummer! Leider ließ er sich nicht zurückverfolgen.
„Komm nach Weidesheim, *Club Exclusiv,* zwanzig Uhr. Dein Codewort heißt *Violetta!*"
Warum ausgerechnet der Euskirchener Stadtteil? Diese Typen konnten doch nicht wissen, woher Bongardt angerufen hatte! Oder doch?
Ingrid Schimkus hatte ihnen berichtet, Loverboys brächten ihre Opfer
ständig an andere Orte, eben dorthin, wo es gerade große Nachfrage pädophiler Männer nach jungen Mädchen gab.
Eines stand fest: Bongardt musste bei seinem Einsatz gleich äußerst glaubwürdig wirken.
Hoffentlich schaffte er das!
Der Kriminalassistent würde über einen hochmodernen Minisender mit integrierter Kamera - nicht größer als eine Euro-Münze - mit Stettenkamp verbunden sein. Sollte Peter Bongardt tatsächlich im *Club Exclusiv* auf Carlotta treffen, würde, so hatten sie es vereinbart, bei dem Stichwort *Du scharfe Braut!* der Zugriff erfolgen.
Jetzt wurde es spannend!
Stettenkamp erhoffte sich von seinem Lockvogel insgeheim mehr als von den Razzien in den einschlägig bekannten Bordellen.
Schließlich hatten sie das Video mit Carlotta als unfreiwilliger Hauptdarstellerin auf einer Plattform gefunden, zu der sein Mitarbeiter nun ganz konkret Kontakt aufgenommen hatte.
Er fühlte, wie Hoffnung in ihm aufstieg, das Mädchen

heute Abend aus den Fängen der Loverboys befreien
zu können.
In einer halben Stunde ging es los!
Seine Anspannung stieg minütlich...

***

Liebe Sophia,
es geht mir hundsmiserabel!
Mir tut alles weh, meine Arme und Beine sind voller
blauer Flecken. Sophia, ich weiß nicht, was los ist mit
Jack, seitdem wir in Holland sind. Heute Morgen lag
er plötzlich neben mir, er muss also in der Nacht nach
Hause gekomen sein.
Er war so lieb zu mir, hat mich gestreichelt und mir
Kaffee und ein Butterbrot ans Bett gebracht.
Anscheinend hatte er eingekauft.
Jack hat uns dann ein warmes Schaumbad
eingelassen und einen ganz besonderen Duft für mich
ausgesucht. Wir haben uns im Wasser geliebt, bis es
kalt wurde und alles schien wieder wie vorher, bevor
wir hierher kamen. Ich wollte mit Jack über Ruud
sprechen und was er mir angetan hat. Doch er wich
mir aus und überredete mich stattdessen, immer mehr
Bier mit ihm zu trinken.
Im Verlauf des Tages wurde er immer wortkarger,
seine am Morgen so fröhliche Stimmung kippte. Wir
brauchen dringend Geld, sagte er immer wieder, du
kannst hier nicht ewig auf meine Kosten leben. Das
habe ich nicht verstanden, schließlich hatte Jack zu
Hause doch versprochen, für mich zu sorgen.
Morgen Abend fahren wir in die Stadt und da setzt du

dich im Secret Seven ins Fenster!, befahl er mir in einem Ton, den ich noch nie an ihm gehört hatte.
Jack hatte bestimmt zehn Flaschen Bier intus. Ich verstand erst überhaupt nicht, was er meinte.
Bist du so blöd oder tust du nur so?, schrie er mich an. Du gehst für mich anschaffen, was sonst?
Ich brüllte zurück, doch das hätte ich besser gelassen.
Er riss mich an den Haaren nach hinten, bis ich zu Boden ging und warf sich auf mich. Dann nahm er meinen Kopf in beide Hände und knallte ihn zwei, dreimal auf die Fliesen. Mir wurde ganz schwarz vor Augen.
Plötzlich fing Jack an zu weinen. Er nahm mich in die Arme und flehte mich an, ihm zu verzeihen. Immer wieder versicherte er mir, das komme nie wieder vor. Ich sei doch sein Mädchen, seine Prinzessin. Diese verdammten Geldsorgen machten ihn ganz kirre. Ich solle alles vergessen, was er zu mir gesagt habe.
Jack verschwand in der Küche und kam mit einem Coolpack, einer Kopfschmerztablette und einer roten Glückspille zurück, die ich jeden Tag einwerfe, seitdem ich hier bin. Er hat mich im Arm gehalten, wir haben zusammen fern geschaut, doch er hat wohl gespürt, dass ich mich nicht auf ihn einlassen konnte. Ich habe eine Idee, sagte er plötzlich und ging mit seinem Handy ins Internet. Nach ein paar Minuten zeigte er mir einen total süßen, hellbraunen Labradorwelpen. Den holen wir morgen für dich aus dem Tierheim, versprach er. Er wird es gut bei uns haben.
Sophia, ich konnte nicht anders, ich habe ihn geküsst

und mich ehrlich gefreut. Ein Hund! Wir durften nie einen haben, dabei hatten wir uns immer sehnlichst einen gewünscht...
Irgendwann muss ich auf dem Bett eingeschlafen sein. Als ich eben wach wurde, war es draußen schon dunkel. Jack hat einen Zettel auf dem Bett für mich dagelassen:
„Prinzessin, ich bin mit ein paar Kumpels in der Stadt. Sie helfen mir dabei, Geld für meine Schulden zu beschaffen. Du verstehst schon. Danach wird alles gut, das verspreche ich dir. Wenn ich zurückkomme, wirst du mit einem Freund von mir einen schönen Ausflug machen, vielleicht schaffe ich es sogar, mitzukommen! Spüle den Zettel zur Sicherheit ins Klo. Ich liebe Dich. Jack"
Die Zimmertür war abgeschlossen.
Mit Sicherheit stecken Ruud und Jan dahinter.
Nach einer gefühlten Ewigkeit konnte ich endlich wieder mal einen klaren Gedanken fassen. Nach den Glückspillen fühle ich mich zwar jedes Mal ganz ruhig, aber sie machen mich auch ganz duselig im Kopf. Deshalb habe ich mir vorgenommen, sie nicht mehr zu nehmen, auch wenn Jack es sicher gut meint.

Sophia, ich habe eben einen Plan geschmiedet. Ich muss zusehen, dass ich heimlich hier aus dem Zimmer und dann aus dem Haus komme.
Ich will hier nicht bleiben!
Und ich werde schon gar keinen Ausflug mit Jacks seltsamen Freunden machen! Er schafft es offenbar nicht, mich vor Ruud und Jan zu beschützen.
Ich will ihn auf keinen Fall in meinen Plan

einweihen.
Wer weiß, wie er reagiert?
Ich habe Angst vor diesem anderen Jack.
Aber ganz bestimmt wird Jack wieder so wie früher werden, wenn er erst einmal Ruhe vor diesen Schuldeneintreibern hat.
Aber wohin soll ich abhauen?
Zurück zu unseren Eltern? - Auf keinen Fall!
Aber wohin dann?
Na klar!
Jack hat doch eine Wohnung in Euskirchen.
Dort wird alles besser werden.
Und Jack wird wieder der alte Jack werden...
Ich müsste allerdings, ohne einen Cent in der Tasche, von Amsterdam bis Euskirchen trampen. Das will ich auf keinen Fall.
Nein, ich gehe zuerst in Amsterdam zur Polizei.
Das ist ein guter Plan.
Sie werden mich mit fünfzehn nicht zwingen, gegen meinen Willen zu Mama und Papa zurückzugehen.
Ich sage ihnen, ich möchte bei Jack leben, er ist ja schließlich volljährig.
Wenn alles vorbei ist, wird er sicher stolz auf seine mutige Prinzessin sein!
Von Euskirchen aus werde ich ihn auf dem Handy anrufen und er wird zurückkommen. Die Sache mit seinen Schulden wird sich schon irgendwie regeln. Vielleicht gibt die Sparkasse ihm einen Kredit, dann ist er diese fiesen Typen los und kann das Geld in Ruhe an die Bank zurückzahlen...
Aber erst mal muss ich hier rauskommen!
Das Fenster!

Sophia, das ist die Lösung!
Bis zur Straße runter ist es vom zweiten Stock aus ganz schön tief. Aber das Fenster ist meine einzige Chance!
Ich habe eine Idee!
Gleich werde ich das Betttuch zusammenrollen, es am Fenstergriff festknoten und mich in der Dunkelheit daran herunterlassen. Die letzten Meter muss ich springen...

***

Stettenkamp starrte auf den flachen, schwarzen Sender.
Er beobachtete gerade, wie Peter im *Club Exclusiv* von einem muskelgestählten Mann im grauglänzenden Anzug, zurückgegelter Frisur und einem gepflegt gestutzten Dreitagebart eingelassen wurde. Um seinen Hals lag eine Goldkette.
Auf der Hauptstraße fuhren ein paar Autos an dem eher unauffälligen, grau verputzten Haus vorbei.
Der Typ erfüllt wirklich jedes Klischee, dachte Stettenkamp grinsend. An wen erinnert er mich nur?
„Codename?"
„*Violetta*", sagte Bongardt brav.
„Kumm erinn, Frank!", rief er im breitesten, rheinländischen Dialekt und sah zur Straße herüber.
„Bei uns ist immer viel Verkehr, höhöhö!"
Jetzt habe ich es, er erinnert mich an Pitt!, dachte Stettenkamp. Pitt, der Bordellchef aus *Danni Lowinski,* einer schrägen Anwaltsserie, war seinerzeit zum absoluten Publikumsliebling avanciert.

„Ich heiße Rolf! Warte hier unten einen Moment. Ich kümmere mich um dein Frischjemüse!", sagte der Typ und führte den Kriminalassistenten im *Club Exclusiv* zu einem gut besetzten Tresen mit acht Hockern.
Rolf gab der Bedienung einen Wink, woraufhin die dralle, etwas zu stark geschminkte Barfrau ihnen zwei mit klimpernden Eiswürfeln gefüllte Whiskygläser in die Hand drückte.
Sie lächelte Peter zu.
„Ich heiße Claudine. Mein Französisch ist vom Feinsten!"
Sie schnalzte mit der Zunge und grinste ihn an.
„Frank", sagte der Kriminalassistent. „Das glaube ich dir sofort!"
Die Frau auf dem Hocker neben ihm drehte sich zu Peter alias Frank um und spreizte dabei elegant die Beine. Sie trug ein knappes, schwarzes Spitzennegligee.
„Hallo! Ich bin Denise", hauchte sie und drückte ihm einen Kuss auf die Wange.
Peter Bongardt rückte näher an Denise heran und spendierte ihr ein Glas Champagner.
Stettenkamp fiel fast die Kinnlade herunter.
Er macht seine Sache sehr gut, dachte der Kommissar.

Die Prostituierte glitt von ihrem Hocker und berührte dabei die Innenseite von Bongardts linkem Oberschenkel.
„Lass uns nach oben gehen. Ich bin schon ganz heiß auf dich...", raunte sie ihm zu.
Peter lächelte ihr etwas verlegen zu und sah sich

offenbar suchend nach Rolf, dem Bordellchef, um.
„Gefalle ich dir nicht?", fragte Denise mit einem Schmollmündchen.
„Doch, doch. Aber du bist mir ein bisschen zu... alt.", sagte er leise.
Doch die Barfrau hatte ihn gehört. Claudine lehnte sich über den Tresen, sodass ihre riesigen Brüste auf dem Mahagoniholz ruhten.
„Du stehst wohl auf Schulmädchen, was?"
Er nickte.
„Rolf besorgt mir grad was", gab er zurück und drehte sich weg. Offenbar wollte er das heikle Gespräch mit ihr nicht weiter vertiefen.
Doch Claudine ließ noch nicht locker.
„Sag mal, ich habe dich hier noch nie gesehen! Wo hast du dir deine verbotenen Früchtchen eigentlich bisher besorgt?"
Auf diese Frage schien Peter nicht gefasst zu sein.
Was würde er wohl antworten?
Glücklicherweise erschien Rolf in diesem Augenblick am Tresen.
Stettenkamp stieß einen hörbaren Seufzer aus.
„Komm mit!"
Er wandte sich an Peters Nebenfrau.
„Denise, auf dich warten Franz und die anderen schon in der Swinger-Suite. Los, geh runter!"
Sie entfernte sich mit einem koketten Hüftschwung.
Bongardt stieg mit Rolf eine breite Treppe hinauf.
Der langgezogene Korridor im Obergeschoss war mit dicken, weißen Teppichen ausgelegt. Die Atmosphäre glich der eines besseren Hotels.
Rolf öffnete eine Tür und führte seinen Begleiter

hinein. Das Zimmer war sicherlich dreißig Quadratmeter groß, es gab eine Sitzecke, eine Bar und ein breites, mit schwarzer Satinwäsche bezogenes Doppelbett. Außer der verspiegelten Decke erinnerte hier nichts an einen Puff.
„Dein blutjunges, wildes Luder kommt jetz gleich", sagte Rolf in Anspielung auf die Annonce im Internet. „Jefickt hat se wohl schomal, aber dafür lass ich se dir für fünfhundert. Okay?"
Stettenkamp sah Peters ernstes Gesicht und seinen unsteten Blick, der über das Doppelbett wanderte.
Das Handy des Bordellchefs klingelte melodiös.
Er hörte ein paar Sekunden zu, dann veränderte sich seine eben snoch so entspannte Miene.
„So eine verdammte Scheiße!", schrie Rolf und schmiss das Handy in den Clubsessel, der in einer Ecke stand.
Die Stimmung schlug um.
„Raus hier!", herrschte er Bongardt an. „Du riechst nach Bulle! Sieh zu, datte Land jewinnst!"
Der Bordellbetreiber drängte den überraschten Peter grob zur Tür hinaus und gab ihm vor der Treppe einen leichten Stoß in den Rücken.
Der Kriminalassistent fing sich ab, schien Rolf jedoch nicht weiter reizen zu wollen. Stattdessen kam er der Aufforderung des blonden Kraftpakets nach und legte Claudine unten noch einen Fünfzig-Euro-Schein auf den Tresen.

So ein Mist!
Was machen wir jetzt?, überlegte Stettenkamp fieberhaft. Ohne einen Lockvogel sind wir doch

aufgeschmissen!
Er ließ sich von Ilka über die Razzia auf den neuesten Stand bringen. Sie befand sich in einer Einheit, die gerade am Kölner Eigelstein unterwegs war. Bisher hatte die Truppe ein paar illegale Prostituierte ohne Papiere aufgespürt; unter ihnen befanden sich aber offenkundig keine Minderjährigen.
Stettenkamp erzählte ihr von Peters Pleite.
„Wir brauchen auf die Schnelle einen Lockvogel, der nicht aus unseren Reihen kommt!", überlegte Ilka.
„Diese Typen sind doch jetzt misstrauisch."
Sie hatte vollkommen recht.
Daniel!
Er dachte an Ilkas Freund. Würde er das Spiel mitmachen, um der Polizei zu helfen?
„Ich rufe Daniel sofort an und frage ihn!", sagte Ilka bereitwillig.
Diese zupackende, pragmatische Art schätzte er ungemein an ihr. Ohne viele Worte zu verlieren handelte sie stattdessen einfach.
Zehn Minuten später meldete Ilka sich bereits zurück.
„Daniel macht es! Nicht gern, aber mir zuliebe."
Sie lachte kurz auf.
„Ich habe ihn schon gebrieft. Er fragt gleich am Telefon nach zwei jungen Mädchen, mit denen er es angeblich treiben will. Daniel wird ihnen sagen, bis nach Amsterdam zu Piet sei es ihm zu weit. Klingelt es bei dir? Vivien redet wirres Zeug von einem gewissen Piet - er war mit Sicherheit ihr Loverboy! Und Daniel wird seine Handynummer nicht unterdrücken. Sonst wird das Ganze zu auffällig!"
Stettenkamp atmete tief durch.

„Ilka, du bist die Beste!"
„Ich weiß", flüsterte sie.

Mittwoch - 10. Tag

Der schon frühlingswarme Morgen begann für Ilka mit einer faustdicken Überraschung.
Vollkommen übernächtigt griff sie um sieben Uhr zwanzig nach ihrem fortwährend klingelnden Smartphone. Wer rief denn jetzt bloß an?
Sie erkannte Sabine Knips sofort an der Stimme, obwohl diese sich verzweifelt überschlug.
„Ilka", brüllte Natalies Mutter, „komm sofort her!"
Sie vernahm nur noch einen durchdringenden Schrei. Dann knackte es in der Leitung.
Schlagartig war Ilka hellwach, sprang aus dem Bett und zog sich in größter Hast die auf dem Boden liegenden Klamotten an; Jeans und Bluse, die sie gestern bereits getragen hatte.
Sie schwang sich in ihren Golf und raste nach Wildbach.
Sabine, das spürte sie, musste eine schreckliche Entdeckung gemacht haben!

Während der Fahrt spielten sich die Ereignisse der vergangenen Nacht wie ein Film vor ihrem geistigen Auge ab.
Daniel hatte seine Rolle als ein an jungen Mädchen interessierter Freier sehr gut gespielt. Lässig hatte er Rolf am Tresen des *Club Exclusiv* einen gekennzeichneten Tausend-Euro-Schein zugeschoben und einen auf dicke Hose gemacht. Der Bordellchef und seine Bardame Claudine waren tatsächlich nicht misstrauisch geworden.

In einem Hinterzimmer hatte Daniel auf einem Doppelbett zwei nackte, abgemagerte Teenager angetroffen. Sie hatten auf ihn vollkommen verängstigt und gleichzeitig leicht benommen gewirkt.
Keine der beiden war allerdings Carlotta Blumenthal gewesen!
Daniel hatte sich nur leise mit den Mädchen unterhalten, um zu verhindern, dass Rolf sie belauschte.
Doch der schien sich unten bereits um neue Geschäfte zu kümmern.
Nach zehn Minuten hatte Daniel über seinen Sender das vereinbarte Stichwort fallen lassen - die Luft war also rein!
Stettenkamp und vier weitere Kollegen hatten den *Club Exclusiv* sofort gestürmt. Die Mädchen waren noch in der Nacht einer Euskirchener Jugendamtsmitarbeiterin übergeben worden. Diese hatte dafür gesorgt, dass die beiden fürs Erste in einem betreuten Mädchenwohnheim unterkommen konnten.
Bordellchef Rolf gab sich als Unschuldslamm aus. Er lieferte der Polizei aber ohne zu zögern zwei Niederländer ans Messer.
Er habe das Zimmer seit Monaten an die Brüder Ruud und Jan van Veen vermietet; gezahlt werde am Monatsende in bar.
Er kenne die Männer nur vom Ansehen, gab Stettenkamp aber bereitwillig Ruud van Veens Handynummer. Diese hatte sich rasch in Amsterdam orten lassen.
Stettenkamp hatte sich daraufhin mit Mieke Jong

kurzgeschlossen. Ihr war es mit ihren Kollegen in der Nacht gelungen, Ruud gemeinsam mit seinem Bruder in dem verdächtigen Haus in der Amsterdamer Kerkstraat aufzuspüren - und festzunehmen.
Beide Männer hatten in ihren iPhones Natalie Knips' Handynummer und ihre Adresse als Kontakt abgespeichert.
Aus den gelöschten, aber von Experten wiederhergestellten Nachrichtenverläufen und Sprachnachrichten der Brüder van Veen zogen Stettenkamp, Ilka und Mieke Jong am frühen Morgen folgenden Schluss: Höchstwahrscheinlich waren ihnen tatsächlich die Hintermänner eines großangelegten niederländischen Loverboy-Rings ins Netz gegangen!
Sie hatten ihre Fänge im Internet bereits über Nordrhein-Westfalen bis nach Rheinland-Pfalz ausgelegt, um immer neue Opfer zu finden.
Volltreffer!

Ilka hatte gerade die Haustür aufgeschlossen und sich nur noch nach Schlaf gesehnt, da hatte Mieke Jong sich noch einmal bei ihr gemeldet.
Sie war vor einer Viertelstunde in ein Amsterdamer Krankenhaus, dem *Medisch Centrum,* gerufen worden!
Nachtschwärmer hatten in der Stadt ein schwerverletztes, junges Mädchen aufgegriffen, das vollkommen verstört gewirkt habe. Sie hatten sofort einen Krankenwagen gerufen.
Im Hospital hatten sich die Ärzte dann angesichts des unbekannten, mit blauen Flecken übersäten Teenagers rasch mit der Polizei in Verbindung gesetzt.

Mieke Jong war sich gleich sicher gewesen, Carlotta
Blumenthal im *Medisch Centrum* erkannt zu haben.
Sie hatte ihrer deutschen Kollegin ein Handyfoto des
Mädchens geschickt, um sich zu vergewissern.
Ilka hatte es nicht glauben können!
Carlotta war gefunden worden - und überdies bereits
in Sicherheit!
In der Nacht hatte sie die überglücklichen
Blumenthals informiert und ihnen berichtet, ihre
Tochter werde bereits am Vormittag ins Krankenhaus
nach Mechernich gebracht. Die Eltern waren zwar
zunächst schockiert, dann aber fast sprachlos vor
Glück gewesen!

Auf den letzten Kilometern vor Wildbach sah Ilka auf
die Uhr.
Sie dachte an Ingrid Schimkus.
Wir haben ihr eine Menge zu verdanken, überlegte
Ilka. Ohne die Erfahrung und Informationen dieser
engagierten Frau würden wir vermutlich immer noch
im Nebel stochern...
Über ihre Freisprechanlage wählte sie die Frankfurter
Nummer der pensionierten Kripobeamtin.
Ingrid Schimkus meldete sich bereits nach dem ersten
Klingen.
Noch ganz unter dem Eindruck der Ereignisse der
vergangenen Nacht berichtete Ilka ihr aufgeregt von
Carlotta Blumenthal.
„Sie ist ihrem Loverboy tatsächlich entkommen! In
ein paar Tagen wird das Mädchen wohlbehalten bei
ihren Eltern zurück sein", schloss sie.
Doch die Reaktion der Frankfurterin fiel

überraschend verhalten aus.
„Ach, Frau Landwehr", sagte sie leise. „Ich hoffe so sehr mit Ihnen, dass es so laufen wird. Aber ich habe in den letzten Jahren zu viel mit den komplett manipulierten jungen Mädchen erlebt, dass ich mich noch gar nicht unbeschwert mitfreuen kann."
Sie machte eine kurze Pause.
„Bitte entschuldigen Sie meine Skepsis, liebe Frau Landwehr! Sie und Ihre Kollegen haben absolut Großartiges geleistet. Seien Sie stolz!"

Ilka hatte keine Zeit mehr, weiter über die Worte Ingrid Schimkus' nachzudenken.
Sie stand vor Sabine Knips' Haus und klingelte Sturm.
Im Haus regte sich nichts!
Sabine schien Sammy mitgenommen zu haben, ansonsten wäre er längst bellend zur Haustür gelaufen.
Ilka lief zur Straße und traf auf Gertrud Linden, die Sabine in den ersten Tagen der Trauer mit einem warmen Mittagessen versorgt hatte.
Bevor sie etwas fragen konnte, sagte die Nachbarin leise: „Ich glaub, da ist irgendwas bei Lautweins los!"
Sie bedankte sich flüchtig, drehte sich um und rannte über die Dorfstraße in die andere Richtung.
Schon von weitem vernahm Ilka aus dem Garten der Familie Hundegebell sowie ein nicht enden wollender, tiefer Schrei.
Was war dort bloß passiert, das Sabine derart verzweifeln ließ?
Dann erkannte sie es.

Sabines Schäferhund stand vor einem sicherlich eineinhalb Meter tiefen Loch, das er unverkennbar selbst gegraben hatte, und bellte ohne Unterlass.
In der Grube lag eine rote Umhängetasche mit weißen Blümchen darauf!
Auf dem Boden daneben hockte Kai, die Arme um beide Knie geschlungen und weinte haltlos. Sein Vater Erwin stand hilflos neben ihm und hatte seine Hand auf die Schulter seines Sohnes gelegt.
Ilka führte ihre Schulfreundin vorsichtig zu einer Holzbank. Sammy wich Sabine nicht von der Seite.
Erwin Lautwein trat einen Schritt auf Ilka zu.
„Ich möchte ein Geständnis ablegen", sagte er. „Ich habe die Tasche hier vergraben, um Kai zu schützen", sagte der Wildbacher leise. „Das war falsch. Aber ich wusste mir einfach nicht anders zu helfen, als Kai sich mir anvertraut hat."
Ilka musste wissen, ob sie mit ihrem Verdacht richtig lag.
„Haben Sie mit jemandem darüber gesprochen?"
„Ja. Ich habe es anders nicht mehr ausgehalten. Mit meiner Frau konnte ich auf keinen Fall darüber reden..."
„Mit wem dann?"
„Mit Matthias Backes. Aber da hatte ich die Tasche schon vergraben. Der hat nichts damit zu tun!"
Er wollte dir trotzdem helfen, deinen Sohn zu decken, dachte Ilka. Vielleicht wusste Erwin Lautwein aber von dessen Falschaussage auch gar nichts.
„Warum?", fragte sie stattdessen.

Kai rappelte sich vom Boden hoch und sah sie an.

„Es war ein Unfall!", sagte er eindringlich. „Ich habe Natalie am Sonntag in Schleiden gesehen. Es war ein Zufall! Ich wollte eigentlich schon früher zum Bahnhof und sah sie bei einem Mann im Auto sitzen. Sie fuhren in Richtung Oberhausen, aber der Typ bog dann vorher hinter dem *Rewe-Markt* rechts ab. Da hab ich mir gleich gedacht, dass sie rüber zur Olef wollen", erzählte er kaum hörbar.
„Du warst eifersüchtig, nicht wahr?"
Kai nickte.
„Und wie! Ich war in Natalie verliebt, aber sie wollte nichts von mir wissen. Ich habe die Hoffnung aber nicht aufgegeben. Als ich sie am Fluss sitzen sah, wie sie Sekt mit diesem Mann getrunken und er ihr einen Joint gedreht hat und die beiden dauernd gelacht haben - da bin ich fast ausgerastet!"
Er stampfte mit dem Fuß auf.
„Das Schwein hatte nichts Gutes mit ihr im Sinn! Das habe ich doch gesehen. Wie er sie angetatscht hat! Als wäre sie sein Eigentum. Widerlich!"
„Was ist dann passiert?"
„Irgendwann haben sie sich verabschiedet und der Typ ist in seinem schwarzen BMW davongefahren. Natalie schlenderte rüber zum Bahnhof. Ich hinterher. Im Bus habe ich sie dann auf den Mann angesprochen. Sie wollte aber überhaupt nicht mit mir reden. 'Verpiss dich, du Nerd!', hat sie nur gesagt."
Kai schluckte.
„Früher hat Natalie nie so mit mir geredet."
„Wie ging es weiter?"
„In Wildbach bin ich ihr dann von der Bushaltestelle aus gefolgt."

Er warf seinem Vater einen kurzen Blick zu.
„Papa hat dort nicht auf mich gewartet. Meine Oma lag im Sterben und meine Eltern saßen beide die ganze Zeit über zu Hause bei ihr am Bett. Die haben überhaupt nicht mitbekommen, wann ich nach Hause gekommen bin."
Erwin Lautwein nickte und blickte starr in das Erdloch.
„Hast du dich mit Natalie gestritten?"
„Na klar! Ich wollte sie doch davon überzeugen, dass dieser Typ es nicht gut mit ihr meint!"
„Weißt du eigentlich, wie er heißt?"
„Ja. Jan heißt er! Den Nachnamen weiß ich nicht. Als es passiert war, habe ich Natalies Tasche in meinen Rucksack gesteckt, da war auch ihr Handy drin. Ich habe in ihre Nachrichten geguckt. Es war auch ein Chat mit diesem Jan dabei." Kai starrte vor sich hin und redete nun hastig ohne Unterlass. „Der Typ hat ihr geschrieben: 'Süße, wie gut, dass du mich angerufen hast! Ich muss mich bei Jack bedanken, dass er sie so einer hübschen Braut auf den Bierdeckel geschrieben hat. Lass uns mal was zusammen mit Jack und Carlotta unternehmen...'"
Daher wehte also der Wind!
Natalie hatte diesen Jan letztlich über Carlotta - oder besser gesagt - über deren Loverboy kennengelernt! Sie hatten vermutlich irgendwo zusammen etwas getrunken und Natalie musste ebenfalls dort gewesen sein.
Vielleicht nachmittags in einer Eisdiele?
Langsam schloss sich der Kreis...
„Erzähl mir von eurem Streit!", bat Ilka.

"Ich wollte Natalie ein Stück nach Hause begleiten. Doch sie wurde sauer und wollte mich einfach nur loswerden. Sie verteidigte Jan und sagte mir, er sei wenigstens ein richtiger Mann und nicht so ein blasses Jüngelchen wie ich."
Er nahm tief Luft.
"Das war noch nicht alles! Ich habe ihr an den Kopf geworfen: 'Dein Jan macht dich bekifft und besoffen. Du merkst ja nicht mal, was er mit dir vor hat! Weiß deine Mutter eigentlich von diesem Schwein?', habe ich sie gefragt. Da ist Natalie ausgeflippt. 'Wenn du es wagst, ihr von Jan zu erzählen, werde ich überall verbreiten, du hättest versucht, mich zu vergewaltigen!', hat sie gebrüllt. Da bin ich wütend geworden und habe sie geschubst. Ziemlich grob."
Er fing an zu weinen.
"Aber ich wollte doch nicht, dass sie mit dem Kopf auf diesen Stein knallt! Sie bewegte sich einfach nicht mehr! Ich habe versucht, sie wiederzubeleben, aber das funktionierte nicht. Ich war vollkommen verzweifelt und wusste nicht, was ich machen sollte..."
"Und dann hast du sie den Waldweg hinaufgezogen und die Böschung hinabgerollt, richtig? Und hinterher dein blutverschmiertes T-Shirt beim alten Lenzen in einem Sack Mais versteckt!"
Kai nickte.
"Ich versteh mich selbst nicht mehr! Aber ich stand total neben mir. Es war wie in einem Film, in dem ein anderer das getan hat, was in Wirklichkeit ich gewesen bin. Verstehen Sie das?"
Ilka atmete tief durch.

„Hat Natalie noch gelebt, als du sie den Hang hinuntergestoßen hast?"
„Ich weiß es nicht!"
Er schnappte nach Luft.
„Es war ein Unfall!", wiederholte der Junge. „Ich wollte das alles nicht. Bitte glauben Sie mir doch!"

***

Liebe Sophia.
Stelle dir vor, ich bin im Krankenhaus!
Weit, weit weg von Jack.
Ich bin unendlich traurig, ich fühle mich so schmutzig und bin total neben der Spur.
So viel ist passiert...
Es ist mir tatsächlich in der vergangenen Nacht gelungen, vor Ruud und Jan zu fliehen.
Der Sprung aus dem Fenster war allerdings höher als gedacht: Das Bettlaken ließ sich nicht fest am Griff verknoten und riss sofort ab, als ich mich an ihm herunterlassen wollte. So eine Sch... Nach dem harten Aufprall habe ich gleich gespürt, dass mit meinem rechten Bein etwas nicht stimmt, es tat höllisch weh und ich konnte nicht mehr auftreten. Mit letzter Kraft bin ich in der Dunkelheit irgendwie zur Straße gerobbt. Das nächste, woran ich mich erinnern kann, waren zwei aufgeregte Frauen, die vor mir knieten. Und an einen Rettungswagen, der mich in Amsterdam in ein Krankenhaus brachte. Zum Glück stellte sich dort heraus, dass mein Bein zwar stark geprellt, aber nicht gebrochen war. Eine holländische Polizisten wollte wissen, wie ich heiße und wo ich wohne. Ich

habe Frau Jong die Wahrheit gesagt. Zum Glück hat mir eine Krankenschwester dann eine Spritze gegen die Schmerzen gegeben, sonst wäre ich noch wahnsinnig geworden. Ich muss eine Ewigkeit tief und fest geschlafen haben.
Als ich aufwachte, saßen Mama und Papa plötzlich an meinem Bett!
Vor mir stand ein Tablett mit dem Mittagessen. Mama erzählte mir schluchzend, dass ich vor einer halben Stunde nach Mechernich ins Krankenhaus gebracht worden bin und wollte sofort wissen, was überhaupt los ist.
Sophia, ich habe mich schlafend gestellt, was hätte ich ihr denn antworten sollen?
Das aus ihrer Carlotta eine billige Nutte geworden ist? Kurz darauf erschien eine Polizeibeamtin in meinem Zimmer und stellte mir tausend Fragen.
Wer mich nach Amsterdam gebracht habe, wo genau ich dort gewesen sei und was mir dort konkret passiert sei, wollte diese Frau Landwehr wissen. Sie zeigte mir etliche Fotos, die wohl im Krankenhaus von mir gemacht worden waren. Ich bin selbst noch ganz erschrocken über die vielen blauen Flecken.
Auf meinem Bauch ist der Buchstabe R eingeritzt! Diese Schweine!
Ich habe das in Amsterdam gar nicht wirklich mitbekommen, das kann nur Ruud getan haben. Nach dieser ekligen klaren Flüssigkeit fühlte ich mich ja jedes Mal wie weggebeamt.
Auf alle Fragen der Polizistin habe ich geschwiegen. Bevor Frau Landwehr sich verabschiedete, sagte sie unseren Eltern, sie habe sich bereits mit ihren

niederländischen Kollegen kurzgeschlossen. Dann erzählte sie irgendwas von einem Loverboy-Ring; erwachsene Männer erschlichen sich das Vertrauen und die Liebe junger Mädchen, um sie später zur Prostitution zu zwingen. Ein Gynäkologe werde mich noch heute untersuchen, sagte die Polizistin, damit sie und ihre Kollegen fundiert ermitteln könnten. Und ich solle mich doch bitte zu einer Aussage entschließen.
Mama heulte die ganze Zeit über wie ein Schlosshund, Sophia, und hielt meine Hand ganz fest. Das tat so gut!
Papa hingegen starrte mich nur völlig versteinert an und sprach kein Wort. Als sie nach einer gefühlten Ewigkeit gegangen waren, konnte ich endlich richtig weinen.
Sophia, ich bin fix und fertig und fühle mich total allein.
Mama und Papa haben dafür gesorgt, dass ich hier nicht einmal angerufen werden kann!
Ich vermisse Jack.
Wäre ich doch nur wieder bei ihm!
Bestimmt sucht er mich verzweifelt.
Er liebt mich doch!
Und nun weiß er nicht einmal, wo ich bin!
Jack hat doch immer versucht, mich zu beschützen und mir geholfen, wenn es mir schlecht ging.
Wir gehören zusammen, Jack und ich, das spüre ich einfach! Als ich vorhin überhaupt nicht mehr aufhören konnte zu heulen, hat mir die Krankenschwester eine Beruhigungstablette gebracht und gemeint, nun werde doch alles gut.

Wenn die wüsste - jetzt wo Mama und Papa ahnen, was mit mir passiert ist! Ich will auf keinen Fall zurück nach Hause, geschweige denn wieder in die Schule. Da werden sich doch alle das Maul über mich zerreißen, vielleicht tratschen sie längst über Carlotta, die Nutte.
Sophia, unerwartet gibt es aber auch einen kleinen Lichtblick!
Im Krankenbett neben mir liegt eine junge Frau, die zwar ebenfalls kein Telefon und kein Handy hat, aber immerhin einen Laptop!
Ich habe sie gerade gefragt, ob ich eine Nachricht versenden darf.
Nadine hat es mir erlaubt!
Auf der Station gibt es nämlich Internetanschluss in den Zimmern. Cool, was? Jetzt gleich werde ich mich bei Knuddels anmelden und Jack schreiben!
Vielleicht sieht er ja in den Chat - ich hoffe es so sehr! Mal sehen, bestimmt gibt es übers Netz auch eine Möglichkeit, ihm eine Nachricht auf sein Handy zu schicken.
Ach Sophia, wenn Jack erst einmal weiß, wo ich bin, wird er mich heimlich hier rausholen.
Und dann wird alles ganz anders werden...

***

Alex Stettenkamp saß mit seinem Team in der Mittagssonne.
Ilka, Bongardt und er waren inzwischen seit fast dreißig Stunden auf den Beinen. Allmählich bahnte sich die Müdigkeit ihren Weg.

„Carlotta wird bald wieder zu Hause bei ihren Eltern sein", sagte der Kommissar in die Stille hinein. „Wir haben zusammen mit den Niederländern einen großangelegten Loverboy-Ring ausgehebelt! Durch Ruud und Jan van Veen und ihre Mittäter wird jedenfalls kein Mädchen mehr zum Opfer werden. Das ist doch was!"
Alle nickten.
„Und wir wissen nun, durch wen Natalie Knips ums Leben gekommen ist. So tragisch ihr Tod auch ist: Ihre Mutter hat nun endlich Gewissheit, was mit ihrer Tochter geschehen ist. Vielleicht hilft ihr das ein wenig!"
Das glaube ich nicht, dachte Ilka.
Ein sechzehnjähriger Junge aus dem eigenen Dorf! Nein, das wird ihr überhaupt nicht helfen.
Doch sie sagte es nicht.
„Lasst uns zurück ins Büro gehen", schlug sie vor. „Mir brennt da noch etwas auf der Seele. Ich will endlich wissen, was damals mit Karin Herkenrath geschehen ist. Ansonsten hat Rainer Wollscheid keine Chance, sich in Wildbach jemals zu rehabilitieren!"
Schweigend überquerten sie die Straße und schlenderten hinüber zum Kreishaus.

„Nach allem, was wir von Franz Schreiber erfahren haben, müssen wir den Mordfall neu aufrollen", sagte Ilka und klopfte mit einem Stift gegen die voll geheftete Metaplanwand im Büro.
„Wollscheid hat bis zu seiner Verurteilung nie zugegeben, Karin Herkenrath erwürgt zu haben. Er ist damals im Rahmen eines reinen Indizienprozesses

wegen Mordes aus niederen Beweggründen ins Gefängnis gekommen. Ohne die Zeugenaussage ihres Bruders, der ihn ja angeblich beobachtet hat, wäre es außerordentlich schwierig geworden, Wollscheid zu verurteilen."
Bongardt warf ein: „Das fremde Haar auf dem Pullover der Toten und die Faserspur einer dunkelblauen Fleecejacke stammten aber ja zweifelsfrei von Wollscheid!"
Ilka nickte.
„Das stimmt, Peter. Seinerzeit haben unsere Kollegen laut Akte nach der Tat aber nicht überprüft, ob sich unter Wollscheids Fingernägeln Hautschuppen der Toten befanden."
Sie schwieg einen Augenblick.
„Nach allem, was wir von Franz Schreiber wissen, könnte sich Karin Herkenraths Tod in meinen Augen auch vollkommen anders abgespielt haben. Vielleicht lag sie bereits tot am Boden, als Wollscheid ins Haus eingebrochen ist. Er könnte sich über sie gebeugt haben, um zu prüfen, ob die Frau noch lebte!"
Sie sah zu Bongardt und Stettenkamp hinüber.
„Das würde auch erklären, dass er Spuren auf ihrem Pulli hinterlassen hat!"
Ihr Chef sprang auf.
„Franz Schreiber erzählte uns doch, dass Karin mit der Nazivergangenheit ihres Großvaters völlig anders umging als ihr Bruder Hans-Josef. Sie wollte das große Familiengeheimnis in einem Buch öffentlich machen, aus welchen Gründen auch immer. Er hingegen hat alles daran gesetzt, dass weiterhin niemand davon erfährt - schon gar nicht der Heimatforscher

Jürgen Rudolph. Aber wäre er soweit gegangen, für dieses Ansinnen einen Mord zu begehen? An seiner eigenen Schwester?"
Bongardt fiel ein: „Dann hätte er Wollscheid einen Mord in die Schuhe geschoben und ihn damit fünfzehn Jahre lang unschuldig in den Knast gebracht! Und das alles, weil sein Opa ein Nazi war? Ich kann mir das einfach nicht vorstellen!"
Ilka hob die Schultern.
„Lass uns hinfahren", schlug sie vor. „Jetzt!"

Obwohl der alte Renault der Familie vor der Garage parkte, reagierte eine Dreiviertelstunde später im Hause Herkenrath niemand auf ihr Klingeln.
„Dat Änn is net do!" Die Stimme drang vom Bürgersteig zu ihnen hinüber und gehörte einer älteren Frau in einem blau geblümten Kittel. Sie kehrte gerade den Gehweg.
Ilka ging auf sie zu.
„Sie meinen Anna Herkenrath, nicht wahr?"
Die Nachbarin hob ein Kehrblech vom Boden hoch und nickte.
„Dat Änn hat ene Koffer dobei und fuhr möt der Tax fott! Ich denk ens bei sing Mutter no Düsseldorp."
Sie fuchtelte mit dem Handbesen vor Ilkas Nase herum und berichtete, nachdem sie sich als Anneliese Schmitz vorgestellt hatte, unverdrossen weiter: „Äver der Hans-Josef und dat Luisje han ich set jester net mi jesinn!"
Ilka verkniff sich ein Grinsen.
„Ist das so ungewöhnlich?", fragte sie harmlos.
„Jo jo datt! Durch mi Köchefinster sehn ich doch

direk he erüver!"
Anneliese zählte mit stolzer Miene die Uhrzeiten auf, zu denen der Kirchenmusiker für gewöhnlich das Haus verließ. Darüber vergaß sie sogar das Kehren des Bürgersteigs.
„Do stemp jet nit!", schloss sie wichtig.
Ilka bedankte sich höflich und ging zu Stettenkamp und Bongardt zurück, die gerade im Garten durch die Terrassentür des Wohnzimmers spähten.
„Wir sollten die Frau ernst nehmen!", fand Ilka.
Bongardt nickte.
„Schaut mal, das Fenster drüben ist nur gekippt.
Wenn wir also hinein wollen, wäre das überhaupt kein Problem!"
Sie wollten.

In der großen Küche standen auf dem Tisch zwei benutzte Holzbrettchen, ein Brotkorb sowie ein Teller mit Aufschnitt, dessen Ränder sich bereits wellten. An der gusseisernen Garderobe in der Diele hingen fünf Herrenanoraks sowie diverse Size-Zero-Jäckchen, wie sie nur Luisa passen konnten. Auf einer Anrichte lag ein Smartphone.
„Herkenrath und seine Tochter sind hier, das sagt mir mein Gefühl!", meinte Stettenkamp und begann lautstark, nach den beiden zu rufen. Unerwartet rasch hatte er damit Erfolg.
 Aus dem Keller drang eine weibliche Stimme.
„Bitte kommen sie her! Wir sind hier unten im Billardraum."
Das konnte nur Luisa sein!
Die drei rannten die schmale Holztreppe hinunter.

Die Tür, hinter der sie Vater und Tochter vermuteten, war verschlossen. Stettenkamp hämmerte dagegen.
„Machen Sie auf! Sofort!"
Einen Augenblick später drehte sich ein Schlüssel im Schloss.
Hans-Josef Herkenrath wirkte blass und übernächtigt. Mit einer Handbewegung deutete er auf eine großzügige Couch, auf der Luisa mit einem Stapel zusammengehefteter Blätter saß, den sie krampfhaft festhielt.
Ilka konfrontierte den Kirchenmusiker ohne Umschweife mit ihren Überlegungen zum Tod seiner Schwester Karin.
Luisas Miene blieb undurchdringlich.
Sie weiß es längst, dachte Ilka.
Herkenrath saß zusammengesunken und still auf dem breiten Sofa, die Hände im Schoß gefaltet.
„Ist es so gewesen?"
Sie wollte ihn nicht weiter quälen, doch sie mussten endlich die Wahrheit kennen.
Er sah kurz auf und nickte dann.
Ich will jetzt endlich genau wissen, was vor sechzehn Jahren passiert ist! Und vor allem warum?, dachte Ilka.
Endlich brach Herkenrath sein Schweigen.
„Ich wollte das nicht, bitte glauben Sie mir! Ich wollte meine Schwester zur Vernunft bringen, ich habe sie an den Schultern gepackt, wir haben uns immer heftiger gestritten und dann..."
„...haben Sie ihren Hals ganz kurz zugedrückt und Karin ist plötzlich gestorben?", fragte Ilka.
„Ja! Ich kenne den Obduktionsbericht. Darin stand

etwas von reflektorischem Herz-Kreislaufstillstand einer Bluthochdruckpatientin nach Erwürgen. Aber ich habe Karin gar nicht richtig gewürgt! Ehrlich nicht. Sie hatte kurz vor unserem Streit etwas gegessen, das weiß ich noch. Dann ging alles so schnell..."
Ihm versagte die Stimme.
„Warum?", fragte Ilka sanft.
Es dauerte eine ganze Weile, bis er weitersprach.
„Sie können sicher nicht nachvollziehen, warum ich mein Leben lang alles dafür getan habe, um zu verhindern, dass diese Schande öffentlich wird", begann Hans-Josef Herkenrath zögernd.
„Stimmt!", bekräftigte Bongardt und fing sich sofort einen strafenden Blick seines Chefs ein.
„In meinen Adern fließt das Blut eines widerwärtigen Schlächters, der auf grausamste Weise unzählige Menschen umgebracht hat! Und das vollkommen freiwillig und dazu mit heller Freude. Dieses schreckliche Gefühl kann ich Ihnen nicht beschreiben! Meine Frau Anna stammt aus einer jüdischen Familie aus dem Oleftal. Ihre wenigen Angehörigen, die den Holocaust überlebt haben, sind in die USA ausgewandert."
Er nahm tief Luft.
„Ich habe Anna schweren Herzens kurz vor unserer Heirat in unsere Familiengeschichte eingeweiht - und nicht damit gerechnet, dass sie danach überhaupt noch etwas mit mir zu tun haben wollte. Doch sie hatte eine andere Sicht auf die Dinge, ausgerechnet sie, die Jüdin! Ich habe Anna angefleht, über die Vergangenheit zu schweigen. Es gab ja damals schon

nicht mehr viele Menschen in Wildbach, die meinen Großvater gekannt haben."
Mit Blick auf Luisa sagte er: „Für meine Frau gibt es den Begriff der Erbschuld nicht. Wir haben zusammen den Arbeitskreis 'Stolpersteine' ins Leben gerufen und besonders ich engagiere mich dort sehr. Aber das wissen Sie sicher alles längst. Ansonsten haben wir den Mantel des Vergessens über die Gräueltaten meines Großvaters gebreitet. Bis... ja, bis Karin zurück in die Eifel gekommen ist! Sie war fest davon überzeugt, dass unsere Mutter sich ein Jahr vor Luisas Geburt das Leben genommen hat, weil sie mit dem eisernen Schweigen innerhalb der Familie nicht fertig geworden sei!"
Er nahm den Kopf in beide Hände.
„Meine Schwester hat Tag und Nacht über das Leben unseres Opas recherchiert und ist herumgereist, um Zeitzeugen zu befragen. Damit nicht genug, wollte sie unsere Familiengeschichte in einem Buch breittreten! Aufarbeiten nannte sie das. Sie könne mit unserem Verdrängen und Verschweigen nicht weiterleben. Ich sage: Karin wollte unsere ganze Familie in den Schmutz ziehen! Ich hätte mich doch nirgendwo mehr blicken lassen können, niemals mehr als Kirchenmusiker arbeiten können, geschweige denn, weiterhin in Wildbach zu leben!"
„Papa, jetzt übertreibst du aber!", warf Luisa ein.
„Überhaupt nicht!", brauste er auf. „Dein Urgroßvater hat doch sogar Menschen aus dem Dorf ins KZ gebracht! Die Goldbergs, seine eigenen Nachbarn! Jüdische Kaufleute sind das gewesen.
Franz Schreibers Bruder August hat dein Uropa 1945

eiskalt drüben auf der Römerstraße erschossen, als der Junge vor dem Kriegsdienst in Russland voller Angst nach Hause geflohen ist. Ein halbes Kind ist der August da noch gewesen!"
Luisa schüttelte den Kopf.
„Papa, jeder Mensch hat das Recht auf seine eigene Biografie! Du sprichst von Blutsbanden, aber der Mensch ist doch frei!"
Ihr Vater hob die Hand, um sie zum Schweigen zu bringen.
„Luisa! Du hast von alledem bis vor ein paar Tagen nichts gewusst. Warum hat es dich nach dem Abitur ein ganzes Jahr lang nach Israel gezogen, um dort kranken Shoa-Überlebenden zu helfen? Das ist doch kein Zufall!"
Sie legte nachdenklich die Hand auf seinen Arm.
„Vater, ich werde Tante Karins Buch zu Ende schreiben und es veröffentlichen", sagte Luisa nun sehr selbstbewusst. „Nicht als Selbsttherapie, sondern weil wir es den Opfern und ihren Angehörigen schuldig sind, die Wahrheit anzuerkennen! Auch wenn sie sich in der eigenen Familie abgespielt hat..."
Die junge Frau strich über das Manuskript ihrer Tante wie über einen wertvollen Schatz.
„Wem nutzt es, dass du dafür sorgst, das in sämtlichen Dörfern in der Eifel Stolpersteine verlegt werden, du aber andererseits alles tust, um die Taten deines eigenen Großvaters zu verschweigen?"
Hans-Josef Herkenrath schüttelte fassungslos den Kopf.
„Du weißt ja gar nicht, was du da redest! Seine Schuld wird immer auch unsere sein. Es reicht doch,

wenn wir damit leben müssen! Aber muss auch noch jeder davon wissen? Damit alles nur noch schlimmer wird?"
Sie erhob sich und baute sich vor ihrem Vater auf.
„Nein, Papa, durch das Schweigen hast du all die Jahre alles noch schlimmer gemacht! Vielleicht hast du Tante Karin umgebracht und das, weil sie die Wahrheit erzählen wollte! Du hast dafür gesorgt, dass Rainer Wollscheid unschuldig ins Gefängnis gewandert ist. Wie lange hätte sich Herr Rudolph noch an den Fotos halbnackter Kinder aufgeilen können, nur weil du dich von ihm hast erpressen lassen?"
Hans-Josef Herkenrath wich der letzte Rest Farbe aus dem Gesicht.
„Du hast ja recht", flüsterte er.

Ein großartiges Glücksgefühl breitete sich allmählich in Stettenkamp aus. Es ließ die Anspannung der vergangenen zehn Tage endlich weichen.
Er dachte noch eine ganze Weile an Natalie Knips und Carlotta Blumenthal. Ilkas Instinkt war es zu verdanken, dass es ihnen zudem gelungen war, Licht in die Todesumstände Karin Herkenraths zu bringen.
Rainer Wollscheid hatte fünfzehn Jahre lang unschuldig hinter Gittern gesessen für einen Mord, den er nicht begangen hatte.
Das war nie mehr gutzumachen.
Und doch ungemein wertvoll, dass sie die Wahrheit nun zutage gefördert hatten und der Wildbacher nun zumindest darauf hoffen konnte, im Dorf in Ruhe gelassen zu werden.

Nachdem Ilka und er die letzten Berichte geschrieben hatten, war er nach Hause gefahren.
Zusammen mit Lisa und den Kindern beschloss Alex, endlich mal wieder seinen demenzkranken Vater im Pflegeheim zu besuchen. Ihn plagte seit Tagen das schlechte Gewissen, weil er aufgrund seines beruflichen und familiären Tohuwabohu schon länger nicht bei ihm gewesen war.

Friederike Baumgarten kam ihnen im *Sonnenhof* bereits entgegen.
„Ihrem Vater geht es den Umständen entsprechend gut", berichtete sie fröhlich. „Er hat helle und dunkle Tage, doch die dunklen fangen wir hier prima auf, das wissen Sie."
Die Altenpflegerin lächelte herzlich.
„Michael ist in seinem Zimmer, ich habe ihm bis eben aus der Zeitung vorgelesen."
Friederike Baumgarten begleitete sie noch bis zur Tür.
„Falls Sie Kaffee und Kuchen möchten, die Cafeteria hat noch geöffnet."
Ben und Moritz waren bereits zu ihrem Großvater hereingestürmt.
„Opa!"
Die Jungen umarmten den alten Mann und plapperten munter auf ihn ein. Er rieb sich die müden Augen.
„Ach Kinder, ihr seid es! Seid ihr ganz alleine hier?"
Lisa legte ihrem Schwiegervater den Arm um die Schulter und zog sich einen Stuhl zu ihm heran.
„Nein, Michael, wir sind alle zusammen hergekommen. Schau, Alex ist auch hier."

Es dauerte ein wenig, bis er sich sortiert hatte. Sie waren daran gewöhnt, dass der alte Stettenkamp einer Unterhaltung meist nicht mehr gut folgen konnte und Dinge erzählte, die in seiner ureigenen Welt geschahen.
Lisa hatte den Zwillingen zwei Päckchen Lego mitgebracht, sodass sie einstweilen gut beschäftigt sein würden. Sie sprachen mit Michael über längst vergangene Zeiten, in denen seine Frau noch gelebt und er selbst in Münster als Amtsrichter gearbeitet hatte. Für ihn bildeten diese Zeiten an den vielen dunklen Tagen die Gegenwart. Seine Augen begannen zu strahlen und er erzählte von einem kuriosen Fall, über den er ihnen schon sehr häufig berichtet hatte. Alex und Lisa ließen sich nichts anmerken, stellten ihm ein paar Fragen dazu und lachten zum Schluss herzlich mit ihm.
Während seine Frau ihrem Schwiegervater liebevoll über die knittrigen schmalen Hände voller Altersflecken strich, schweifte Alex' Blick über die Tageszeitung, die aufgeschlagen auf dem Tisch lag. Sie hatten dafür gesorgt, dass Michael Stettenkamp die *Westfälischen Nachrichten,* die er sein Leben lang jeden Morgen während des Frühstück gelesen hatte, per Post in den *Sonnenhof* nachgeschickt wurden. Schwester Friederike hatte die Doppelseite mit den Familienanzeigen aufgeschlagen liegen gelassen. Heiratsannonce neben Heiratsannonce.
Alex überflog die Namen, kannte jedoch niemanden. Kein Wunder, dachte er.
Die meisten Klassenkameraden und alten Bekannten sind längst unter der Haube oder schon wieder

geschieden.
Bei WDR4 schickten sie gerade ein altes Volkslied der *Kastelruther Spatzen* ins Orbit. Alex fand die Musik unerträglich und drehte am rechten Knopf des Radios. Dort lief gerade der Song *Wolke 4*. Er hatte ihn kürzlich schon mal während der Fahrt im Auto gehört, aber nicht auf den Text geachtet.

„Lass uns die Wolke vier bitte nie mehr verlassen
Weil wir auf Wolke sieben viel zu viel verpassen
Ich war da schon ein Mal, bin zu tief gefallen
Lieber Wolke vier mit Dir als unten wieder ganz allein
Ziemlich gut, wie wir das so gemeistert haben
Wie wir die großen Tage unter kleinen Dingen begraben
Der Moment der die Wirklichkeit maskiert
Es tut nur gut zu wissen, dass das wirklich funktioniert"
(Philipp Dittberner & Marv)

Wolke vier?
Er dachte an Lisa.
Nein!
Entweder ganz oder gar nicht!
Plötzlich fiel sein Blick in den *Westfälischen Nachrichten* auf eine auffällige Familienanzeige mit einem Schwarz-Weiß-Foto oben links. Zwei attraktive Frauen lachten ihm glücklich entgegen. Daneben stand: 'Vier Jahre haben wir uns geprüft, nun wollen wir heiraten!'
Alex starrte gebannt auf das Foto.

Kein Zweifel! Er sah Isabella Schulzehagen vor sich!
Zusammen mit ihrer Freundin Daniela Westrup. Die
Frau, mit der er sie im Winter in Heimbach im *Landal
Park* gesehen und mit der sie so ungewöhnlich
vertraut auf ihn gewirkt hatte. Isabellas Ansinnen, ihn
während ihres Kurzurlaubs in der Eifel zu einem
erneuten heimlichen Treffen zu bewegen, hatte er
damals abgeblockt.
Er atmete flach und hörte wie durch einen Nebel, dass
Lisa sich mit seinem Vater unterhielt, während Ben
und Moritz die letzten Kleinteile ihrer Feuerwehrautos zusammensetzen.
Alex spürte, wie sich Erleichterung in ihm
breitmachte.
Warum fühlte er so?
Weil er endlich spürte, dass die alte Affäre auch in
seinem Herzen endgültig vorbei war?
Vielleicht.
Er drehte sich zu Lisa um, die seinem Vater gerade
ein Glas festhielt, während er zittrig daraus trank.
Als sie fertig war, strich Alex ihr zärtlich über den
Arm und deutete auf die Anzeige.
Wie wird sie reagieren?
Möglicherweise würde Lisa wütend werden, weil er
sie mit dem roten Tuch Isabella konfrontierte.
Die Miene seiner Frau blieb eine gefühlte Ewigkeit
undurchdringlich.
Schließlich lächelte sie.
„Alex, lass uns einen Neustart wagen", sagte sie leise.
„Auch wenn wir beide wissen, dass es nicht einfach
werden wird!"

Lisa sah ihm mit warmem Blick in die Augen.
„Aber auf Wolke sieben...
Wolke vier ist nichts für uns!"

Epilog I

Carlotta Blumenthal
riss nach eineinhalb Wochen bei ihren Eltern in Wildbach erneut aus, nachdem sie bereits im Krankenhaus Kontakt zu Jack aufgenommen hatte. Außer Ingrid Schimkus, Ilka und Stettenkamp konnte zunächst niemand die Fünfzehnjährige auch nur annähernd verstehen.
Petra und Walter Blumenthal litten schlimmer als zuvor, denn sie wussten ihre Tochter nun sicher in der Hand brutaler Zuhälter, die das junge Mädchen vollkommen manipuliert hatten.
Ilka und Stettenkamp gelang es mit Mieke Jong erst nach Monaten, Carlotta aus den Fängen der Loverboys zu befreien. Die Kommissare entdeckten das abgemagerte und schwer traumatisierte Mädchen nach einem anonymen Hinweis in einem heruntergekommenen Bordell im Kölner Norden. Carlotta unterzog sich nach einem Krankenhausaufenthalt einer jahrelangen Therapie. Ihre Eltern begleiten sie dabei und unterstützen sie, so gut es ihnen möglich ist. Ingrid Schimkus steht Carlotta heute noch zur Seite, wieder ins Leben zurückzufinden.

Sabine Knips
konnte den Tod ihrer Tochter Natalie durch die großartige Hilfe ihrer Familie, Freunde und der Wildbacher nach einigen Jahren einigermaßen verwinden.

Eine Begegnung mit den Lautweins zuzulassen fällt ihr hingegen auch heute noch sehr schwer.
Natalies Mutter gründete eine Elterninitiative für jugendliche Cybermobbing-Opfer und unterstützt bis heute Ingrid Schimkus' Verein im Kampf gegen Loverboys.
Vier Jahre nach dem Tod ihrer Tochter bekam sie mit ihrem neuen Lebensgefährten einen Sohn - mit ihm besucht sie fast täglich Natalies blumengeschmücktes Grab auf dem Kreuzberger Friedhof.

Hans-Josef Herkenrath
setzte seinem Leben ein Ende, nachdem er sich von seiner Frau Anna und seiner Tochter Luisa verabschiedet hatte, um den unvermeidlichen Gang in die Untersuchungshaft anzutreten. Auf dem Dachboden seines Elternhauses erhängte er sich mit einem Strick an einem Balken.
Seine Tochter Luisa setzte das Werk ihrer Tante fort und veröffentlichte das wohlgehütete Familiengeheimnis um ihren Großvater, den Kriegsverbrecher und KZ-Kommandeur Heinrich Herkenrath, in einem namhaften Verlag.
Das selbst auferlegte Schweigen der Herkenraths über die Vergangenheit hatten Karin und letztlich auch ihr Vater mit dem Leben bezahlt. Rainer Wollscheid hatte es fünfzehn Jahre lang unschuldig hinter Gitter gebracht. Und den Heimatforscher Jürgen Rudolph in die Lage versetzt, trotz eines Mitwissers ungehindert seine pädophilen Neigungen ausleben zu können.
Die fürchterlichen Konsequenzen dieses Schweigens ließen Luisa ihr Leben lang nicht mehr los.

Rainer Wollscheid
hielt es trotz seiner festgestellten Unschuld - das Geständnis Hans-Josef Herkenraths hatten Stettenkamp und Ilka aufgezeichnet - nicht in Wildbach.
Die pausenlose Beschattung und die kriminellen Aktionen der selbsternannten Wildbacher *Bürgerwehr* hatte er nicht vergessen können.
Mit der ihm zugesprochenen Haftentschädigung in Höhe von rund 130.000 Euro begann er in Norddeutschland ein neues Leben.

Epilog II

Eltern, die ihre Kinder in Chats und sozialen Netzwerken schützen möchten, finden zum Beispiel auf der Website der Initiative *SCHAU HIN! Was dein Kind mit Medien macht* umfassenden Rat. Dort empfehlen Experten, zunächst mit den Kindern über die Faszination und die Gefahren von Chats zu sprechen. Dann könnten Eltern mit ihren Kindern gemeinsame Sicherheitsregeln und Zeiten zur Internetnutzung vereinbaren.
Nach Auffassung von Medienpsychologen schützt ein gesundes Selbstvertrauen am stärksten. Eltern sollten Portale wie *YouNow* nicht verteufeln, jedoch stetig auf die Probleme, die es dort gibt, aufmerksam machen. Das wird zu einigem Widerstand führen - aber vielleicht auch zu der Erkenntnis, dass die Eltern ein wenig recht haben könnten.

Loverboys finden ihre Opfer inzwischen größtenteils über die sozialen Netzwerke im Internet. Betroffene und ihre Eltern können sich, auch anonym, an die Vereinsinitiative *No loverboys (www.no-loverboys.de)* wenden, die von Bärbel Kannemann geleitet wird. Über die 2007 gegründete niederländische Stiftung StopLoverboysNu kam die Kriminalhauptkommissarin a.D. erstmals in Kontakt mit Betroffenen und ihren Eltern.
Sie konnte sich ein Bild machen, warum Mädchen auf diese Männer hereinfallen: Weil sie just zu diesem Zeitpunkt genau die Beachtung brauchen, die ihnen

die Loverboys geben. Zum Beispiel, weil ihre Eltern sich gerade getrennt haben, ein Familienmitglied schwer krank oder kürzlich gestorben ist, weil sie neu sind an ihrer Schule oder Außenseiter in der Klasse oder einfach wenig Selbstwertgefühl haben. Oft genügt es auch schon, dass die Mädchen mitten in der Pubertät stecken - mit all ihren ganz normalen Problemen.

Die Opfer stammen aus allen sozialen Schichten, aus Großstädten und kleinen Dörfern, aus gebildeten und bildungsfernen Familien.

Sind die Mädchen erst einmal im Netz eines Loverboys gefangen, gibt es für sie ohne fremde Hilfe kaum ein Entkommen.

Sind sie wieder zu Hause, benötigen sie unterschiedliche therapeutische Hilfsangebote, manchmal auch einen Alkohol- oder Drogenentzug. Die wichtigste Unterstützung ist nach Erfahrung der Kriminalhauptkommissarin a.D. jedoch die der Eltern. Sie müssen fest zu ihrem Kind stehen und dürfen in ihm niemals die Prostituierte, sondern immer nur die Tochter sehen.

Liebe Leserin, lieber Leser,

an dieser Stelle möchte ich die Gelegenheit nutzen, Ihnen dafür zu danken, dass Sie meinen vierten Eifel-Krimi gelesen haben. Für Sie schreiben wir Autoren unsere Bücher und hoffen, dass Sie in eine spannende Geschichte eintauchen, die Sie anregt und die Sie zufrieden - und mit der Neugierde auf den nächsten Band - zurücklässt.

Wenn Ihnen meine Krimis gefallen, freue ich mich über eine positive Bewertung bei Amazon oder einem anderen Portal, das Sie kennen und natürlich auch, wenn Sie meine Bücher weiterempfehlen.

Alle meine Eifel-Krimis sind auch als E-Books erhältlich.

Ich freue mich sehr über Ihren Besuch auf meiner Fanseite im Internet:
www.facebook.com/ulrikeschelhove.autorin
sowie auf meiner Homepage:
www.ulrike.schelhove.de
oder über ein persönliches feedback:
ulrike.schelhove@yahoo.de

Herzliche Grüße aus der Eifel

Ihre

Ulrike Schelhove

Bisher erschienen in der Eifel-Krimi-Reihe um die Kommissare Ilka Landwehr & Alex Stettenkamp im KVE-Verlag:

- Der Kindermacher (Band 1)
- Trügerische Fährten (Band 2)
- Bande des Schweigens (Band 3)
- Fangnetz (Band 4)

Impressum

Das Werk, einschließlich aller seiner Teile, ist urheberrechtlich geschützt. Jede Verwertung ist ohne Zustimmung der Autorin unzulässig. Dies gilt insbesondere für Vervielfältigungen, Übersetzungen, Mikroverfilmungen und die Einspeicherung und Verarbeitung in elektronischen Systemen.
Personen und Handlung sind frei erfunden.
Ähnlichkeiten mit lebenden Personen sind rein zufällig.